魅丽文化 花火工作室

灯生阳燧

著

江苏凤凰文艺出版社
JIANGSU PHOENIX LITERATURE AND
ART PUBLISHING

图书在版编目（CIP）数据

月亮来敲门 / 灯生阳燧著 . -- 南京 : 江苏凤凰文艺出版社 , 2023.12
ISBN 978-7-5594-8195-5

Ⅰ . ①月… Ⅱ . ①灯… Ⅲ . ①言情小说 - 中国 - 当代 Ⅳ . ① I247.5

中国国家版本馆 CIP 数据核字 (2024) 第 001333 号

# 月亮来敲门

灯生阳燧 著

责任编辑 张　倩
出版统筹 曾英姿
特约编辑 黄　欢 江佩仪
装帧设计 刘芳英
出版发行 江苏凤凰文艺出版社
南京市中央路 165 号，邮编：210009
网　　址 http://www.jswenyi.com
印　　刷 湖南天闻新华印务有限公司
开　　本 880mm × 1230mm　1/32
印　　张 8
字　　数 179 千字
版　　次 2023 年 12 月第 1 版
印　　次 2023 年 12 月第 1 次印刷
书　　号 ISBN 978-7-5594-8195-5
定　　价 46.80 元

# 目录
Contents

# 第1章

## 初见

距离下一个站台还有两分钟的路程，公交车上没有什么人。

车厢里的空气有点闷，袁娴抬起手腕看了一眼，距离上一次看手表才过去十分钟。但因为她坐了一天的车，所以时间才显得格外漫长。

所乘的这辆车对她来说很陌生，C 市这个地方她也是第一次来。因为跟编辑商量好，需要具体商讨几本小说的出版事宜，还有漫画签约等事宜，所以要专门跑一趟。

大学室友陈晓就是 C 市人，得知她要来，便邀请她去自己家里住。袁娴本就是不懂拒绝的性格，陈晓又是很好的朋友。陈晓邀请了好几次，她便同意了。她在暑假开始的第十天，处理了学校剩下的事情，在一个天气微凉适合出行的日子就过来了。

公交车停下之后，寥寥无几的乘客被热浪夹裹着下车。打开车门，一阵凉风吹来，令人精神为之一振。

袁娴抹了一把汗水。此时是正午，阳光炽热，车站没有多少人，并不热闹。

说好会来接她的室友不见踪迹，袁娴只好拿出手机打电话。号码还没有按完，对方的消息便弹了出来。

“最高最帅的那个就是我弟弟。”因为临时有急事不能过来的室友派了弟弟出马，并给了这样一句提示。袁娴将行李拖到路边，确保不会挡到任何人，举目四望时不经意对上一道视线。

对方高高的个子，清爽的碎发，年纪很轻。并不符合室友描述的最高最帅的标准，应该不是吧。她默默地移开目光，对方却直直地盯着她，迈开步子走了过来。

对方很高，她不得不微微仰着头，由下往上注视他。

陈朗挠了挠后脑勺，对上一张呆萌的兔子脸，被姐姐从游戏机前抓起来干活的不快终于消散了些。他扯着胸前的衣服扇了两下：“袁娴？”

看对方点了头，陈朗松了口气：“我姐陈晓让我过来接你。”

他很自然地接过袁娴手里的行李箱往外走，袁娴毫无异议地跟在他后面，视线落在他高瘦的背影上。坐上出租车之后，两个人也没有话题可以聊。袁娴揉了揉饥饿感越来越强烈的肚子，弓着腰在车门边缩着。

陈朗一路都在手机上噼里啪啦地打字，脸上没有多余的表情。袁娴想说话，但看对方丝毫没注意自己的样子，也就不好意思开口，只好默默地盯着车窗。

气氛中有一点尴尬的意味，袁娴有点后悔过来了，要是住在陈晓家里一直是这种相处模式……她低下头，头疼地敲了两下脑袋。

被认为不好相处的陈朗，偷偷地瞄着袁娴。在她注意到之后，又若无其事地转移视线。陈朗的手机里，姐姐一直在问接到人了没有，另一边游戏队友也在质问他为什么晋级赛打到一半就挂机。听说他去接人，便随口问了一句接谁。陈朗盯着屏幕上的问题，告诉队友接到个女孩子。结果队友又问漂不漂亮，他摁灭手机，懒得回复。

二十分钟后，两个人到了小区门口，坐电梯到十七楼。陈朗摸出钥匙打开门，拿出一双鞋放在地上，下巴轻点："我姐的，你先将就一下。"

陈朗将袁娴领到客厅，给她倒了一杯白开水，既想进房间打游戏，又不好意思丢下她一个人坐着。于是，他一会儿玩手机，一会儿东张西望："你跟我姐一个年级啊？"他刚说完就有点窘，知道自己明知故问了，抓了抓头发，又从茶几上拿起一个易拉罐，从左手扔到右手，再从右手扔到左手，试图缓解尴尬。

他本来也算健谈，跟谁都能说上几句，不至于冷场。但是袁娴有一种沉默的气质，让人觉得跟她说话是一种打扰。

袁娴察觉对方的不耐烦，说道："是啊，不过她学管理，我学金融，住在一间寝室。"她顿了顿，又补充道，"你要是有事就去忙吧，我有点累了，你姐的房间在哪里？我想睡一会儿。"

两个陌生人尴尬又怪异地枯坐，实在无聊。

陈朗眨了眨眼睛，本来还想跟她说说话，闻言站起来，嘟囔了一句"好吧"。

袁娴被带到陈晓的房间，好不容易躺下了，却翻来覆去睡不着。

她一天没吃东西，想了想便摸出手机给陈晓发消息，打算要个地址点外卖。听到敲门的声音时，她还在盯着屏幕等回复。

陈朗杵在门前，微微靠着门框："你饿了啊，不早说，走吧，出去吃东西。"

袁娴的脸立马热起来。其实之前陈朗问过她要不要吃东西，她唯恐给人家添麻烦，因为还能忍就说不饿，结果瞬间打脸。

陈朗双手插兜，眼角的余光瞥到身边的女孩子，有点惊奇。他长这么大，就没见过性格这么温暾的人，像一棵含羞草，戳一下扭一下，如果惹急了就再不理你了。

之后的日子，两个人慢慢相处着，随着对彼此了解的加深，初见的尴尬感总算渐渐消弭。

陈朗一直以为袁娴是话少害羞的类型，在人面前就放不开。熟悉一点后他才发现，她倒是跟陈晓挺聊得来，什么话题都能说上好半天。一说起来，她几乎完全忽略他的存在，他只好在一旁无聊地转杯子。

袁娴跟陈晓聊得正开心，感受到旁边人的视线，又不自在起来。

她不经意地扫了一眼，就见陈朗一只手托着下巴，面容清俊，灯光从他头顶打下来，怎么看怎么好看。

陈晓听闻了他们俩的初见趣事，哈哈大笑："不是吧，你真这么觉得？"她转向弟弟，嘲笑道："看吧，叫你一天天自恋，我那天跟她说我弟弟来接你了，最高最帅的那个男孩子就是。可是人家根本就不觉得你帅，完全没认出来，哈哈，哈哈。"

袁娴有点窘迫，聊到后来几乎没说话。晚上躺在床上，陈晓还在乐。

袁娴无奈地说道："有那么好笑吗？其实你弟弟长得挺好看的，就是我不大欣赏这种类型的，所以没认出来。"

陈晓牵起被子盖住自己，哼了两声："你是不知道，我弟可自恋了，从小因为长得好，小女孩、老阿姨都喜欢他，让他得意忘形，尾巴都快翘上天了，他就是欠打击。他还挺喜欢你的，结果你给他来这么一下，想想就好玩。"

对于陈晓的客套，袁娴并不放在心上。她侧过身子趴着：“他不会生气吧，晚上都没说话。”

陈朗的长相是清爽干净的类型，有点像刘德华年轻时候的样子，帅得温和又无辜。

“打击到了才好呢，最好收敛一点，不然迟早变成渣男。”

从早上开始，空中就酝酿着风暴，乌云一大块一大块地聚集，呼呼的风声刮在树叶上。

袁娴合上电脑，揉了揉眼睛，接了一杯白开水靠在窗边，望着窗外的雨幕。雨季一开始便阴雨连绵，一连好些天都在下雨。

虽然袁娴很不喜欢潮湿的雨天，但是雨水能够驱赶夏季的燥热。想到这一点，她的烦闷也被冲淡了一些。手机上显示的时间是下午三点多，陈晓暑假期间有家教的工作，袁娴算着她回家的时间，开始做饭。

厨房飘出香气，乌云中的雨像兜不住了似的，哗啦啦地砸在地面上，噼啪作响。

袁娴将菜盛起来，放在桌子上。嗡嗡的手机振动声从沙发上闷闷地传来，她摸出来一看，是陈晓打来的，说是有点事耽误了，今天会晚回来，让袁娴先吃饭，不用等她。

袁娴摇摇头，想到对方看不见，又说道：“雨下得挺大，你带伞了没有，怎么回来啊？”

“本来也没多远，过会儿打个车就好啦。刚刚陈朗给我打电话了，他也没带伞，一时半会儿回不来。你也别管他，先吃吧，不用等。”

袁娴挂断电话，屋里就安静下来，闪电的亮光照亮每一个黑暗的角落。她忍不住抖了一下，双手环住手臂，摸到一把鸡皮疙瘩。

她想了想，还是从鞋柜里找出两把伞，换好鞋出了门。

陈朗挂着耳机，手上操作着键盘，微微偏了一下头，扫了一眼外面。雨幕厚重，雾气腾腾，能见度很低。

杨路注意到他分心的样子，眼睛盯着屏幕叫唤道："唉，我要死了，你跑哪里去了？"

胜利的标志在屏幕上绽放，陈朗抓了一把头发，甩甩脖子，"咔嚓"两声特别响："饿了，回吧。"

杨路不想走："别呀，这么大雨呢，怎么走？再玩会儿呗，是不是……你说呢？"

他边说边扭头，轻轻地踹了一脚右手边的凳子。坐在上面的林俊钊扶了一下眼镜，说道："要不去对面吃汉堡去，吃完再回来玩，我也没带伞。"

"哎，这谁啊？"杨路朝着玻璃窗扬了扬下巴。

陈朗扭头去看，就看到对面玻璃窗上映出一张雪白的面孔，笑着看他。他的心忽地跳快了一下。

柜台边的黑色铁架上躺着几把伞，滴滴答答地往地上落水。袁娴扒了扒打湿的刘海，将雨伞收好。陈朗走到她跟前，很顺手地接过她的伞，放在架子上，将她往店里带了一点，避开风口。

"现在要回吗？听你姐说你没有带伞？"陈朗握住袁娴手臂的手指温暖又结实，暖暖的感觉从皮肤向内里渗透。但袁娴不是很习惯这种接触，她借着拉背包袋子的动作抬高了手臂，自然而然地分开。

"我姐让你过来接我的？"陈朗居高临下地盯着那张粉嫩的脸，嘴角微微牵动，忽略心头突然冒出来的不爽。

杨路弓着腰挤到陈朗身边，朝林俊钊使了个眼色："这个姐姐是谁，没见过，陈朗？"

什么身份？陈朗也在想，说是姐姐的朋友太生疏，但确实不是他的什么人，没有这个立场去介绍。

这时，只听袁娴说道："也算他姐姐吧，你们要回去吗？我带了伞。"

杨路揉着肚子，一点儿也不客气，笑嘻嘻地说道："饿了，我们去对面吃东西，一起一起……"

家里已经做好饭了，袁娴看了陈朗一眼，欲言又止。她不习惯替别人做主，万一高估了自己的地位，颇有自作多情的嫌疑。

这家汉堡店生意火爆，店内坐满了年轻人，菜式种类繁多，令人眼花缭乱。

袁娴跟在陈朗一行人身后，步子迈得很慢。等他们找好了位子，她还站在门边。

陈朗回头看了一眼，朝她招招手，他身边的位子正好空着。等她坐好，他又将菜单推过去。

等菜的工夫，杨路闲不住，开始打听袁娴的事情。他话多，又没什么顾忌，连她邻居家小孩子"五一"时候怎么摔破了鼻子都想问清楚。

很久没有见到这么爱打听的人了，袁娴连喝了好几口水。即使不是很想回答那些在她看来很无聊的问题，但是照顾别人的感受久了，自然而然地披上一层温和易相处的伪装外衣，轻易脱不掉。

她说话的样子开朗活泼，又有趣搞笑。杨路抛出的话题，似乎全能被她接住。他越说越兴奋，两只手趴在桌子上凑了过来。

陈朗搭着杨路的肩膀，不咸不淡地提醒了一句："番茄酱，沾衣服上了。”

杨路连忙支起身子，牵起衣服看了一眼，明明离得很远。

袁娴看了陈朗一眼，他没事人一样端起杯子笑了。

吃完东西出来，杨路专门跟到袁娴身边，有一搭没一搭地跟她聊天。

雨很大，落在地上，开出满地水花。雨丝夹杂着冷风吹在身上，冷得袁娴接连不断地打了好几个喷嚏。

陈朗抢先一步，脱下外套，扔到袁娴怀里。接到杨路递过来的怨念眼神，他莫名其妙一阵心虚，斜着眼说道：“干吗，我姐穿我衣服怎么了？婆婆妈妈的。”

这话多少有点此地无银三百两，袁娴只当没听见，走到一旁去了。

杨路默默地拉紧拉链，他脸皮还没有厚到给第一次见面的女孩衣服穿，只是暗暗地说道：“你姐姐这个同学跟你姐关系怎么样啊，打听打听有没有男朋友啊？帮帮忙啦。”

陈朗心里一咯噔，以前也没觉得杨路这张脸讨人厌，今天怎么老是有想揍他的冲动呢？他当即两只手锁住杨路的脖子，一个翻身差点把他撂到地上。林俊钊看他们玩得开心，也去挠杨路的痒，几个人当即闹成一团。

嘻嘻哈哈，吵吵闹闹，袁娴捏了捏耳根，往旁边又走了两步，表明自己不是跟他们一起的。她只带了两把伞，一把借了出去，剩下那把只能和陈朗一起撑。陈朗个子高，右手打伞，左手搂着袁娴的肩膀，两个人几乎是一路跑回家的。

袁娴整个肩膀全湿了，头发变成一缕一缕的。她抹掉下巴上的水，换好鞋回头一看，陈朗湿得比她还严重，头发在往下滴水，衣服贴在身上，像只小狗一样甩头。她“哎呀”了一声，气恼地拍他的肩。

陈朗恶作剧得逞似的“咯咯”笑着。

袁娴瞪了他一眼，转身往回走。陈朗屁颠屁颠地跟她进房间，又屁颠屁颠地跟出来，乐趣无穷，歪着脖子问道：“你生气了吗？”

袁娴懒得理他，抽了几张纸巾递给他，就自己擦头发去了。陈朗靠在门边，既不去洗澡，也不走，脸上的雨水没干，眼睛晶亮，微微笑着。

袁娴一直被盯着，即使心里强装镇定，还是不免紧张。她既不想让他看出自己不好意思，又不想落荒而逃地走开，于是侧过身子，躲开他的眼神，故意说道：“傻站着做什么？去洗澡啊，这么冷。”

他轻轻“哦”了一声，转身哼着调调走开，路过厨房看见桌上的菜，又走回来问：“你做饭了啊？早知道就不在外面吃了，好浪费。”

她觉得自己的顾虑没有必要讲得一清二楚，又察觉他好像有点责怪的意思，立在桌子旁说：“没有关系啊，放到冰箱里，明天正好我没空做饭，我在家里吃就好了。”

“我不是那个意思。”陈朗凑到她身旁，两个人的距离近到几乎越过安全线，“我是觉得，你辛苦做出来，没有人吃，浪费你的时间和心意了。”

装作落落大方的样子，企图藏起来的小心思还是被他看出来了。袁娴在心里感叹着这个人的洞察力之强。

他观察她的脸色，小声说道：“我们现在吃吧，我刚才没有吃饱。”

袁娴的心忽然一动，暖流延伸到心脏的每个角落。她微微一笑，扶着陈朗的肩膀，将他往房间里推：“吃什么吃，洗澡去吧你。不跟你瞎扯了，我也要去洗漱了。”

这一场雨来得快去得也快，太阳摆脱厚重云层的束缚，无数光辉从云中穿射而出，被雨水洗过的街道绿植干净清明。

袁娴和编辑约好的图书馆就在不远的街上，谈完工作上的事情，对方又邀请她一起去吃饭。因为不太熟，袁娴并不是很想去。但是她跟这个编辑沟通已有几年，见面的次数寥寥无几，对方在工作上面帮了不少忙。为了后续的工作，最后她们还是约了一家湘菜馆。

菜单上几乎全是辣系菜，庞媛媛顺手点了几个，又转头问：“你的口味怎么样？能吃辣吧？”

“应该可以的。”

袁娴其实不太能吃辣，但庞媛媛已经点完菜了，她也不好说什么，便抱着“少吃一点就好”的侥幸心理同意了。

这一顿饭吃了将近两个小时，出门前庞媛媛还跟她约了下一次。看着汽车尾灯消失在长街尽头，袁娴赶紧往家走，小心地打开门，屋里灯都亮着。

陈朗坐在沙发上，穿了一件白色的宽松T恤，抱着枕头，百无聊赖地盯着电视看，听到声响扭头看了一眼。那眼神活像被主人抛弃在家的小狗，偏偏冷着脸，淡淡地说道：“你回来了。”

袁娴刚才吃饭喝了点酒，舌头麻麻的，抿着嘴坐过去：“不好意思，因为跟编辑聊了好多事，所以忘了。”

早上出门的时候，她答应了跟他一起出去的。

他冷淡地“嗯”了一声，一只手托着下巴，另一只手拿着手机翻来翻去，点开刚刚发来的语音，是一个女孩子的声音，甜甜地喊他一起打游戏。

袁娴静静地坐了一会儿，陈朗扫了她好几眼，眉头微微皱起来。

此时她吃辣过度的后遗症发作，肚子隐隐作痛，灌一杯水下去还是没有缓解，没注意到陈朗的小动作。

陈朗一动不动地待着，想看她会如何为失约解释，又不确定自己想听什么。

然而袁娴什么也没说，起身进房间去了。

陈朗看着关上的房门，这才反应过来，扔掉枕头，两步迈进自己的房间，关门的力道有点重。

被窝里干爽清甜的香气也不能酝酿出睡意，袁娴胃里一阵一阵地抽痛。偏偏微信消息的提示音接连不断，袁娴勉强坐起来，捧着手机打字，手心里渗出一层薄薄的汗。

这时有人走进房间，站在她的床边，指尖从她的额头上擦过，嘀咕道："怎么这么多汗啊？"

"你怎么了？醒醒。"低低的嗓音特别温柔，几乎触到泪点上。她睁开眼睛，视线里一片水蒙蒙，看不清楚，开口是哑的："没事啊，有点累。"

"还没事，好多汗，你脸色好白。"他似乎在责备她的不懂事，拉着她扶起来。

袁娴立马像被烫到似的，往后一弹："好痛，不要拉我。"

"哪里痛？我带你去医院。"他正握着她的手腕，立时也不敢动了，只是轻轻地圈着。

袁娴捂着肚子："你怎么过来了，刚才还不理我。"

陈朗没空计较她的倒打一耙："起来了，不要跟我装傻，等会儿真懒得管你。"他嘴上这样说，手却十分轻柔地扶着她。

“那就不要理我，本来也不是很熟。我觉得有时候人就是要感受一下痛苦，刺激一下神经，这种感觉很微妙，很享受，你懂吗？”

“你就是这样满嘴歪理忽悠你的读者的？可我不是，赶紧起来，不然我姐亲自打电话过来请你。”陈朗略微不满地说道，“你别喝醉了跟我这儿耍酒疯，明天酒醒了可别后悔。反正我们俩不熟，看你害不害臊。”

说完，他还不满地哼了两声。

她也学他哼了两声：“你还在这里呢，是不熟啊，以后就熟了。不熟也得熟啊，相处那么久，很简单的，我教你。”

“你一直这样吗？刚开始接触感觉很安静，斯斯文文的，久了就完全不是那么回事。”跟第一印象相去甚远，完全两个样子。

袁娴想了想：“第一次见我，你又不高兴，我还跟你嬉皮笑脸吗？我又不傻。”

没想到她居然感觉到了，他的不高兴表现得那么明显？陈朗有点不好意思：“也不是啊，就是当时玩游戏呢，我姐非让我去取一个送错地方的快递，说是很重要，结果是她买的衣服。刚刚坐下，她又喊我去接人。陈晓有时候挺能折腾人的。”

“有人说她坏话哟，我明天找她告状。”她笑着，眼睛一闪一闪的，用开玩笑的威胁口吻说道。

“我不怕，她本来就这样，就知道使唤我。”他抱怨起来似乎有很多不满，开始各种数落陈晓的坏习惯。

袁娴摇摇头：“没有啊，我觉得挺好的。”

“你什么都觉得挺好的，就没有你觉得不好的事情，这句话你已经说过很多遍了。”在他看来，袁娴就是特别能将就包容，体贴周到，她一定有很多喜欢她的朋友吧，不分性别的那种。

袁娴不说话了，她皱着眉头，手用力捂住肚子，脸上泛出不正常的潮红。

陈朗跪在床沿上，扶着她的肩膀低下头去，凑到她面前：“到底怎么了，说清楚，配合一点，我带你去医院。”

这样颠来倒去，袁娴真的要吐了。她两只手叠着捂住嘴，声音低沉 ：“不用，老毛病了，包里有药。白色的小瓶子，你拿给我一下，谢谢。”

看她瞬间恢复正常，陈朗还有些不习惯，又有些不舍刚才那个娇俏搞怪的袁娴。

他带着复杂的心情，喂袁娴吃了药，扶她躺好之后蹲在床头盯着她看。手机在一旁一直响，刚才游戏玩到一半，他借口接电话就跑掉了。杨路又在微信里咆哮，他一点儿也不想理会。

她怎么长得这么好看？杨路只见了她一面就惦记上了，天天叫他把她约出来玩。

他才不要，怎么着也算他姐姐。怎么能便宜外人。

天气变化无常，前一天还阳光普照，万里无云，第二天就可能大雨倾盆。第一次来这边，并没有准备厚衣服，袁娴小小地感冒了一场。陈晓放假回来见她生病还穿着短袖，找了一件浅绿色卫衣给她穿。

袁娴的穿衣风格很保守，夏天也不怎么穿裙子，皮肤一年四季捂着，白得反光。在浅绿色的卫衣衬托下，显得她又娇小又可爱，搭配一条宽松的裤子，有点嘻哈的感觉，她还挺喜欢的。

她在镜子前转了好一会儿，陈晓忍不住笑道：“偶尔转换一下风格，也换一种心情。第一次见你的人都觉得你有点高冷，我感觉你还挺适合这种风格。”

袁娴高兴地捋了捋头发，坐到电脑前去改稿。没一会儿，她拿着空杯子去接水，路过镜子前又忍不住多看了几眼。

陈晓盘腿坐在地上，戴着一副大大的圆框眼镜，在帮一个教初中语文的朋友改试卷。

袁娴的长相比较精致耐看，第一眼就会觉得很惊艳，又很有气质，越看越好看。陈晓个子没她高，一米六，身子虽然不胖，但是脸圆圆的，和气温良，看着很可爱，性子却有点急，风风火火。

陈晓把一张试卷翻来覆去，拍在桌上啪啪作响，两条眉毛皱成毛毛虫，越看越气。学生的错题花样百出，又离谱又好笑，袁娴在一旁听都忍不住笑了。

陈晓气得脸红，眼泪都快笑出来：“不行了，你看看这个，太奇葩了。”

袁娴接过试卷，是一道古言翻译，原文是“逝者如斯夫，不舍昼夜”，各种妖魔鬼怪的解释都有，最搞笑的一个是这样说的——死去的那个人好像我的丈夫啊，白天晚上看着都像。

两个人笑成一团，陈晓从沙发滚到地毯上去，捂着肚子打滚：“太好玩了，我以后也要去教语文，一天天的可要乐死了。他们怎么这么好笑啊。”

“我表妹之前跟我说他们学校的学生比老师还牛，尤其学文的，都是一颗颗纤细敏感的心脏。打不得也骂不得，动不动法律说、国家说，一本正经的，老难对付了。”

陈晓咬住笔头，认真思索着什么，没有回答，半晌，她才盘腿坐起来：“那我又不想考研，又不像你还没出校门就是畅销书的大作家了。教师挺好的，福利好，假期多，工作也稳定，我挺喜欢这样。”

“反正我受不了这样一板一眼的工作，一想到一眼可以看见三十年后的生活，就觉得日子没什么乐趣可言。”袁娴搓搓肩膀，皱着眉头打了个寒战。虽然总是给人斯文有礼的印象，但她知道自己骨子里的叛逆与不羁，对未知的好奇与向往比普通人浓烈得多。

“不是人人都像你啊。”陈晓翻了个身，脑袋搁在袁娴的膝盖上，眼神赞叹，“你这脑子是怎么长的啊，你写的那些东西我就一个字都写不出来。老天爷真是偏心，给了你好看的脸，还给你独一无二的才华和灵气。唉，想找女娲喝茶了。”

袁娴一只手杵在下巴上，指尖摩挲着脸颊，义正词严地说道：“讲道理，这是妈给的。”

陈晓气呼呼地抱住袁娴的腰，把她按在地上：“要不你养我吧，或者你吃点亏，嫁到我家。我有这么豪横的闺密，还做什么工作。”

“要不起要不起，弟弟不是你想要就能要的。”笑得快要没力气，袁娴趴在桌上。

陈晓“哎”了一声，爬起来坐好：“谁说嫁给陈朗了，你愿意我还不愿意呢，你可别看上他。我有一个堂哥，名校毕业，现在在一家投行上班，你跟他简直是天生一对，在一起就是强强联手。”

袁娴一阵心惊肉跳，也没想到自己下意识地就以为是陈朗，略微懊恼之后，镇定地说道：“那你们家到现在为止，我只见过你弟，哪知道你还有这么优秀的堂哥啊。”

“反正你现在一直没对象，我堂哥好像交过一个女朋友，谈了三年分手了，挺长情的，真的合适。”似乎大家都对做红娘有一种本能的兴趣，一聊起来就没完没了。

袁娴推开陈晓快凑到脸上来的脑袋：“不要瞎搞，说风就是雨，你能别这么性急吗？”

“‘好菜不怕晚’那都是废话，你不下手总会有人下手。”陈晓一个劲儿地推荐，她对袁娴最无语的一点就是太随缘了，什么都顺其自然，连口头禅都是“命里有时终须有，命里无时莫强求”。快餐时代，物欲横流，想要的都是自己争取来的。

袁娴捂着耳朵揉了一把头发：“妹妹放学了，你去不去接她？”

陈晓抓起手机一看，时间果然快到了，换了一件外套，在鞋柜上拿了钥匙，回头说道：“真的，你考虑一下啊，我认真的。”

陈晓一走，屋里只剩袁娴一个人。不知为何，她一想到陈晓说陈朗不合适，还想介绍给她堂哥相亲，心里就很烦。她在地上滚了两圈，捂着脸哼哼唧唧不痛快。她刚刚放下手，忽见沙发后面立着一个人，少年高高瘦瘦的身量，肩上挂着篮球袋，正歪头看着她。

袁娴认命地爬起来，用手梳着头发，招呼道：“你回来了啊，怎么一点声音也没有？”

“是你滚得太投入了吧？”他手上拿着一罐饮料，走到她跟前坐下。

两个人都没什么话要讲，只是陈朗今天似乎格外注意她，视线一不留神就溜到她身上，等她追过去，他又若无其事地转移开。微妙的气氛在空中酝酿，渐渐浓稠。

# 第2章

## 兴趣

袁娴刚刚滚来滚去，把头发弄乱了，她手臂酸软举不起来，半天没扎好，干脆就不管了，手一松，任它散着。

突然，一只手从她身后伸过来，修长的指尖挂着一个黑色的发圈，递到她的眼前说道：“你在找这个吗？”

袁娴接过发圈，低低地说了一声“谢谢”。陈朗却有些不耐烦似的，发出轻轻的“啧”的一声，整个人重重地往沙发上一靠：“你哪来的衣服？”

“怎么了？”

“挺适合你，挺好看的。我姐给你找的衣服？”陈朗的情绪回温，饶有兴致地问。

袁娴牵起衣服，左右看了两眼：“天气太冷了，她怕我又感冒。”

“走吧。”他坐起来，回房间拿了东西，站在大门口，回头叫她。

“去哪里啊？”

“出去运动，你来我家十天了，只出去了两次，一次给你接风，一次找你编辑。你属熊的吗？天天窝在家里。可能熊都比你勤快，人家冬天过了好歹也会出门。”他被自己的形容逗笑，就是吐槽也让人不反感。

“我忙啊，我有工作的。”她竭力为自己找借口，以掩盖自己不爱运动的事实，“而且你也经常不在家，又怎么知道我没出去。”

“不听不听，王八念经。”他两只手举起来捂住耳朵，头朝上懒洋洋地说话。那副无赖样子，看来今天怎么样也是要把她拖出去的。

袁娴只好换鞋子出门。

这个小区附近就有一所高中，出门先是一个大广场，下午五点已经有不少人在跳广场舞。高中操场另有一道门，对外开放，里面的篮球场、羽毛球场、排球场都很大，人多得超乎想象。

十几个乒乓球台都被用着，陈朗一点儿也不怕生，看见有两个人似乎准备走，立马上前去占了台子。

袁娴看着高挑匀称，其实很懒，关于乒乓球、羽毛球都会一点，但是不精通。每每她用很小的力道，球却飞出去了。陈朗恰恰相反，那颗黄色的小球在他的拍子上似乎有生命，怎么也不会掉出台子。

陈朗给她打过来的球，都在正中间最好应对的位置，很容易就可以接到。袁娴越玩越得心应手，第一次感受到乒乓球的乐趣。她在台子边蹦蹦跳跳，脸蛋红红的，笑得十分开心。

他们打了半个小时的乒乓球，又去玩了一会儿羽毛球，直到背上都出汗了才下场休息。杨路买了水过来，提着一个大袋子让袁娴看着，她就坐在篮球场边看他们打篮球。

陈朗看着精瘦，实则爆发力很强，在运动场上就像一只敏捷的小豹子，跑得飞快。袁娴不懂规则，只是从场边的人一阵又一阵的欢呼声中判断，他又进了好球。队友都在欢呼的时候，他就扭头过来看她，神采飞扬，显摆的意味十足。

她双手托着脸，只觉得好笑。

杨路拎着一瓶水，一屁股坐在她身边，上下看了她一圈，没忍住："我说怎么这么眼熟，姐姐你穿陈朗的衣服干啥？不好看，你的衣服多可爱啊。"

袁娴低头看了一眼，恍惚地问道："这是陈朗的衣服吗？"

陈星回来这天晚上，几个人一起在外面吃饭。林俊钊最近在追一个叫蔡晓云的女孩，借此机会将那个女孩也邀请来了。

大家约在一家火锅串串店，在商场的一楼。蔡晓云在这家店楼上的健身房打暑假工，下班后过来正好赶上。大家都心照不宣，看林俊钊坐立不安的样子，也不好意思调侃他。最爱玩闹的杨路也收敛不少，挤眉弄眼了一会儿，就没关注了。

蔡晓云不肯跟林俊钊坐一起，站着半天不动弹。眼见两个人脸都红了。袁娴都替他们尴尬，拍了拍林俊钊："咱们换一下吧。"

本来是林俊钊一个人坐，袁娴跟陈朗坐一起的，这下两个人就分开坐了。

人都是这样，越想亲近一个人，越怕让人看出端倪，反而要远离他，装出一副不在乎的样子。

感觉陈朗在看着自己，袁娴尽量不往那边瞄，只跟蔡晓云说话："你们健身房会员人多吗？"

"多啊，几百个吧。你要来试试吗？不过你那么瘦，好像不需要健身减肥。"

袁娴摇了摇头，说："过几天吧，我有点失眠，好几年了，医生说是运动太少，等时间宽松一点我再去。”

“那你到时候找我，给你个优惠价，月卡、季卡都可以。”

两个人闲聊了一会儿，其间袁娴无意间一转头，发现几个男生喝的是啤酒，色子摇得哐当作响。

陈朗平常看起来沉稳，跟朋友们玩起来，却也疯得不遑多让。陈晓往陈朗肩上拍了一巴掌：“差不多得了，这么能喝，下次跟爸爸喝呀。”

陈朗闷不吭声地将酒瓶子往怀里一夺，躲开陈晓的手：“你管我。”

林俊钊不想在心仪对象面前表现出嗜酒的坏习惯，偏头对蔡晓云小声说道：“吃好了吗？还想吃什么，我帮你再叫一点。”

“我饱了，不用了，谢谢。”

“那我送你回去吧。”

林俊钊和蔡晓云一前一后离开了座位，其他人见状便也陆续准备走了。

大家把喝醉的杨路送上出租车，剩下的人步行回家，也各自在不同的路口分别了。

快到家时，陈星要去超市买东西。

陈朗醉醺醺地坐在收银台附近，没有跟着去。袁娴没有要买的东西，但是不想跟他单独相处，本也打算跟进去。然而陈晓两只手按着她的肩膀，推着往后走了两步：“我跟陈星进去，你要什么我给你带，你帮我看着？”她下巴朝着陈朗示意了一下。

陈星早就走进去，站在货架前催她。没等到袁娴说话，陈晓已经进去了。

袁娴站在椅子旁边，并没有要坐的意思。陈朗低着头，长腿随意地舒展着，怀里抱着篮球，眼睛微微眯着。

袁娴朝他瞅了好几眼，对方都没有动静，便准备去买水。她刚刚跨出去一步，那个人猛地抬头，语气凶巴巴的："你去哪儿？"一副不高兴的样子。

跟他平时在陈晓面前耍无赖的样子没什么两样，是把她当姐姐了吧。袁娴无奈得很，好言好语地说道："你坐在这里，我去买两瓶水，喝那么多酒，渴不渴啊？"

"你管我渴不渴，反正你又不爱搭理我。"他语气幽怨，满腔委屈。

虽然不管他也没什么，但这种情况也不好走开，袁娴便说道："就两分钟，我很快回来。"

陈朗揉着胸口，皱着眉。

"你怎么了，哪里不舒服？"袁娴只好蹲过去，仔细看他的脸，心想，这个人平时跩得二五八万似的，怎么喝醉了就这么爱撒娇。

"坐这里。"他拍了拍自己身边的位子。

弟弟太过可爱，袁娴又是特别心软的个性，在心里为自己找借口，他喝醉了，迁就一下也没什么。于是她坐到陈朗身边，立马闻到一股酒味，混着少年运动后的汗味，不好闻，却不至于躲开。

她正襟危坐，目视前方，生怕跟他有过多接触，被人误会。陈朗心里不爽，歪在椅子上，怎么坐都觉得不舒坦，也不说话，制造各种噪音刷存在感。袁娴以为他是真不舒服，在闹别扭，诚恳地问："还是口渴吗？我还是去给你买水吧。"

"让陈晓买。"他理直气壮地吩咐。

袁娴摸出手机给陈晓发消息，大概过了二十分钟，姐妹俩一人提着一个大袋子出来。回家的路上，陈朗情绪一直不高，只有问到他时才会说话，惹得陈晓回头看了他好几眼。

回到家，陈晓和陈星把东西分好类，将冰箱塞得满当当。一切都收拾妥当，陈晓拧开一瓶水递给陈朗："少装醉了，你的酒量不止这么一点。这么丧，失恋了？"

袁娴和陈星做了一碗水果酸奶，排排坐在沙发上正吃着，听见这句话，两双眼睛瞬间扫向陈朗。

陈朗气呼呼地说道："你就不能盼着我点好？再说了，我什么时候失恋买醉过？"

陈晓闲闲地往沙发上一靠，端着一罐酸奶说道："是啊，你人设屹立不倒，谁能让你失恋啊？"

陈晓的话匣子一打开就合不上，对于陈朗的短处掀得不亦乐乎。

陈星附到袁娴耳边说悄悄话，袁娴就没理会陈朗一直盯着她的目光。陈晓说得开心，也过来跟她们挤在一起坐："我跟你说，最搞笑的是什么，他交了那么多女朋友，结果初吻还在，连人家女孩的手都没拉一下。"

陈朗反驳道："本来就是，大家还都不成熟，又不能为对方负责，我当然要保护好我自己了。"

陈晓嘻嘻笑着，乐不可支："他还觉得初吻第一次什么的要留给未来老婆呢，笑死人了，到底该说他纯情还是滥情啊？"

陈朗忍无可忍，偷偷瞄了袁娴一眼，看她的表情也像在嘲笑他，心里更气，咬牙切齿地说道："你够了，什么都跟人家说，以后有秘密不告诉你了。"

陈晓害怕真的惹毛了弟弟不好收场，终于放过他，对袁娴说道："不过我觉得你们俩想法挺相似的，都有一股痴劲儿。你说过吧，一定要找一个非常非常喜欢的人才谈恋爱，哪那么容易啊，现在谁处对象不权衡利弊，感情都是培养出来的。他呢，一个一个地乱撞，好像这样下去哪天就给他撞上了。也太幼稚了，要不你们俩中和一下，都太极端了。”

袁娴抱着膝盖，微微笑道：“哪有啊，我就是忙，没空谈恋爱而已。”

“学校那么多人追你，也没见你答应，能浪费多少时间，又不是二十四小时都黏在一起。你就是眼光太高了，一直挑。”陈晓确实觉得袁娴眼光高，不过她漂亮又有才，年纪轻轻就能自己挣钱，有挑的资本。

“讲道理，谈恋爱就要吃喝玩乐，哪一样不花钱，哪一样不浪费时间？我是真没空，而且就算谈恋爱，如果有一天对方和事业起了冲突，即使再喜欢一个人，我也不能放弃事业。所以啊，在没有足够的资本之前，谈恋爱真的没必要。”

陈晓目光怜悯地看着她：“娴啊，你家到底是怎么养出你这个奇葩的。成熟的人我见过不少，你从小就这么早熟吗？人家享受青春的时候，你是不是就在看书写作业，所以事事走在我们这些凡人前头啊。”

袁娴被她逗乐：“我确实有一点悲观主义，没办法，天生就这样。我也想过得没心没肺一点，可是安全感这种东西，真的不是说有就有的。”

陈朗安安静静地靠在一角。她们说话的时候，他就一直低着头，时不时看袁娴一眼，又低下头想自己的事情。不知怎么的，他居然觉得有点沮丧。

头一天晚上雾气很浓，从窗户往下看，楼层的下半截都隐藏在雾气中。白天阳光高炽，浓雾都被驱赶到郊区，街面反射出太阳光，满眼光明。

趁着天气晴朗，袁娴一早就出了门，跟庞媛媛先去了一趟印刷厂，看了样书的印刷排版。中午她们俩在外面吃过饭，就找了最近的一个商场逛街。

因为她进去看的都是一些男孩的衣服，庞媛媛奇怪地问道："给谁买？你男朋友？"

"不是，一个很亲近的弟弟。"她手上翻着衣服，随意地回答。

一般大型的商场，衣服的颜色、款式都很单一且规矩，没有个性。而且少年的衣服很少，上下几层楼都走遍了，也没有觉得满意的。庞媛媛建议去地下购物街看看，那里的衣服就比上面的要随意很多。但是袁娴又觉得下面的衣服质量太差，到时候拿不出手。

庞媛媛忍着想打人的冲动，拽着她从电梯下去。地下商场确实比上面好玩得多，每家店铺都有自己的风格，极易引起购物的欲望。

各种美食混杂的香气从街头飘向街尾，庞媛媛买了一份关东煮，边走边吃。袁娴东看看西看看，停在一家主打休闲服饰店门前，盯着墙上挂着的一件浅绿色卫衣。

庞媛媛跟着停下脚步，带了点惊讶的口吻："你喜欢这种啊？"

因为袁娴的衣服都走休闲舒适路线，有点少女的淑女风。这种带点嘻哈的朋克感风格，想象不出来她穿上会是什么样子。袁娴让店员帮忙把衣服拿下来，仔细看了一下，果然跟陈朗那件一模一样。

自从她穿了那件衣服，他就再没穿过。不管是因为嫌弃被外人穿过而不要了，或是怕她没衣服而让出来，欠人家的总归不好。

她不喜欢欠别人的东西，不管是人情还是物质，会一直记挂在心里。有时候她宁愿自己吃亏，宁愿自己是付出多的那一个，也要达到一种心理上的平衡感。所以纠结来纠结去，她还是决定买一件衣服还给他。

可是衣服买来了，怎么送出去却成了大问题。总不能平白无故去讲，又没有很好的借口。

陈朗正在放暑假，天天跟朋友出去玩，袁娴也没有机会跟他好好说话。于是她将衣服洗过之后，直接挂到他屋里去。

她心里终于觉得了了一桩事。都快要忘记的时候她才发现他才从外面回来一会儿，洗完澡后湿漉漉的头发还在往下滴水。他穿了一件韩版的宽松长袖，光着脚踩在地毯上，像一只慵懒的大猫。

他手上提着衣架，歪着脑袋站在她的房门边，漫不经心地问："这什么啊？"

袁娴从电脑中抬起头，回头望了一眼，悄悄地"哦"了一声："给你买的衣服。"

陈朗半天没说话，走到屋子中间，在床沿重重地坐下，一脸气冲冲的样子："为什么给我买衣服？我又不缺。"她跟人也分得太清了，什么都要还回去。

这件衣服跟他借给她穿的那一件一模一样，一件挂在阳台上，一件挂在他屋里，有什么不明白的。那些小心思确实很计较，袁娴不想陈朗看得太明白，含含糊糊地说道："就是之前那一件，没什么的，你穿就好了。"

他清凉的声音沉淀下来："你一直都这样啊，到底累不累？你要还，也要看别人在不在意啊。总是悄悄跟人家划清界限，又不说，遇到得寸进尺的人，你难道要一直吃亏吗？"

"还好吧，只要我不欠人家的就好了。至于人家怎么想，管不了也不重要。"

“所以，你是怕欠我的？一件衣服而已，也要跟我算清楚？”他有点失落又有点生气，微微低着头看她，似乎实在不明白她在想什么。

袁娴长叹一口气，也有点不明白了。本来只是一件很小的事情，她已经买了，并且以神不知鬼不觉的方式将人情还了回去，他悄悄收下就好了，为什么要把这件小事摊开来讲，郑重其事地谈论呢？

她微微笑着，脸上是无懈可击的表情，一副小事化了的态度：“我要工作了，一件衣服而已，不要纠结了。”

他没有说话，偏过头去，肩膀耷拉着，似乎被霜打过的茄子：“你这样才真的很讨厌，我姐姐对你好一分，你就要对我跟陈星好两分。那你现在还住在我家呢，是不是以后要买一栋房子来还呀。”

这次是真忍不住了，袁娴翻了个白眼，呛他：“说我小心眼爱计较，其实你才是，多大点事。你们年轻人都这么玻璃心吗？你一个男孩子，不至于吧？”

陈朗也不服气了：“明明是你做得太明显了，还好意思说人家，倒打一耙。”

“我已经够自然了，你看你姐跟陈星也没注意到，就你……”那么关注我，说到这里，她觉得后面半句有点不妥，太暧昧了，有撩人的嫌疑。

陈朗不知在想什么，脸上显露出发红的痕迹，抓了一把头发：“你好烦。明天出去玩，你要请我吃饭。”

他一副理直气壮的口吻，亲近又不至于没有分寸，耍赖也很可爱。袁娴就没办法有半点脾气：“我明天还有事，过几天喊上她们一起好不好？”

喊上她们一起有什么意思？他心里这样想，嘴上却说：“她们是她们，我是我。你不是觉得在我家里住不好意思吗？那你带我玩，我好意思得很。”

袁娴忽略不擅长拒绝人的本性，心里确实有那么点小期待。

袁娴和陈晓住一个房间，昨晚陈晓回来睡的，早上闹钟一响，她连忙摁掉。身边的陈晓翻了个身，睡得更熟。手机声音也很小，是陈朗发来消息，轰炸似的一直在催，问她怎么还没有出来。

袁娴没有预料到陈晓会突然回来，万一跟陈朗出去玩被陈晓知道了，直觉会是一件很麻烦的事情。袁娴心里打着退堂鼓，藏在被窝里小心地敲字：要不改天去吧，你姐姐回来了，过会儿家里一个人都没有，不好吧？

要我进来喊你吗？我不嫌麻烦。后面还跟两个微笑的表情，怎么看都欠揍。

而且我今天还有事，截稿日期到了，我稿子还没写完。真的，就没什么空。

你等着，我马上过来了。门外确实有脚步声朝着这边来。

袁娴连忙回道：我来了！你好烦！

对方有点骄傲，发了一大串愉快的表情。袁娴又气又想笑，窸窸窣窣地从床上爬起来。

拂过脸上的风，凉爽中带点树叶的清香。因为放假的关系，地铁站人满为患。袁娴比较喜欢安静一点的野景，虽然陈朗想去热闹的市区，最后还是搭了四号线出行。

出了地铁之后，他们直接来到岳麓山。穿过陈旧感十足的旧址，爱晚亭的枫树林仿佛一大片火烧云，将半边天空都映衬成红色。漫步其中，有一种穿越的恍惚感。袁娴蹲在地上找好看的枫叶，准备晒干制成书签，专心致志的模样像小孩子般天真。

陈朗蹲在不远处的树后，悄悄打开相机，给她拍了一张照片。她今天穿了一件宽松的针织上衣，棉麻的布裙，甜净美好，五官清俊分明。相机照出来的效果格外好。

陈朗默默地看了好一会儿，才将照片保存到私密空间。

袁娴蹲在树下，挑到不少可以做标本的树叶。

她回头一看，陈朗正拿手机对着她，顿时感觉不好意思，慢吞吞地踱着步子过去："看吧，我就比较无趣，喜欢待在没人的地方。你喜欢热闹，却要虐待自己，跟我一道出来玩。"

"没有啊，我觉得挺好玩的，真的。"他深吸一口气，表情很认真。

"不用勉强自己，我又不会感激你。"她"哼"了一声，仿佛嘲笑他自作自受。

陈朗摊开手臂，半开玩笑的口吻："我真没有无聊，我觉得听你说什么都有意思，你的事我都感兴趣，跟你干什么都开心，你去哪儿我都想跟着。"

晚上袁娴趴在床上，不由自主地回想着白天陈朗说的话。她认真揣摩他的语气、神态，试图从中感受到对方的真心程度。

应该是开玩笑吧，他们才认识不久，怎么可能在这么短的时间内产生真心的喜欢。如果不是真的喜欢，应该就是习惯性地对女孩子花言巧语，毕竟他也不是没谈过恋爱。袁娴揪着枕头下了结论，想明白了，反而一阵咬牙切齿。

袁娴心想，这个人真是危险得很，以后要对他冷淡一点。正这么想着，微信聊天框就弹出一个熟悉的头像。对方是一种很可爱的语气，问她在干什么。她从床上坐起来，换了一个舒服的姿势，回复得很简短。

对方很快便发现她的心不在焉，一连发了好几个问号。袁娴想不出该怎么回复，干脆不回了。陈晓和陈星在客厅里看综艺节目，袁娴丢下手机，加入了她们。

没一会儿，陈朗也出来了，一头的卷发有点乱，穿着很休闲。袁娴用余光看他一眼，便收回视线，抱紧膝盖往单人沙发的角落一缩，几乎将脸埋进薯片袋子里。

陈晓和陈星中间还有很宽的位子，旁边还有一个空沙发。陈朗一个都没选，直接在袁娴和陈晓中间的地毯上坐下了。

陈晓看了一眼，想到以前他也爱坐地上，就没有去管。

袁娴却是心惊胆战，陈朗离她很近，右手胳膊搭在脚边，甚至可以感受到他的气息。她想起身走到对面去，又不想显得太刻意让陈晓发觉。陈朗还笑眯眯地给她喂水果，她们都吃了，只有她不吃，就更显眼了。

袁娴熬完了半场综艺，等到广告时间，跑进房间去拿手机。陈朗若无其事地起身，跟在她后面，一只手抵着快要关上的门，表情要笑不笑，似乎在嘲笑她的窘迫："你手机怎么了？发消息也不回。"

他们一前一后地离开，袁娴真怕被陈晓发现端倪。她扶着门框赶他："你有什么事，快回去啦。"

"你能走开我就不能走开？一起走开就证明有什么，'此地无银三百两'了吧？"她越着急，他越悠闲，老神在在，无所畏惧。

"你先过去，我马上就过来了。"她一边说，一边张望走廊的尽头，生怕有人过来，发现他们站在一起说话。

陈朗一副悠闲的模样，抱着双臂靠在墙上："我刚才给你发了七条消息你都没回，应该是有什么急事吧，我就站在这里听你说啊。”

“陈朗，你别太过分了啊。”她压低声音威胁他，却像被抢了食物的小奶猫一样，没有任何威慑力。

陈朗低声笑着，表情相当舒适愉悦，低下头凑近：“怎么，你生气了？”

“生气可以啊，但是不能不理我。”他稍微严肃一点，站在那里，等她的回答。

“知道了。”人在屋檐下，不得不低头，袁娴相当忍气吞声。

“不准敷衍我，下次发消息要秒回。”

“我也有事。”

双方据理力争了半天，直到那边陈晓喊人了，陈朗才先她一步出去。

袁娴靠在门边，右手虚握成拳抵在额头上，品味着酸甜苦辣咸的心情，很微妙也很新奇，是一种从来没有体会过的感觉。

袁娴这几天很奔波，总有大大小小的事情需要处理。三姐弟也不知道在忙什么，每天回家都不见人影。

陈朗给她发了很多消息，基本都是他在说，她只是被动地回复。下午有场聚会，庞媛媛也在，似乎是失恋了，醉酒之后一直在哭。

袁娴把庞媛媛牵到角落里坐好，倒了一杯水给她，摸着庞媛媛的头发安慰道：“不要一直哭了，有什么事跟我说说会比较舒服，我不告诉别人。”

“我没有关系啊，不就是跟弟弟分手了吗？我跟你讲，谈恋爱千万不要找弟弟，真的太自我、太任性了。我对他那么好，他凭什么说跑就跑，联系方式一个不留。前一秒爱你爱得死去活来，后一秒就翻脸无情。太伤人了，我再也不找弟弟了。”

庞媛媛哭得好伤心，总之就是年纪太小的男朋友没有定性，陪他们长大吃亏的一定是自己。袁娴一边听她倒苦水，一边安慰她，又陪她喝了不少酒，结束的时候人都感觉轻飘飘的。

袁娴不放心把庞媛媛交给别人，便打了车送庞媛媛回她家。

把庞媛媛送回家之后，街道上人已经很少了，袁娴又是第一次来这里，只能打开地图导航搜索回陈晓家的路线。这时，微信聊天框弹出来，是陈朗发来消息，问她在哪里，喊她出去吃饭，还发来共享实时位置。

袁娴点开一看，居然就在离这里不远的对方，直线距离五百米。陈朗也看见了，立马发消息：“站着别动，我出来找你。”

袁娴收起手机，走到路边的长椅坐下。对面是一座大桥，晚上车来人往，河风吹过来很凉快。她似有所觉，回头一望，陈朗就站在不远的地方。

清清爽爽的少年，微笑着看向她，伸出手轻声说道：“过来呀。”

袁娴有些醉了，这种时候她非常在意他这种没有边界感的行为。他到底是什么意思呢？可她又不能直接问。

袁娴无视他，扭头继续看街上的行人。

“你怎么了？不高兴？”少年走到她面前，蹲下，并没有碰到她任何地方，是令人安心又不失亲近的距离。

还真是滴水不漏。她心里这样想着，但丝毫不为所动。

他凑近她，吸了吸鼻子，声音好像含着棉花糖：“喝酒了？你又醉了吗？”

“我不会醉，就算脑子醉了，心里也清楚得很。”她略带不满地反驳道。

他笑着，没有反驳她："那我送你回去好不好？就是要先上去跟他们说一声，朋友过生日呢。"

陈朗将她安排到林俊钊身边坐好，就回了自己的位子。旁边是个女生，笑嘻嘻地说道："男朋友，你回来了啦？"

"滚开，我找不到对象全是你祸害的。谁是你男朋友？你男朋友也太多了，在座的都被你认了一遍吧？"他也笑嘻嘻地回道。

"如果陈朗再找不到女朋友，赵飞飞，你就将就一下吧。"杨路跟着喊。

叫赵飞飞的女生长了一张可爱的圆脸，端着杯子用方言跟陈朗说什么的同时扫了袁娴几眼。他顺着她的话音也看向袁娴："你少瞎扯了，这是我姐姐的朋友，人家听不懂C市话。"

林俊钊拆了一副碗筷，又给袁娴倒了杯饮料："我们几个从小玩到大，今天又是她生日，就闹了点。姐姐，你不要理他们。"

说好的送她回家，又被留下来参加饭局，她知道他也有不得已的地方。只是这天她的情绪格外容易产生波动，心里堵得慌。

袁娴想起庞媛媛说的那些话，想起她说的不要跟弟弟谈恋爱，就更加提不起劲了。

何况他们根本就没有什么，人家随便玩笑几句，她就被弄得心猿意马，患得患失，没意思透了。

袁娴想回去了，本来这也不是很有必要的饭局，不关她事。

她上了一趟洗手间就悄悄地溜了。此时还有公交车，站牌前人不多，清静得很。她在等候椅上坐了许久，醉意缓解不少，凉风一吹，就更加清醒两分。

等车子停稳了，袁娴随便挑了窗边的位子坐下，没注意到后面有人跟着上来，还直接坐在了她旁边。

袁娴看着陈朗，有片刻发蒙。他笑嘻嘻地露出两颗虎牙。在这样半明半暗的灯光下，他的轮廓真是好看得要命，她看得心跳都快了几分。

“看见你出来我就溜了，耽搁了这么长时间，你肯定很无聊。我们回家吧。”

真是疯了，上一秒还觉得人间不值得，闷到发慌，下一秒就心花怒放，看万物都可爱，要命。

袁娴明白自己有些不正常了。她的情绪从来没有这样多变过，可是她的心情止不住地飞扬。

陈朗见她捂着额头，挡住脸上的表情，便低头从下方看她，小声地说道：“你怎么了？还不舒服吗？回去我给你冲一杯蜂蜜水好吗？”

袁娴闷闷地别过头，低声叹道：“无聊得很，你让我自己待一会儿吧。”

“本来就无聊，让你自己待着不是更无聊吗？我们说说话吧。本来是叫你上去吃饭的，我不知道你跟他们在一起觉得无聊。待会儿去吃东西好不好？我知道一家特别好吃的店。”

“不了，我也刚从饭局下来，还喝了酒，现在只想回家。你就这样跑了，他们找你怎么办？”她的视线停在他一直闪烁的手机上，又是微信消息，又是电话的。

“管他呢，账我结了，酒已经喝了，生日也过了，该各回各家，各找各妈了。我现在只想跟你待在一起，谁也没有这一刻重要。”他又是用那副吊儿郎当的样子说着让人脸红心跳的话。

袁娴有些生气地说道：“你能别老说这样的话吗？我不爱听。”也不知道他跟多少女孩子说过这种话。

“为什么？我只是在表达我最真实的感受呀。”他一脸疑惑。

她才不要成为情场浪子养成路上浓墨重彩的一笔呢。或许陈朗现在对她有好感，可是就像庞媛媛说的，年轻人性子不定，她没有精力陪他玩。

“你不爱听，那我就尽量克制自己不要说，可是有时候真的控制不住。我此刻真实的心情就是这样的，我想让你知道，我藏不住心思。”

这就是少年人可爱又可恨的地方，赤诚又灼热。然而，这样的情感大多是短暂的，如烟花一瞬，划过天空，再无痕迹。对于慢热又长情的人来说，是一种残忍。

# 第3章
## 靠近

一秒钟过得很慢，慢到可以看清楚那个人所有的小动作；一秒钟又很快，从他们相隔的缝隙间倏忽溜走。陈晓一只手掌勺，一只手看着手机上的消息，头也不回地说道：“开门去，陈成来了。”

陈成是他们的堂哥，从名校毕业的那个。陈晓的打算陈朗也知道，脸色一下子难看起来，但表现得不是很明显：“他怎么来了？”

“我请他来吃饭怎么啦？快去开门。”陈晓道。

“他们家又不是没饭，干吗跑我们家来吃？你什么时候喊的他？我怎么不知道？”陈朗看了袁娴一眼，眼神中带着一种隐晦的探究。

“什么事情都得你知道还得了？快去开门，磨蹭什么？”

陈成确实一表人才，跟陈朗长得有些相似。他的个子没有陈朗高，但是成熟男人宠辱不惊的气质分明，说话慢条斯理，丝毫不过分吹嘘自己。

他坐在沙发上和袁娴聊天，谦逊有礼，明知对方是相亲对象也不扭捏，落落大方，十分健谈。陈晓从厨房探出头，笑眯眯地看了一眼，喊了陈星过去帮忙。

她本来也想喊陈朗的，转头一想要是人全走开了，未免显得太刻意。

陈朗坐在长沙发边上，脸上看不出喜怒。他慢悠悠地扔着一个苹果，抛起来又接住，视线落在电视上，其实耳朵全程竖着。

听他们聊些不咸不淡的内容，他心里就会舒服些。袁娴一直坐着没动，陈成也一步没走开，气氛融洽。两个陌生人都能聊那么久，还不给他插嘴的机会，他越想越气闷。

饭菜的香气从厨房飘出来，陈晓在围裙上擦了两下手，喊他们吃饭，转眼又冲陈朗吼道："你不吃还浪费，苹果扔地上去了！"

陈朗弯腰捡起苹果放回盘子里，面无表情地说道："又不是故意的。"

他无视姐姐瞪过来的眼神，先一步走到饭桌前坐下。他坐的位子在最里面，身边有两个空位。依照袁娴谦让的习惯，肯定会把外面的位子留给其他人，自己坐进来。

他老早以前就观察到了，所以提前等着。

陈晓先坐下，陈成就坐到陈晓身边。袁娴本来要往里走，陈晓拉住她坐在自己的位子上："我忘了还有一个汤，我们换一下，你坐这里吧。"

陈晓又想撮合，又想做得滴水不漏，真是难为她这么卖力地表演了。

袁娴无奈又了然地看了陈晓一眼。对方朝她眨眨眼，欢欢喜喜地去厨房了。

陈成笑着分碗筷，将几道好菜都移到袁娴面前："听陈晓说你们家乡的人都爱吃辣，这边的饮食还习惯吗？”

“她肠胃不好，不能吃辣。”陈朗冷不丁地开口，陈成看了他一眼，动作自然地换了一盘鸭肉到袁娴面前，还没说话，又听陈朗道，“她喜欢吃素，不爱吃肉，而且这鸭肉也很辣。”

他以前就不怎么喜欢这个堂弟，老喜欢跟他作对。他一再被下面子，多少有些尴尬，只能嘴上招呼袁娴：“多少吃一些，你的口味比较清淡是吗？我知道几家不错的粥店，下次带你去吃。”

两个人暗暗较劲似的，互不相让。陈成以前都不搭理陈朗，这天却寸步不让，一定要争个高下。

陈晓将汤碗放在桌上，取下手套搓了搓手，说道：“都等什么呢？快吃呀。我好久不下厨了，也不知道好不好吃。”

其间，她警告似的瞪了陈朗一眼。他理都不理，百无聊赖地用筷子戳着米饭。

袁娴谁也不想得罪，松了一口气，跟着说道：“挺好吃的，反正比我强多了。”

“没想到你还会做饭，那你喜不喜欢烧烤、野炊？等我放假的时候，我们去河边烧烤呀。”陈成顺嘴接下话。

陈晓想给他介绍对象这件事情他本来不怎么感兴趣，因为他才跟前女友分手不到半年。可是见了袁娴之后，他立刻改变了主意，觉得这个女孩子值得争取一下。

袁娴感觉到陈朗在看自己，有些坐立不安：“还好吧，以前也去玩过，挺有意思的。”

看她并不排斥，陈成又说道：“可以去钓鱼，到野外走走，都挺不错的。”

陈朗立刻笑出声，像个顽皮捣蛋的小孩子，看人家的笑话：“她又不喜欢钓鱼，之前爬山累得半死，第二天喊她去钓鱼，她宁愿再去爬一次山都不肯钓鱼。”

袁娴不好意思地说道：“我确实没有太多耐心，觉得钓鱼太枯燥了，坐不住。”

“感觉钓鱼的人都是在培养耐性，享受的就是钓到鱼那一瞬间的喜悦和满足。”陈成说道。

“或许吧，但是我等不住。”袁娴道。

陈成又说：“爬山的话，去那些人多的名胜古迹也没什么意思，在城里看人，去野外还是看人。我知道有个地方挺适合爬山，就一个多小时的路程，不会太累，而且沿途的风景很好。”

“那下次我们一起去，我也好久没去野外玩了，带个烧烤架，找个晴朗的天气出去放松一下。”陈晓极力怂恿。

这顿饭吃得宾主尽欢。陈晓也看出来他挺满意袁娴，于是开开心心地送走人，再开开心心地收拾厨房。

袁娴吃完饭就没看见陈朗，于是洗了澡回房间看书，没一会儿微信就收到了他的消息：“你上辈子是不是一杆秤？”

她一脸莫名其妙，发了三个问号过去。

“挺公平的呀，谁也不得罪，太极水准一流。连第一次见面的人都能顾及对方的感受，自己的喜好都不重要，只会迎合别人。”

有必要把她讲得那么市侩吗？

袁娴回复：“你也说是第一次见面，人家又没得罪我，我又没病，干吗给人家甩脸色？低头不见抬头见，和气生财呀。”

“低头不见抬头见？你还准备跟他长期发展？他是你什么人？才见第一次，就这么快决定？”他的语气因为着急，不自觉带着责备，仿佛在闹别扭。

“不是这个意思，我就是怕以后还会见面，所以对任何人都和和气气。毕竟没有利益冲突的时候，多个朋友总比多个敌人好。”她为人处世一直很中庸，给人温柔体贴的印象，少年人的横冲直撞才是她欣赏不来的。

“所以在你眼里任何人都一样，没有特别喜欢的人，也没有特别讨厌的人，跟谁都能好好相处，也不轻易起冲突，是这样吧？”

袁娴默然，确实是这样的，她从小就是这样的性格。陈朗形容她是一杆秤，还真说对了。她就是追求公平公正，在为人处世上总会达成一种奇妙的平衡感，只要维持住，就会让她很安心。

“那我可不可以要一点点特殊，我不要跟其他人一样，给我一点点偏爱，可以吗？”手机安静下来，过了一会儿他又补充，“至少我跟陈成，你能不能表现得偏向我一些？”

袁娴看完不禁心跳加速，在旁人看来，她对待陈朗和其他人没有任何不同。只有她知道，她的余光已经有太多时候不由自主地落在他身上了，她要用全部的自制力克制，才不会让人发觉。

陈晓将浴巾搭在肩上，顶着一头湿漉漉的头发，换好衣服进屋，反手将房门关上。看见袁娴坐在床上捧着手机发呆，她护完肤便掀开被子坐进去。

她饶有兴味地问：“怎么样？你对陈成的第一印象还好吗？觉得他怎么样？”

“感觉还可以，才见一次也说不上来，整体还行吧。”袁娴模棱两可地回答，实在不知道该怎么形容。

“他对你的印象倒是挺好的，刚才还给我发消息，说过几天出去玩。走的时候也没要你的微信，不知道他是怎么想的。你要是觉得还可以，可以主动一些。”陈晓念念有词。

袁娴不知道怎么答，干脆不说话了。

陈晓也知道袁娴是个慢热的人，对待感情很慎重，喜欢考量了又考量，于是摆摆手，说道：“算了，算了，日子还长，能走到哪一步就看你们的缘分吧。不过你可不准给我掉链子，人家喊你出去玩，别喊十次你拒绝十次，有时候也得给人家一些机会，也算是给自己机会吧。你都不接触，又怎么知道这个人到底是不是你想要的，对吧？”

“可我就是喜欢宅呀，你又不是不知道。而且看眼缘吧，如果一个人丝毫不合心意，还要勉强相处，那可真是太折磨人了。”袁娴略显无奈地说道。

“少来，你每次都说看眼缘，根本就是在敷衍人吧，也没见谁能对上你的眼。二十几年了，遇到过的人不少，就一个都没有吗？你不要太挑了，我不是说你喜欢挑条件，是感觉你有精神洁癖，那种跟你方方面面都能契合得完美的灵魂真的可遇不可求，每个人都是有缺点的，感情不就是相互磨合吗？总得有个开头呀。”

袁娴抱着陈晓蹭了蹭，一颗心变得柔软起来：“我知道你是为我好。”

躺下来后，陈晓伸手关了灯，在黑暗中幽幽地叹了口气：“我弟弟是不是喜欢缠着你？”

袁娴紧张了一下，几乎脱口而出：“没有呀，都没怎么接触过。”

她不敢说之前他们单独出去过几次，听陈晓的口吻，似乎有些反对。

“他就是爱玩，老毛病又犯了，看见谁都喜欢撩一下。你不要理会他，实在嫌他烦了，当自家弟弟修理就对了。或者你告诉我，我给你撑腰。

“说实话，我不希望你们在一起。你呢，闷得很，心思细腻又敏感，什么都喜欢憋在心里，有时候我真怕你会憋出毛病。他爱玩，年纪小，对待感情不认真，三分钟热度的时候居多。

“这家伙说喜欢你的时候看起来很真挚，但一转头就忘了自己说过什么，要是你当真了，那得多难受。”

其实陈晓的话夸张成分居多，但是面对袁娴，她不得不描述得严重些，反对的态度也要强硬些。她知道袁娴很在乎朋友，也很在意她的看法。

陈晓真不希望他们有什么苗头，一个是她的弟弟，一个是她最好的朋友，都是很重要并且不能轻易割舍的人。他们如果能长长久久在一起，那当然很好，可是依照两个人的性格和年纪来看，变量实在太多了。

如果将来有一天惨淡收场，她夹在中间会很为难。所以不管有没有可能，她都要先给袁娴打预防针，只要袁娴不搭理陈朗，他再上蹿下跳也没用。

“他就是永远在追不喜欢他的人，一旦对方热情起来，有回应了，他立刻感觉无趣，扭头就走。就算他是我弟弟，我也觉得他挺无情、挺狠心的，一般人都玩不过他。”

袁娴沉默地听着，夜里太安静了，窗外的风都和缓了不少，只有陈晓的声音在回荡。为了表现自己的不在意，她漫无目的地滑着手机来掩饰自己的真实情绪。

第二次见面，陈成加了袁娴的微信。陈晓引导的作用达成后，便功成身退，直接让他们自己发展。他确实很喜欢袁娴，约了她几次，也很舍得花钱。

可是袁娴不习惯欠人家人情，陈成每付出一次，她就必须还回去。

陈成一面很无奈她这样，一面又为她的细心和周到心动。每跟她见一次面，他都感觉对她的喜欢上涨一分。他从没见过这样的女孩子，时时刻刻留意别人的感受，会说话，也会开玩笑，大方又不计较。

听陈晓说她是写小说的，出版的书还很畅销，他就更满意了。工作稳定、收入不低，要是能长远稳定地发展，结婚也是很不错的选择。

陈成殷勤地为她续上果汁，然后把两条胳膊放在桌面上，满眼都是她："怎么样？这家日料好吃吗？我觉得还不错，你要是喜欢，我们可以常来。"

袁娴放在桌上的手机不断有消息弹出来，她回复了"在忙"，对方仍然穷追不舍。陈成有意无意地扫了几眼，感觉有些眼熟。

袁娴把手机屏幕朝下扣在桌上，又关了声音。

她点头说道："挺好吃的，感觉氛围也很好。"

因为要打造纯日餐路线，店里的装潢都是日式风，服务人员全体穿日式短打。

"这个商场算是比较大的，人流量也多，你想不想买什么东西？"每次出来他都会这样问。

袁娴怕他花太多钱，哪怕有需要也不会说，于是摇了摇头。

"好吧，我们待会儿干什么去？最近有一部电影，我看网上好评如潮，要不要看？或者四楼刚开了一家密室逃脱，还有枪击馆，你想玩哪个？"

哪个她都没有兴趣。但看陈成一副跃跃欲试的模样，她也不好意思拒绝："都行呀，不过刚刚吃完饭久坐不好，电影还是以后再看吧。我挺想去枪击馆的，还从来没玩过呢。不过我近视，不知道瞄得准不准。"

他们正说着话，玻璃就被人轻轻地敲了一下，他们同时扭头看去。

原来是杨路，正笑眯眯地朝袁娴招手。他身后还站着几个人，有男有女。

陈朗站在最后，两只手插在兜里，戴着一顶黑色鸭舌帽，脖子上挂着耳机。他身后是一张明星海报，和他的打扮有些相似，他的头身比例甚至比海报里的人还要好。他的嘴角微微向下，眼睛半睁着，不知是没睡醒还是情绪不高。

打过招呼，他们就离开了。

陈成起身说道："我们也走吧。"

路上，陈成买了两杯奶茶。袁娴提在手上，他们直接坐电梯到了四楼。密室逃脱就在枪击馆旁边，他去买票，她就趴在玻璃栏杆上盯着一楼的人流。

一个人影挪过来，直接从她手上拿走了奶茶。她"啊"了一声，还没来得及反应，奶茶就进了垃圾桶。

她愤怒地转头去看扔掉了她的奶茶的人。对方一副故意挑衅的神情，见她没有追究，便笑道："那么你侬我侬的，怎么没跟人家一起呀？"

他说个话还要哼哼唧唧，跟一只发脾气的小猫一样。

袁娴把手搁在栏杆上，感觉精力不是很充沛："谁让你扔我的奶茶了？人家才买的。"

"还嫌不够痛吗？这种时候喝那种冷的东西，晚上又准备爬起来在客厅当游魂？我还懒得一大早起来烧热水呢。”他理直气壮地教训她。

袁娴的脸一红，昨晚是生理期第一天，她的肚子格外痛。待陈晓睡着了，她起来去客厅待了一会儿。早上她发现桌子上放着一杯红糖水，还以为是陈晓泡的，原来是他。

她看向他，想说声“谢谢”，就见对方低着头，用脚尖轻轻踢着墙壁，状似无意地问：“你们发展到哪种地步了？”

她有些尴尬地说：“就一起吃了几次饭，看了两场电影。”

“真喜欢他？”他说这话时格外认真，也不别扭了，视线落在她脸上，她的回答对他来说很重要。

袁娴认真地想了想，说道：“并不是很喜欢，但也不讨厌。就像你姐说的，可以接触试试。”

他嗤了一声，表示很不屑：“你听陈晓说？把你带沟里去都不知道，她就是爱凑热闹。”

他吐槽着，又失落地低下头。他其实很想问问她，为什么这段时间故意疏远他，说话和回消息都那么冷淡，他到底是哪里惹到她了？

他是个情绪外露的人，被这样忽冷忽热地折腾，不在意的人他才不管对方死活，可在意的人就一定要问个清楚心里才舒服。然而面对她，他不敢。他本来就不是特别了解她，万一把她逼急了，她又不理他了怎么办？

他只能迂回地关注，找到问题所在。可是袁娴说话滴水不漏，也不可能把陈晓说的那些话转达给他，只会用不咸不淡的态度消耗他的热情。

就在二人沉默不语时，陈成走到袁娴身边说：“他们去玩密室逃脱，我看好像挺有意思的，我们也进去看看吧。”

其实他买了票就后悔了，跟袁娴二人世界多好。可是架不住杨路捣乱，边激将他不敢玩，边擅自买了票塞到他手里。

门口是个黑洞，红绿相间的灯光一闪而过，长廊一眼看不见尽头。袁娴是第一次玩这个，走到门口就感觉挺有氛围的，只是有些诡异。她指着地上一块疑似血迹的地方：“你确定这是密室逃脱而不是鬼屋？感觉里面黑漆漆的。”

“他们说了，好像是一个悬疑密室，所以带点儿鬼屋的性质。你要是害怕就走我后面。”

可不可以不进去？

袁娴忍不住打退堂鼓，揪着背包带子一步一步试探着往里走。里面挺大的，可以听见一群人嘻嘻哈哈的声音。

陈成本打算走快些，跟上他们，人多了也不至于太害怕，一时紧张就忘了袁娴。等他想起来回头看的时候，发现她居然不见了。

杨路拽住他，说道：“不用找了，我们也丢了两个人，肯定是跑到其他密室去了。”

“完了，忘了告诉他们，这里面真有鬼，就在密室里。”

“怕什么，又不是真鬼。”

“就是，走，走，走，我要进去看看。”

陈成有些无奈，拿出手机给袁娴发消息，直到收到对方的回复才放心。

袁娴靠在墙边，刚刚按下发送键，眼前便有一只手抽走了她的手机，还吓唬她：“不准玩手机，不然你自己走出去。”

陈朗顺手把手机揣进自己兜里，自然而然地牵起她的手。

袁娴愣住，往回抽了两下，他却握得更紧了：“别闹，这里面真有鬼，等会儿突然跳出来看你怕不怕。”

他长得秀气，手掌却很大，完全包裹住她的手，有种温暖可靠的感觉。他们走了一段路，不知什么地方偶尔传来几声尖叫，怪异凄惨，在这黑漆漆的空间里回荡着，怪瘆人的。

袁娴朝陈朗靠近一些，整个人躲在他身后。他弯腰捡起一个道具，挂在手上试了试感觉。他们藏在灯光照不到的隐秘地方，右边走廊里有铁链在地上拖行的声音，慢悠悠的，听得人心一紧。

一个青面獠牙、满口鲜血的电锯杀人魔僵硬地踱步过来，袁娴有些害怕，不自觉地抓紧陈朗，身体几乎贴在了墙上。

陈朗拉着袁娴就跑，身后传来阵阵吼声，吓得她边跑边尖叫。

这里就跟迷宫似的，他们也顾不上什么解密了。密室里靠墙站了一排 NPC（非游戏玩家）死尸，陈朗挑了两个，把人家身上的道具服抢过来，再把面具一戴，学着他们站得规规矩矩的。

电锯杀人魔从他们面前一阵风似的刮过去，几个人边哇哇乱叫，边从他们面前跑过，绕了几个圈还没停。陈朗悄悄掀起头上的面具，眼睛发亮，小声问：“好玩吗？”

“你怎么不按套路出牌？吓死我了。”她话是这样说，却开心地笑着。

陈朗傲娇地哼了两声：“平常都是鬼吓人，今天我们也吓吓鬼。”

旁边有演尸体的 NPC 睡在床上，陈朗悄悄躲到床底下。

杨路一行人来到了这里，在尸体上找线索。

他刚刚掀开被子，尸体就坐了起来，满屋顿时响起接连不断的尖叫声。袁娴站在角落，连忙用手捂住耳朵。昏暗的屋里正在上演“老鹰捉小鸡”的游戏，陈朗趁机从床下爬起来，一把抓住 NPC 的脚踝。

NPC 也被这一下吓坏了，场面一时变得混乱又滑稽，几个人和“鬼”抱在一起瑟瑟发抖，其他人则慌不择路地满屋子乱窜。

闹剧收场，从密室出来后，杨路一直拽着陈朗，一路骂骂咧咧。

在里面玩的时候一直没看到陈成，原来他早就出来了，在休息室里等着。

他看见袁娴后，首先就迎上去，递给她一瓶水，说是突然有事得先走，只好让陈朗送袁娴回家。

这时是晚上七点钟，他们有些人还没吃饭就出来了，玩完以后不肯散场，便去了楼下的露天广场。袁娴想走，因为并没有特别熟悉的朋友。她刚跟陈朗说了一句，杨路听见了，就跟陈朗一左一右夹着她不让她走。

“咱们还没有一起吃过饭呢，你好不容易来一次，也让咱们尽尽地主之谊不是。走，走，走，喝酒去。”

袁娴架不住他们的热烈邀请，最终妥协了。

这家店做的蒜蓉烤鱼味道一绝，尽管袁娴没有吃晚饭的习惯，还是没忍住吃得饱饱的。杨路起哄要玩色子，蔡晓云摇头摇得像拨浪鼓，表示不参与，可杨路已经让老板上了一桶可乐：“意思一下嘛，不能喝酒的就喝可乐，人多才好玩啊。”

林俊钊小声安慰蔡晓云：“你不想喝的话我可以帮你喝，大家一起玩也有意思些。等你吃饱了，我就送你回去。”

袁娴本来也不想喝，见蔡晓云拒绝了好一会儿都没躲过去，感觉希望渺茫。陈朗把她面前的大杯子换成纸杯：“你也喝可乐。”

袁娴求之不得，拿出手机，照他们说的搜索微信小程序。其实就是酒桌上色子常用的一种玩法，总之是猜对方的，吹自己的。杨路运气有点差，前面几局全是他在喝酒，陈朗和林俊钊又不肯放过他，所以他一直跑厕所。

袁娴会玩，但没有很多酒局让她练习，所以水平马马虎虎。陈朗背靠着椅背，一只手撑住脸。袁娴不让他看自己的点数，他就故意把长腿伸到这边来，挤得她只有一点点地方。

那姿势懒散又舒服，他只要挨到她一点点，就会被拍回去，这一场拉锯战毫无硝烟地进行着。

赵飞飞跟杨路一组，开头就喝了不少。两个人都在看广告，林俊钊嘲笑道："咱们一起看广告得了，还玩什么？真以为广告刷多了就能刷到豹子啊。"

杨路藐视全场："试试不就知道了？"

陈朗和林俊钊见状，联合起来疯狂开杨路，赵飞飞按住杨路的手机："我不想喝酒了，你行不行？"

杨路偏头跟赵飞飞说了一句悄悄话。袁娴感觉他朝自己看了一眼，顿时有种不好的预感。果然，两个人谁也不管了，就逮着她下手。

本来她就手生，还惨遭围追堵截，三杯可乐下肚，不醉也难受。她道："杨路你就是这样招待我的吗？我可真是要谢谢你，逮着我欺负是不是？"

"那你让你家陈朗放我们一马啊，谁让你是他的软肋呢。对不住了，这一局我还是开你。"他"嘿嘿"笑着，盯着袁娴的手机。

袁娴揉了揉肚子，朝陈朗瞅了一眼，意思是让他想想办法。她这样斜斜递过来一个眼神，美丽又干净，身后绽放人间烟火，看得他心湖荡漾，那股不可言说的炽热如瀑布流泻。陈朗坐直身子，眼神温柔："你乖乖叫就是了，有多少叫多少，输了我帮你喝。"

不管怎么玩，杨路那组依然逮着她不放，后来运气也不是很好，总摇不到好的点数。袁娴勉强喝了两杯，其余的全由陈朗代劳。

“等我看完这个广告，我也能摇出豹子。”蔡晓云道。

林俊钊忍不住笑道：“得，还真是，大家一起看广告吧，还玩什么色子。”

陈朗有点醉了，头微微靠在袁娴椅子后的扶手上，一副不大舒服的样子，眉心微微蹙起。他喝醉的时候安静得像一只小猫，还会吧唧两下嘴。袁娴用手托着他的脸，隔开硬硬的竹板，果然他的表情好看了一点。

回家路上她一直扶着陈朗，他才不至于跌倒。他走得歪歪扭扭的，看见熟悉的家门就不让袁娴再扶了：“我没有醉，地上这条直线，我能平平稳稳地走过去，你信不信我？”

“信，我相信，你没有醉，还能喝。咱们回家继续喝，上台阶了，抬一下脚。”她承受了他身体的一半重量，不知是少年人火气都大，还是只有他身上是滚烫的，那种男孩子独有的气息将她包裹住。

“我真的没有醉，你又不相信我，我就是有点头晕。我知道自己在干什么，明天肯定能给你准确地描述出来。”

路边有两座小朋友的木马玩具，陈朗非要去坐，他还自己配音：“摇啊摇，摇到外婆桥……”

袁娴忍不住了，蹲在路边笑得肚子痛，掏出手机把全程拍了下来。好说歹说，摇到头晕眼花了，他才终于肯下来继续走。

两个人走到楼下，遇到正把双手背在身后巡逻的门卫，陈朗也学着门卫大叔的样子，挺着肚子，像八爪鱼一样往前挪。

袁娴拽住多动症发作似的陈朗，好不容易才进了电梯。越回味越好玩，她捏了捏陈朗滚烫的脸：“你姐知道你喝醉了这么好玩吗？陈朗，你可别得罪我，我手上可有你的把柄。”

她费了九牛二虎之力，才终于把他丢上床。他自己又爬起来，绕着床走一圈，然后走到门边将门反锁上。

袁娴看得惊奇，歪着头看他："你知道自己在干什么吗？"

"锁门。"

他的头朝向她，眼睛亮亮的，仿佛在酝酿什么坏事。袁娴也不怕他干什么，逗他道："你不对劲，我还在你屋里呢，你锁门干什么？"

"就锁你。"

他小声嘟囔着，摸到床边把衣服脱了，往被子上一扑。

袁娴见他乖乖要睡的样子，趴在他耳边道："那你好好睡，我出去了。"

他"嗯"了一声，迷迷糊糊地睁开眼睛："你去哪里？"声音软软的，带了点迷茫的无助，可怜又可爱。

袁娴心一软，把他乱糟糟的头发理顺到一边："我出去了，你睡觉好不好？"

"不好，热，要洗澡。"他哼哼唧唧地抱怨，扯着裤子，似乎想脱下来。

袁娴按住他的手："那你乖乖去洗澡，洗完就睡觉。"

"不去。"

"怎么了，不是不舒服吗？"

"你要走，我去洗澡你就走了。"他把头闷在被子里控诉她。

袁娴只好哄道："我不走，我等你洗完澡回来。"

他还是磨磨蹭蹭不愿意动弹，袁娴保证了好一会儿，他才终于爬起来，晃晃悠悠地从衣柜里摸出衣服。

袁娴帮他把门打开，他走出去又晃回来："你走了的话，我就再也不理你了，不理你了。"

“我不走，真的不走，快去洗吧。”她本来打算偷偷回房间去的，可是听他郑重其事地说了这么一句，她突然就不想跑了。

快凌晨了，陈晓还在外面，她给袁娴发消息说自己一会儿就回来，又问袁娴在哪里。

袁娴很纠结，要是说自己在家，等会儿陈朗不肯放她出去，该怎么解释？思来想去，只好对陈晓说今晚陪朋友在外面住。

袁娴坐在床上玩了一会儿手机，房门再次打开了。陈朗看见她还在，默默地爬上床躺在她身边，安心地闭上眼睛。过了一会儿，他又拉着她的手，把她的手垫在脸下，觉得舒服了，才慢慢地睡熟了。

# 第4章

## 执着

陈晓凌晨两点钟才到家，这时袁娴还没有睡着，外面开门的声音若有似无地传来。她侧着耳朵听，心“怦怦”跳快，生怕下一秒房门就会被人从外面推开。好在陈晓并没有进来看陈朗，洗澡后就回房间锁门睡了。

陈朗睡着后很乖巧，呼吸浅淡，露出小半张线条分明的侧脸，奶白色清爽的肌肤，柔软乌黑的头发。袁娴盯着他发呆，发现他的睫毛很长，自然生长的眉毛形状也很好看。

她很想睡觉，但神经怎么也放松不下来，睁着眼睛到四点才终于被困意打败。

窗外的阳光照进来，令房间里的温度直线攀升。袁娴被晒醒了。她拿开陈朗放在自己腰上的手，甩着微麻的手臂，悄悄从床上摸下来。

陈晓应该还没醒，袁娴便没有去打扰她，而是转头去洗了个澡。她出来后顶着浴巾坐在客厅里擦头发，哈欠不断，眼睛红红的，整个人困得神魂颠倒。

在她离开之后，陈朗也醒了。他爬起来摸了摸身边留有残香的被窝，又把头埋在枕头里蹭来蹭去，就像她还在一样。

袁娴睁着蒙胧的泪眼，看着害她几乎一晚没睡的罪魁祸首顶着一脸无辜的表情走出房间。

陈朗似乎还在发蒙，东看看西看看，趿拉着拖鞋，一步一步挪到茶几前，最后盘腿坐在地上，问道：“我昨天怎么回来的？”

袁娴没理他，接着打哈欠。他还喋喋不休：“我是自己走回来的吗？”

袁娴实在是太困了，头昏脑涨，没好气地回道：“我把你抱回来的，公主抱。”

“你抱不动我，我一百四十斤。”

“我两百四十斤，失敬失敬。”她抹掉眼角的泪水，想着等陈晓出门了，一定要回房间补觉。

“你都没有肉。”他小声说着，眼睛往她腰上瞟。

“我要是没有肉，简直做梦都要笑醒了好吗？而且我哪里没有肉，腰上有，手上也有。”她真心懒得理他了。

“没看出来，更没摸出来。”他说着这句话，眼睛直直地瞄着她，似乎怕她生气，毕竟有点暧昧了。

“是呀，我身材不好，看着又不好，摸着也不好，真是难为你了呢。”她面无表情，讲话有些阴阳怪气，像在故意刺他。

陈朗有点无措，抓了一把乱糟糟的头发：“你如果觉得我说得不对，为什么不直说呢？还要说句反话。口是心非，很吃亏的。”

“吃什么亏？”

“只有在乎你的人才会哄你，不喜欢、不在乎你的人，才不会管你的小情绪。”他若有所思地学着她的样子这样说着，眼睛里却全是笑意。

“哪有啊。”袁娴有点不自在，避开他的眼神看向窗外。

“就是你太傲娇，像一个心思细腻的小朋友，拧巴。”

袁娴不理他了，打着哈欠，将沙发上的一个抱枕抖开，盖在身上做出要睡觉的姿态。

陈朗走过来拉她的胳膊：“起来啦，咱们出去吃早餐。”

袁娴缩手往后退，却又逃不开他的纠缠，无语地说道：“不去，我要睡觉，困得灵魂要出窍了。”

“吃完早餐回来再睡，很快的，我骑小电瓶车带你去。”他拽着她的手不放，就是想躺也躺不下去，还被摇晃得难受。

袁娴气得不行，拗不过他，只好坐起来：“你好烦。”

“等我一下，我洗脸很快的，你穿衣服。”话没说完，他人已经跑进洗手间。

袁娴只好进陈晓房间去拿衣服。陈晓闷头睡得正香，听到响动后扭头：“你回来了，干吗呀？”

“出去吃早餐，你去吗？”她几乎忘了自己昨晚对陈晓说过在外面过夜，此时回来一趟立马又要出去的行径显然十分可疑。

好在陈晓睡得迷迷糊糊，并未留意，她只是闭着眼睛咕哝道：“太困了，我没睡醒，不吃了，你去吧。”

微信开始不断地弹出消息提示音，估计又是陈朗在催。之前怎么没发现这个人是个话痨呢，袁娴拿过手机赶紧出门。

夏季的太阳就是早晨也凶得很，晒在皮肤上立马热起来。袁娴靠在陈朗背后，闭上酸涨的眼睛，打瞌睡。

他把车飚得老快，袁娴不得不双手环住他的腰，以防被甩出去，可是这样靠着就忍不住想睡，她的手刚刚松开一点儿，就被他一把握住手腕，轻声道："抓好了。"

这一带早餐店不少，沿着长街林立，种类也很丰富。粥店里人不多，桌椅干净又整洁，阳光刚好爬到门口，照在门边的两张桌子上。他们挑了里面的椅子坐，穿堂风一吹，袁娴一连打了两个喷嚏。

陈朗倒了一杯热水放到她手边，两只手撑着脸，静静地看着她。袁娴几乎一晚上没睡，自知脸色肯定不好，于是她用手捂着脸，瓮声瓮气道："你看我做什么？"

卤蛋先送上来，陈朗拿起一个在桌上轻轻一滚，蛋壳立马碎开。他慢条斯理地剥好卤蛋，放进她碗里："看有些人口是心非。"

她假装没听见，低头喝粥，眯着眼睛，似乎下一秒就能睡过去。陈朗趴在桌上，直直地看着她的脸："真有那么困吗？既然困昨晚为什么不回房间睡？"

他有点模糊的印象，自己想靠她近一点，一直往她那边滚。而她寸土必争，他一滚过来就被她推回去。两个人折腾了大半个晚上，也是够费劲的。

可他也不是故意的，喝醉了，神志就没有那么清醒，不然不会那么闹她。

袁娴闭着眼睛，嘴里还在嚼东西，腮帮子一鼓一鼓的，像一只小仓鼠。

怎么那么可爱！他的手指蠢蠢欲动，真想捏捏她。

"都赖你，还好意思说？"她咽下嘴里的东西，用一只手揉眼睛。

陈朗抓住她的手腕："不要揉，眼睛被细菌感染了可怎么办？"

虽然是他主动叫她出来吃早餐的，但他没吃多少，不是看着她吃就是在帮她拿吃的。她拿了个包子，轻轻咬了一口就放下了："不行了，吃腻的东西好想吐。”

陈朗毫不犹豫地拿起她吃剩下的，两三口就吃完了。

袁娴目瞪口呆，脸一下子热起来，不好意思看他。见她有些不自在，他也没好心放过她，用一脸非常满足的表情说道：“有什么关系？这家的东西很好吃的，浪费了多可惜呀。”

这个人真的好不要脸。她实在招架不住，选择埋头喝粥。

陈朗吃完自己的东西，双腿外敞，姿态随意自在。那种放松神情，就好像没有什么事情可以让他烦心：“你还没说呢，昨晚怎么没回房间睡？”

“吃完了吗？回去吧。”她答非所问，不想理他。

坐上车子后，陈朗把打包的早餐挂在车头，两只手伸到后面握住袁娴的手往腰上带：“你抱着我睡，我拉着你，不会摔下去的，到家了我再叫你。”

陈朗明显察觉袁娴对自己并不是毫无感觉，或者说是她的优柔寡断给了他底气。于是他在追她这条路上义无反顾地前进，花样百出，理直气壮地打听起她的行踪来。

袁娴不会撒谎，因为觉得一旦露出端倪会很麻烦，到时候就不得不用一个漏洞去填补另一个漏洞，从而形成恶性循环。她在任何事上都不喜欢撒谎，绝对的坦诚就是极致的强大，空白的人没有秘密。

她的行程从不会瞒着陈朗。毕竟有陈晓的存在，他想知道什么也不一定瞒得住。所以他问什么她就答什么，得知她跟陈成在一起，那边沉默了一会儿，又问在什么地方。

袁娴对陈成并无男女之情，只是因为好友殷勤地介绍，她怕拒绝得太强硬会让大家都尴尬，便顺从好友的意愿与他相处看看。

袁娴随意地回了几句消息便放下手机。陈成等她吃完，问道：“还想去哪里玩吗？正好我今天有空，可以陪你去。我明后天要出差，得有几天见不到你了。”

袁娴是选择困难症重度患者，最害怕别人让她做选择题。但是陈成太绅士，每回出来都喜欢征询她的意见。即使她已经说过自己很宅，不怎么出门所以对这里不熟悉，他还是喜欢问她。

太过温柔绅士的人似乎不适合她，她还是喜欢跟果决一些，能帮她做决定的人一起玩。于是她拿起手机看了一眼，说道：“陈朗也在这附近，说是他朋友有事走了，撇下他一个人，让我回去的时候叫上他。”

陈成沉默了片刻，抬起头，目光专注，问道：“袁娴，你觉得我怎么样？我们有发展的空间吗？”

突然跳到这个问题，袁娴险些没接住：“还好呀，为人很好，对我照顾，挺细致的，跟你相处很轻松。”

“还有其他的吗？如果把我当成另一半来看，这段时间相处以来，在你那里，我及格了没有？或者有哪些地方你看不惯、不喜欢的，也可以直接说出来。”

这话问得袁娴有些尴尬。姑且不说当面批评人需要多强大的心理素质，平白无故得罪人也不是袁娴的作风。

就算他真有不妥当的地方，她也不可能说出来。而且她是一个特别有包容心的人，共情能力很强，只要不是人品上的大毛病，身边关系一般的人她都不会多加责难，所以常常得到温柔和好相处的评价。

相处了这么久，两个人的话题还是很浅显的吃什么、玩什么、最近怎么样。他从不对她谈论关于自己的事，似乎也不怎么好奇她的事情，以至于两个人至今都对彼此客气到有些生分。这样看来，他们的关系也就比陌生人强一点儿而已。

袁娴心里这样想着，不禁有了神经质般的防备。如果让陈晓知道了，大概又会骂她神经病，单身一辈子得了。

想到这里她就觉得好笑。在她看来，如果真心喜欢一个人，肯定想了解对方的一切，哪怕出于礼貌不会问得太直白，也总会旁敲侧击的暗示，然而陈成完全没有这样的意思。

这样想来，陈成其实对于她也是将就的心态吧。

见她并未回答，陈成有些失落，心里凉了半截，微微笑道："陈朗在哪里？叫他过来吧，我送你们回去。"

陈朗沿着马路跑过来的时候，他们正站在小巷边的屋檐下乘凉。他穿着简单的白色短袖配黑色运动裤，身姿挺拔，好看又活力。他径直跑到袁娴面前停下，汗水悬在下巴上。

陈成把他们送到家门口才开车回家。

陈朗往外看了几眼，汽车尾灯已经看不见了。他看着她，嘴角下撇："好好一个小姑娘，跟他有什么好玩的？走，我们出去浪去。"

他不由分说地拖着她打车出门，风风火火到了一家电玩城。杨路几个人都在，正在玩游戏，见陈朗来了，不满地说道："不是说半个小时，你家半个小时当一个小时用的吗？你能再晚点儿不？再不来我们就走了。"

"有事耽搁了，我请你们喝奶茶。"陈朗扯着胸前的衣服扇风，似乎有些不舒服。

赵飞飞含着一根棒棒糖，头也没抬地说："我要珍珠奶茶。"

其他几个人也纷纷点单。

于是陈朗又去附近买奶茶，这个地方离她吃饭的地方根本不近，他是特意过去找她的。

等奶茶的工夫，袁娴想通了这点，于是问道：“你跟他们玩得好好的，干吗骗我说在附近？还特意赶过去跟我回家。”

“你还知道我是特意赶过去的呀？我还以为你又要装傻呢。请我喝奶茶，我要那个，炭黑星冰乐。”他理直气壮地提要求。

袁娴摸出手机，打算付钱，陈朗却推开她的手：“你给我买就行了，他们的我来给。你的就是我的，我不要你花我的钱，不准给。”

什么逻辑？他又在逗她玩。

袁娴反驳道：“我哪有装傻？装傻我就不会说出来了。”

“我倒希望你是个傻的，这样我就不用费功夫了。可是想一想，你还是精明一些好，不然随便哪个男人都能拐跑你。好纠结呀。”他笑嘻嘻地说道。

袁娴轻轻捶陈朗的肩膀：“就会胡说八道。我就跟人家吃个饭你也要凑热闹，大老远跑过来，那么热。”

“热有什么好怕的？刀山火海我都不怕，你在哪儿我都会去的。你一个人待着，我肯定不来烦你。你要是跟其他男人一起，那我翻山越岭也要去找你。你要是总跟他出去，肯定是暗示我去找你，我有理由怀疑你是故意的。”

“你要脸吗？”袁娴简直被他的厚颜无耻惊到了。

“要什么脸？我没有脸。”他委屈巴巴地说，“我以前是要脸的，现在不要了，你说我有没有脸？”

看着他一副怪可怜的样子，好似是她逼他不要脸一样。

袁娴逗了他一句：“不，你有脸，还挺帅的。”

陈朗又高兴起来：“反正我是阴魂不散型的，你不要想着甩开我。”

袁娴便板起脸来开始说教：“你才多大啊，有些事急什么呢？日子还长着呢。”她真怕他只是一时兴起，一个人寂寞了，刚好遇上她，才有了那么点似是而非的想法。

“我只是一个过路人，你没有必要在我身上投入太多，不然等你以后真的遇上了真爱，想想现在对我的付出，得多后悔啊？”

陈朗提着奶茶，笑了笑：“我也没对你到掏心掏肺的程度，而且你这不是不搭理我吗？”

袁娴的表情僵在脸上，逐渐转变为尴尬。她在心里暗骂自己自作多情。

陈朗看着她的神色变化，心知自己说错话了，赶忙找补：“我只是开个玩笑，你别想太多，你很好的。”

陈朗原本只是不想她有那么多压力和顾虑，才想开个玩笑揭过略显严肃的话题，一时忘了她是容易想太多的性格。

“我不好，等你了解了就知道了。”

陈朗没有明确说过喜欢，只是似是而非地对她好，看似更注重这个过程。殊不知看在她眼里，只会觉得他不是真的喜欢，而是想玩暧昧。更何况她始终认为，不会有人在完全了解她以后依然喜欢自己。

她悲观又敏感，对任何事都抱着消极的旁观态度。刚认识的人觉得她温柔细心，熟人觉得她幽默有趣，只有真正了解她的人才会明白她很沮丧，简直是一个外向的孤独症患者。

她习惯了在人前戴起面具伪装自己，可依旧会为此不自在。所以她更喜欢一个人待着，那个时候不用任何伪装，也不用迁就和在意别人。即使是最难看的一面也可以肆无忌惮地露出来，因为不会有人知道。

这一刻却有个人想打开她的那层保护壳，试图进入她真正的世界。她既不想伤害别人，也不想伤害自己，狠心拒绝的话说不出口，便只好假装未曾读懂对方的暗示，谁知对方就是不撞南墙不回头。

冷处理不行，那就只好摊开来讲。她尽量表现得随意一点：“我并没有你看到的那么好，我既不温柔也不随和，很情绪化，脾气也差，还喜欢胡思乱想。我心里住着一个暴躁小人，是一个吐槽狂，只不过时时忍着，为了照顾别人的情绪。我最好的朋友都不一定受得了，以后你就知道了，所以现在你不要这样。”

陈朗静静地听完，并未发表观点。他将奶茶分给几个朋友，又帮袁娴给抓娃娃机投了币，就靠在一旁看着她玩。

两个人都没再说话。半晌，他突然开口：“你觉得我对你怎么样？”

袁娴愣了一会儿，随即说道：“挺好的。”

“哪里好？”他一副打定主意要追问到底的样子。

“我除了一直在说些好听话，什么都没有付出，所有在你身上花费的时间、精力和金钱，都在正常的范围内，也没有特别花心思哄你开心，你哪里来那么大的愧疚感？”陈朗这样说着，心里也在悄悄盘算，对待她应该还是不能步步紧逼。

袁娴有些踌躇，连机械爪也忘了摇。

陈朗朝前走了一步，握住她的右手，眼睛盯着娃娃机。他下手熟练，快准狠，一个史迪仔玩偶很快就从出货口掉下来，他将它捡起来递到她手上。

他看她的眼神温柔又关切：“你比我大，应该比我懂，永远不要为还没有发生的事情焦虑，想那么多做什么？很累的。”

“我也不想想那么多，可是江山易改，本性难移，已经改不了了。”

在袁娴看来，只有怀抱着最坏的心理预期去做一件事，当悲伤和失败来临时，人才不会被负面情绪所击败，毕竟这种结果早有预料。

“你不是改不了，你是不想改。”

“是啊，被你看出来了。我就是这么轴，永远倔强敏感，永远悲观，大悲大喜，大起大落，死也改不了。”

“所以你吸引我，因为我也是这样的啊。你可以不用太在意我的，想要看着你、亲近你，是我的事情。我也不想用这件事来绑架你。”

“因为我不能回报你什么，我怕你到最后会吃亏。我觉得你挺好的，不该受这样的伤。”

“我不要你回报，我不求你任何东西，我已经说了这是我的事，你不要有负担。而且你要这样为我着想，我会因为怜惜你更舍不得放手，你很有以退为进的天赋哟。”陈朗笑眯眯地说道。

袁娴顺水推舟，拿起史迪仔抱在胸前：“你看，我就是这样心机深沉的人，被你看出来了。所以啊，你应该赶紧跑。”

“又傲娇了，还好我明察秋毫，不跟你计较。否则，你的损失就大了。”

陈朗虽然看起来是个情场浪子，其实直到喜欢上袁娴的那一刻，才体会到了什么叫真正喜欢一个人的酸甜苦辣。那种患得患失，胡思乱想，又想笑又想哭的情绪很折磨人，也很美妙。

袁娴站在一旁看陈朗抓娃娃，揉了揉脸颊说道：“为什么聊这么深沉的话题？一点意思都没有，你不会觉得无聊吗？”

“没有啊，我不是说过吗？跟你在一起干什么我都觉得有意思，我对你的一切都很感兴趣。”

其实陈朗自己也觉得很不可思议。他从未对哪个异性有过这种感觉。面对袁娴的时候，他如飞蛾扑火一般，渴望能得到回应，又希望她能多考验考验自己，好认清自己的内心，到底喜欢到了什么程度。

从前那些漫不经心的暧昧，跟真正的喜欢比起来，显得如此幼稚可笑。

袁娴翻了个白眼，明明心动，嘴上却吐槽道：“你别挑战我的心弦，我会忍不住沦陷。”

“快来快来，我在坑底接着你。”他早就沦陷了，无所畏惧。

“简直够了。”袁娴偏过头不再看他，“我们俩之间的事情自己解决，不要告诉你姐姐。”

她不就是怕陈晓会生气吗？对于自己在她心里的分量比不上陈晓这件事，陈朗沮丧了一秒，接着赌咒发誓道：“总有一天，我要你哭着求着我公开，到那个时候我就不答应你，让你伤心让你哭。”

袁娴忍住不笑，说：“革命尚未成功，同志仍需努力。你加油，我看好你。”

有时晚上比较清闲，陈成会叫陈晓姐弟几个出去吃夜宵，但是他不怎么叫自己的朋友。人太少玩不起来，陈朗就会把杨路他们叫来。几次过后，仿佛养成习惯，陈成跟他们居然也喝到一起去了。

陈晓一晚上捧着手机，盯着聊天框发愣，一会儿像要哭，一会儿又像要笑。袁娴瞥见她那副样子，不由得为之一惊，很是迷惑。

见好朋友盯着自己看，陈晓有些心慌：“啊，没事，就是一个同事找我有事……”

袁娴轻轻地转动着手里的杯子，意有所指地笑道：“不像哟，有情况就有情况，怕什么？”

陈晓一阵窘迫，脸色微红：“真不是，并不是不跟你说，就是这件事挺烦人的，还不好处理。”

她一只手托腮，嘴巴微微噘着，拿筷子戳碗里的鱼肉，一会儿叹气一会儿锁眉，正是一副为琐事所困的模样。见陈晓不想说，袁娴也不再追问，反正陈晓想说的时候自然会开口。

吃完夜宵已经晚上十一点钟了，袁娴本打算坐陈晓的车走，但是陈成叫住了她。陈晓便顺势把她推到了陈成面前，让她搭陈成的车。

她左右为难，拉着陈晓的手：“太晚了，我还是跟你一起回吧，明天人家还要上班呢。”

“住得又不远，耽误不了多少工夫，你快去吧。我车后面堆着东西，坐不下。”陈晓眉毛微挑，那副暗示的意思袁娴看得分明。

陈朗跟杨路说完话，径直走到陈成车边，打开副驾驶座的门坐了进去。他接着从车窗探出头对陈晓说：“我有点事问我哥，坐他的车回去，你先走。”

陈晓嘴角微抽，暗暗瞪了陈朗一眼，带着陈星开车走了。

陈朗霸占了副驾驶座，袁娴只能坐到后座去。汽车发动了好一会儿，陈成才问：“你怎么了？”

陈朗一只手撑在窗户上，任夜风拂过脸颊：“其实也没什么事，突然觉得问你好像也没什么用。”

车子里安静了一会儿，陈朗自己又打开了话匣子。

袁娴从后面朝陈朗望去，车外照进来一片忽明忽暗的碎光，笼罩了他的侧脸。

这一路上陈朗一直在说，袁娴便没插话。到达目的地，陈成将他们在楼下放下后，挥了挥手，车子便一阵风似的开了出去。

陈朗两只手插在兜里，漫不经心地站着，眼神转向袁娴，嘴巴顿时往下一撇："干吗，舍不得？"

袁娴扭头朝他看了一眼，没有说话，转身走向楼梯。

陈朗追在她身后上楼，义愤填膺地说道："你不会喜欢上他吧？也是，他人又帅又有稳定的工作，结婚对象不就要找这样的吗？"

她并没有那个意思。陈成的确很好，可这种评价是建立在把他当成朋友的基础上。多一个陈成这样的朋友，袁娴乐意之至。但如果是跟他谈恋爱，她就没有多少兴趣了。

"你知道他的前女友吗？他们交往了三年，那个女孩子把他管得可好了，不许抽烟喝酒，每天定时回家，吵架也是他先服软道歉……你能做到这些吗？"

"做不到，我不爱管别人。"她管自己的事情都费劲，如果谈恋爱，她也会给另一半绝对的自由。

其实陈成自己也对袁娴提过，他之前也爱玩，脾气暴躁，谁的管教都不服，偏偏被前女友吃得死死的。

袁娴不知道陈朗为什么突然对她说这些。这能说明什么呢？只能表明陈成很爱他的前女友，所以心甘情愿为她改变自己。可这和袁娴有什么关系？

袁娴问道："他们怎么分的手？"

"说是她变了，自己的事情完全不准陈成插手。陈成跟异性聊天她又不允许，还把他手机里的异性朋友全删了，然后两个人就分开了。他们都分手一年了，上个月她过生日，陈成还过去看她。"

这些事情，他们姐弟几个走得近，都知道。

袁娴“哦”了一声，一副不咸不淡的表情，看着不像心里难过的样子。陈朗不确定，特别想知道她此刻是什么感受：“你觉得怎么样？”

“什么怎么样？”

“关于陈成跟他前女友，生气吗？难不难受？”

“我为什么要难受？他又不是我的谁。而且就算我跟他在一起了，关于他前女友那些事，事已至此，难受又有什么用。”袁娴真的觉得他这个问题十分莫名其妙。

“所以你是没有感觉对吧？像是在听陌生人的事情。这么说来，你对陈成没意思？”他脸上绽放笑容，从心底欢喜起来，情不自禁。

没几步路就要到家了，回家之后再谈论这些问题显然不太合适。陈朗直接拉着她进了电梯，摁了顶楼的按钮。

今天白天天气好，晚上也是万里无云，夜幕干干净净，漫天繁星，上弦月散发着淡淡的光晕。顶楼上有风，将她的裙子吹得像一只翩跹的蝴蝶。

袁娴趴着栏杆朝下看，真有一种神仙看世间百态的错觉。陈朗提着她的包，站在她身边。夜风撩起他额前的刘海，少年的轮廓清晰流畅，像优秀的画师几笔勾勒出来的漫画人物，栩栩如生。

静静地和在意的人站在一起享受夜晚，这样的时间，永远也不会嫌慢。陈朗很想就这样静静地待着，不忍心破坏这份静谧。可是心里痒痒的，有些问题一定要弄清楚：“你还没回答我的问题呢，到底怎么样？”

他从来不八卦，也不打听别人的私事，可是关于她，他什么都想知道，渐渐变得不像自己。

袁娴两条胳膊放在栏杆上，手指互相转着，说道："这不是显而易见的事吗？我感觉我现在是被你姐姐赶鸭子上架，她也太爱操心了。"

"还不是你优柔寡断，一点儿都不干脆，像中央空调，谁的感受都要顾及，谁也不忍心伤害。"他幽幽地叹了口气。

可即使是这样的她，还是让他觉得温柔，还是让他很喜欢。他真是走火入魔了。

被他精准吐槽，袁娴的脸微微发烫，她平复了一下心情，才开口道："我也想跟他说清楚啊，可是一直没有机会，总要有个契机吧。平常刚想把话题往这方面引，他就说我们还是相处太少，等彼此了解了就好了。"

陈朗突然想到她说的，等了解她了就不会再喜欢她的话，不禁笑出声。袁娴也猜到了他在笑什么，不再言语了。

"你要是一直这样，做什么都含含糊糊，不忍拒绝，有一天他说你是他女朋友，要带你去见家长、跟朋友聚会，你是不是也会稀里糊涂地去啊。"

"我又不傻，你太小看我了。"

# 第5章

## 值得

“你就是傻，傻乎乎的。”陈朗这样说着，轻轻地捏了捏她的脸颊。

袁娴一时间呆住了，一股热气蹿上头顶，脸都快烧起来，她赶忙低下头掩饰：“很晚了，回去吧。”

陈朗也有点不好意思，挠着后脑勺，沉沉地“哦”了一声，想看看她的表情，但自己也觉得害羞，走路都有些不对劲了。

暑假已经过了一半，袁娴有两本书要赶在月底出版。这些天，她跟编辑联系得最频繁，既要商量细节，还要确定新增番外的内容和数量，兼顾漫画本的签约事宜，整个人忙得像一个陀螺团团转。

这天，袁娴又是一大早就出门赶往仓库，一直忙到午饭时间才能喘口气。

她接了一杯水，坐在角落里休息。陈朗就在这时发了视频过来。

他在酒店，床上的杨路睡得正香。这两天他们出门玩了，跑到外地，去看朋友的电竞比赛。手机那头的他大敞着腿随意坐着，从下往上的死亡角度，却依然很好看。

袁娴轻轻地揉着手指，他说什么就“嗯嗯”地应着，反正自己没有什么趣事可以讲。

他讲着讲着，突然凑近镜头，仔细盯着她的脸：“你把美颜关掉，我看不清你。”

“我没有开美颜，这部手机就这样。”她嘴里含着吸管，嘟嘟囔囔，“那边好玩吗？”

“还行吧，我们也没怎么出去玩。这两天是看比赛去了，明天我就回来了，我陪着你工作好不好？”

他兴致勃勃地说着，袁娴觉得他心血来潮的成分居多。

“得了吧，我这里一点儿都不好玩。今天签名签了一上午，手好痛。”

陈朗带着点不高兴的口吻：“也不知道我有什么拿不出手的，就让你带我出个门，每回都推三阻四的。下一次我悄悄跟你去，看你怎么甩开我。”

“主要是你太靓了，出门会抢我风头，所以我才不带你。”

“难得你会觉得我靓，我靓你还不待见我，你自己说说你这眼神让不让人着急。”

他们闲扯了一会儿，四十分钟就过去了。袁娴扣上水杯，朝他招招手：“我要忙了，先挂了。”

“陈成也在这边，待会儿我们会一起出去吃饭。你现在是吃饭时间吗？吃了什么？”他还不想挂，每次都磨磨蹭蹭，实在没时间耽搁了，才肯放她走。

“没吃，太辣了，吃不了。”她揉揉肚子，感觉有点饿，不是很明显，还能忍受。

陈朗的脸色稍显严肃：“你这个人，干吗总是虐待自己？”

“没那么严重，我等会儿再吃，这会儿还不饿。”她笑着安抚道，“真的要忙了，我挂了。”

陈朗还想说什么，屏幕已经返回聊天界面，他就开始噼里啪啦地敲字。

袁娴把手机摁灭，走到工作台旁。庞媛媛指挥人搬了好几摞书过来，听见她放在桌上的手机响个不停，提醒道：“来消息啦。”

不过两分钟，他就发了十几条消息过来，最后几条是跟她要地址。半个小时后，一份外卖就送了过来。香甜的青菜粥，还有一些蟹黄包，不辣，但是味道很好。另外还送了两个冰袋，让她敷手。

陈朗点的外卖，袁娴吃了一点，然后拍了照片给他发过去。那边秒回：“好好吃饭，工作餐不合胃口就跟我说，不要饿着。”

他明明年纪不大，照顾起人来却滴水不漏，面面俱到。袁娴顿时感觉暖流从胃里传到心里：“知道了。”

这天又是在外忙碌的一天，晚上九点多袁娴才回到家。

今天周一，恰巧陈晓也在家。她已经洗过澡，换好睡衣，盘腿坐在沙发上看书。

听到门响，陈晓扭头看了一眼，手指推了一下眼镜：“你回来啦。”

袁娴“嗯”了一声，扶着鞋柜换好拖鞋，刚走到沙发边就直挺挺地倒了下去，一声不吭。陈晓身子往前倾，问她：“很累吗？”

袁娴小幅度地翻了个身，把脸露出来，半眯着眼睛，小声嘟囔：“累得要命。”

陈晓翻着书，速度很快，可心思并不在书上：“你打不打算考研啊，要是想的话，现在就要准备了。”

“你呢？”她勉强坐起来，倒了一杯水，慢慢地喝着。

陈晓唉声叹气了一会儿：“我感觉我考研有点吃力，还是准备毕业吧。而且我的教师资格证也下来了，工作方面的把握比较大一点，就不想冒险了。”

“我也不想考，在学校待腻了，还是工作吧。”袁娴姿态懒散地靠在沙发上，用雪白的胳膊挡住眼睛。

陈晓扑哧一声笑道：“我猜你也不想考，大家都觉得你挺温顺，我看你是既叛逆又倔强，好奇心大得很，早就上学上烦了吧？”

“不然怎么说你了解我呢。有机会好想出去走一走。”袁娴向往着，几乎立刻就想收拾行李出发。

“我也想去旅游，咱们明年毕业以后就出发，当一次毕业旅行好吧？”

“可以啊。”

两个人都陷入自己的畅想里，歇得差不多了，总感觉屋里少了什么。袁娴状似无意道：“还有人呢？”

陈晓拿起书继续看：“陈星上辅导班去了，陈朗跟陈成出去吃饭了。”

“又去吃饭？”不是关系不好吗？之前陈朗还把不喜欢表现在脸上呢。

陈晓耸耸肩膀：“就是这样，好一阵歹一阵，陈朗就是个不安分的人，也不知道他们怎么能受得了他。他什么都喜欢看心情来，一点儿都不顾及场合，很自我的，我都懒得理他。”

袁娴很想替陈朗辩驳几句，毕竟站在她的角度，陈朗其实挺好的。可是她害怕自己帮陈朗说话会引起不必要的麻烦。

简单地吃过饭后，袁娴也洗了澡，看了一会儿书，手机上显示已是晚上十一点，陈晓早就睡熟了。袁娴合上书放在沙发上，揉了揉脖子，站起来轻手轻脚地出了房间。

门口传来一阵细微的开门声，深夜里，鬼鬼祟祟，让人一阵恐惧。她紧张兮兮地看着，发现原来是陈朗回来了，才松了一口气。

他扭头看见她站在那儿，不由得顿了两秒，舌头有点大："你还没睡啊？"

袁娴竖起一根手指抵在嘴上："你姐睡了，小声点。"袁娴看着陈朗慢吞吞地倒到沙发上，走过去倒了一杯温水塞到他手里，眉头微微锁着，"少喝酒。"

他仰着头，眼睛水汪汪的，嘴唇也红红的，一看就喝醉了："你管我？你为什么管我？"

"我没有管你，我只是随口一说，听不听在你。"她远远地走到一旁坐下。

陈朗滑到地板上，背靠着沙发，脖子伸得很长，喉结上下滚动："你管呗，我让你管，你说我就听好吗？"

"我才不喜欢喝酒，我跟杨路他们也不是经常喝酒。"他自顾自地说着，也不知是在自言自语，还是在跟她讲话，袁娴没有回他。

他伸出左手，轻轻地握住她的脚踝："你喜不喜欢陈成啊？你告诉我。"

袁娴动了动腿，对这种痒痒麻麻的感觉很陌生："你起来，我送你回房间去睡。"

陈朗将头靠在她的膝盖上，手放在她的小腿肚子上，像一只依赖主人的大狗狗，嘴里哼哼唧唧："你要是喜欢他，就不要喜欢了，要是不喜欢他更好，我今天打听出来一个秘密，是他自己说的。”

袁娴拉他起来。其实她对陈成的事并不感兴趣，但还是配合着陈朗问道：“什么秘密？你说说。”

“你一定想不到，你不要接触他了，他劈腿。”

被陈朗告知那个“秘密”之后，袁娴已经好几天没见过陈成。这几天关于他的邀约，能推的都被她推掉了。

成年人的分别根本无须挑明，联系少了，关系自然就淡了，距离也远了。到最后关系不了了之，不复相见，这是任意两个人之间都会有的默契。

可陈成还是想争取一下，于是通过陈晓，想弄清楚她的意思。

十点多钟，陈晓气呼呼地回家，将包包掼在沙发上：“我本来还以为他挺好的，没想到是这样的人。”

袁娴没有生气，她原本就不是抱着男女之情去和陈成相处的，所以这件事对她的影响并不大：“他怎么说的？”

“你不要管他怎么说的，反正以后别搭理他了。我今天才发现他和前女友谈恋爱的时候居然脚踏两条船，这才是他们分手的理由。”陈晓越想越气。

“早知道我就不介绍他给你了，还给他制造机会，真气人。你不喜欢他吧？”陈晓有点愧疚，袁娴本来就对谈恋爱没有兴趣，如果好不容易上喜欢一个，结果却是这样的人，那可就太惨了。

袁娴微微摇头：“才认识多久啊，我和他又不是男女朋友，说到底和我没什么关系呀。”

陈晓挨着袁娴坐下，脸色还是不大好看：“他再约你你就不要去了，他找我我也不会帮忙的。你就当不知道这件事，关系慢慢淡了也就没事了。”

“我知道。”

陈晓懊恼极了，揪着头发不满地说道：“他们怎么这样啊，到底都是怎么想的？不行，等陈朗回来了我要打他一顿！”

难道是因为陈朗告密？袁娴忍俊不禁：“你打陈朗干什么？他又惹你了？”

“警告他好好做人，要是他也敢在外面胡来，我就不认他了。”陈晓恶狠狠地握拳。

袁娴抓住她的手晃了晃，一副轻松自在的心态。

见她没有一点生气的样子，陈晓又说道：“我再给你找个更好的，实在不行，把我弟弟给你，你好好养着，我也帮你看着。”

袁娴把头埋进枕头里，只露出一双漆黑水灵的眼睛，莞尔道：“要不起。”

“我是说真的，虽然我弟弟也有很多小毛病，但至少我从小看着他长大，知根知底，不会让你吃亏。”袁娴也不知她是一时兴起，还是出于对好朋友的补偿心理提出这件事。

袁娴不想再讨论这个，赶紧转移话题。

这天，袁娴跟编辑见完面，就被陈朗接到了一家名叫“九签九”的火锅店。

在座的都是熟面孔，蔡晓云今天生日，下班之后，林俊钊以给她过生日为由，接了她过来。

袁娴刚好坐在她身边，闲谈间，得知他们健身房正在搞活动。蔡晓云见她表情松动，一个劲儿地推销起来。袁娴很快就被她说动了：“约个时间，你陪我去看一下怎么样？觉得行我就办张卡。”

第二天下午看过之后，袁娴果断办了一张季卡。陈晓过来接她回家，有点无语："你就不再考虑一下？还有一个月你就回学校了，三个月的卡时间也太长了。"

"我都打听清楚了，如果中途有事，离开时间长了可以停卡，并且也可以转让。我来不了你就来嘛。"

袁娴的工作有点费脑，经常失眠。她也是想着如果每天运动量到位，情况应该会有所好转。

陈晓也知道她的睡眠质量很差，回家途中去了一趟超市，买了些食材，准备熬汤。

陈朗马上就要开学了。这几天他变得格外烦躁，也不出门玩，天天在家待着。陈晓以为他终于学乖了一些，还在爸妈面前替他说好话。

陈朗一想到自己开学了，和袁娴见面的时间肯定会大大减少，就格外郁闷。

厨房里飘出浓郁的肉香味，袁娴怀里抱着薯片，将书放在腿上，悠闲得很。

陈朗把试卷盖在脸上，幽幽地出声："人无远虑，必有近忧。古人诚不欺我。"

"怎么，以前不好好学习，开学了要补考上学期挂的科就知道急了？"陈晓老远就嘲笑道。

陈朗没有吭声，视线转向袁娴。她知道他在说什么，根本不理他。

他顿时觉得无比泄气。好像无论自己做什么，她都当他在玩，以包容却冷漠的态度应对他的一切言行，仿佛面对的只是小孩子的恶作剧。

陈朗越想越急，又烦又委屈，还有一股莫名的恐慌感。他抓着自己的头发，朝陈晓抱怨道：“我不爱吃猪肉，你做这个干什么？”

陈晓戴着厚手套，将砂锅端出来放在桌上：“又不是做给你吃的，管你吃不吃。袁娴，快过来喝汤。”

“爸妈不在家，你就是这样虐待我的，还不给我吃饭。没意思，人生真是没意思透了。”

陈晓见弟弟在那里无病呻吟，很想揍他一顿，但仔细一看，他似乎确实心情不好。她和袁娴对视一眼，对方也是一脸不解的表情。

陈晓坐到陈朗身边：“怎么，上个学就这么苦大仇深吗？还是又有什么想要的东西？别整这些没用的，干脆点。”

陈朗只管摇头：“没有，什么都不想要，也没觉得上学不好玩。挺好玩的，我好高兴。哈哈——哈哈——哈哈哈哈。”

那笑声简直让人瘆得慌，陈晓抹了一把手臂上的鸡皮疙瘩，朝弟弟肩上捶了一拳：“正常点，不然我真揍你了。”

袁娴捧着碗，眼睛盯着他们，像一只捧着松果的松鼠，可爱得不行。陈朗不经意间看见她这副傻样，心里就有点想笑。于是他开始安慰自己，至少她现在没有男朋友，还在自己家住着，近水楼台先得月，一有点风吹草动他肯定能立马发现。

何况袁娴并不是对他一点感觉都没有，就算要赖撒泼，只要她心软，总有一天会答应他的。这样一想，他觉得自己希望还是挺大的，一时又高兴起来：“等会儿陪我去逛逛书店，我有点东西想买。”

三个人吃完饭就出发去了书店。陈晓刚刚把车停在路边，就接到一个叫她去帮忙的电话，于是只剩下袁娴和陈朗两个人独处。陈朗求之不得，买完书还不想回家，神情忧郁地靠在商场电梯边：“我好惨啊，上学后就不像现在能时时见到你了。你也好惨啊，都没人逗你开心了。”

那一双眼里含烟带水，可怜巴巴，配上那语气，真是让人想把什么都给他。袁娴有点动摇，迁就道：“你还想要什么？我给你买。”

“什么也不要，我有钱。”

“那咱们去看电影吧，新上映的一部，听说很好看。”袁娴有哄人开心的能力，但对象换成陈朗，就不知道为什么会变得小心翼翼，生怕他不高兴。

“你想看吗？你想去我就想去，如果只是因为我，你是勉强去，那就不去。”

他老是说这样的话，甜言蜜语张口就来，让人招架不住。

袁娴只想叹气：“你别跟我说这样的话，一次两次倒无所谓，次数多了我真的会当真的。陈朗，我会认真的。”

“我也是认真的，只是你一直不信我。”他的眼睛非常好看，几乎可以直接拿来当整容的样本，深情地望着一个人时，让人不得不沦陷。

“那些甜言蜜语你总是信手拈来，对多少女孩子说过你自己都不记得了吧。我没谈过恋爱，我也不怕丢人，咱们俩真的不合适，方方面面。”她扭过头去，想了想还是把话说开了。

“都没有试过，你为什么觉得我们不合适？你是嫌弃我年纪小吗？”他着急了，右手把着栏杆，将她困在自己与柱子之间，距离一直在逼近。

大庭广众之下，袁娴怕惹急了他，不敢太逆着来：“那你说说，我们相处才不到一个月，你到底喜欢我哪里？”

陈朗认真地想了一会儿，结果一句也描述不出来：“我不知道。”

袁娴不说话了，但她的表情就好像在说：看吧，你只是一时兴起。

如果就这样认定他不认真，那也太不公平了。陈朗把心思挂在脸上，不满道："你这是故意为难我，那你说说你不喜欢我的理由，是不是也说不出来？"

他简直就是在强词夺理。袁娴沉默地靠着柱子，手指轻轻地抠着一处凹陷，拒绝交流。

陈朗有点哭笑不得，心里软软地陷下去一块。他高大的身影几乎将她全部遮住："我喜欢你的理由有很多，具体说不上来。比如说你温柔有趣，特别细心，对人很好。跟你在一起特别开心，跟你讲话就忍不住想笑，你很会替别人着想，还很有才华。"

每一次从细节上窥见她的美好之处，都让他更深陷一分。

他这根本就不是在阐述喜欢她的原因，而是在夸她吧。

袁娴的脸微红："你不要给我贴上有趣的标签，现在你因为我有趣喜欢我，等有一天我变得无趣了，你就不会喜欢了。更何况我一点也不有趣，那只是社交手段，本来的我你是不会喜欢的，全是负能量，等你了解了就不会喜欢了。"

陈朗抓抓头发，既无奈又有点心疼："你为什么总是说等了解了你之后就不会喜欢了呢？再说了，谁能完全了解另一个人？就是相处了几十年的夫妻，也不敢说自己一定了解对方的一切啊。"

袁娴是真的觉得自己拧巴又敏感，想法又多又细，还是一个悲观主义者，什么都怕，真的不适合谈恋爱。她环抱着自己，无辜道："我给不了你要的那种恋爱。"

陈朗不忍心再逼她，牵着她到一旁坐下，笑着问道："你说说，我要的是什么恋爱？"

"你要的甜甜的恋爱，我给不了。"

“都没有试过，你怎么就知道自己给不了？”

“反正给不了。”她在这个问题上僵持，本来是想明确地拒绝他。谁知她所有拒绝的理由都被他一一反驳。

袁娴有些应付不来，心里想着，算了，慢慢来吧，合适不合适，时间会给出答案的。

陈朗去学校的第二天，袁娴的手机消息骤然少了许多。之前每天早上他一起床就会给她发消息，手机响个不停，直到她回复才会安静下来。尤其是他喝醉的时候，半夜不睡觉，就一直骚扰她。

如果不理会他，他就发一大堆大哭的表情图，还要骂她：“你喝醉了我都陪你聊天，我喝醉了你就不理我，老是敷衍我。你完了，我不爱你了。”

“唉，人间不值得，娴娴值得。”

“你是静音冰箱吗？那么高冷。我也不理你了，我可是有脾气的人，哼哼。”

“虽然你总是把天聊死，简直是个话题终结者，但我还是要骚扰你。人就是要敢于冒险。”

袁娴真的很佩服他能一直说个不停。她默默地敲出几个字，还是打算劝一劝：“要相信你自己，你没醉。”

“我没醉啊，我本来就没醉。但我醉不醉，都不影响我找你的碴儿。”后面还跟一大串微笑的表情，怎么看怎么欠揍。

现在他去上学了，一时间生活中少了一个人，没人锲而不舍地找她聊天，还有点不习惯。为了打发时间，她每天下午五点钟就去健身房锻炼。

蔡晓云建议她可以参加私教课，针对具体的目标来拟定计划。

正好有几个从其他地方来的教练，其中有一个名叫云冲的教练经常会陪袁娴一起锻炼。

两个人在健身之余偶尔闲聊，一来二去便熟络了起来。

这天健身结束，送袁娴到门口的途中，云冲突然随口问道："你之前好像说你的电脑不好用，正好我朋友有一批要处理的'外星人'电脑，我给你搞一套过来吧，价格比市面上都低。"

袁娴的这台笔记本电脑已经用了好几年，偶尔会有点卡。她很念旧，又比较节省，就一直没想过要换。她当时只是随口提了一句，没想到被他记住了。

"会不会给你添麻烦？"要拿的话会欠人情的吧。

"不会，他要出远门，店子本来就要关门，东西急需处理。我买一台算是帮他的忙了。"

"多少钱？我转给你。或者我自己去看看，毕竟想挑一个喜欢的颜色。"

"还没看呢，你急什么？到时候我通知你去挑可以吗？"他无奈地抬起头。

袁娴朝云冲点了点头，从包里拿出手机准备打车回家。一解锁她才发现陈朗给他打了好几个视频通话，然而自己手机静音，一个都没接到，聊天窗口一连串下来全是"对方已挂断"，显示出一种别样的焦急与可怜。

袁娴心里瞬间涌起愧疚，朝云冲笑了笑，捂着手机走到一旁，点了接听，然后将视频转换成语音。

对方的声音立马响起，有点急还有点冲："你在干吗呀？我刚刚下课就给你打电话，你一直都没接。"

# 第6章

## 想念

“上大学了也是学生，还是要把学业放在第一位啊，你周末总会回来，我又不会走。”她心平气和，与他的焦躁形成鲜明对比。那种游刃有余，是他以前从来不会丢失的。

“可是我想看看你啊，我又没有天天打，偶尔一次你都不理我。”他的声音很小，那边又很安静，一下子清晰地传到心底。

袁娴不知道如何形容自己此刻的心情，似是甜蜜又似是酸涩：“我主要是怕你忙，实在没时间，可以不用打电话的。”

听对面安静下来，她心里有一种空落落的感觉。他的声音平稳，就像被设计过的电子音：“你是不是不想我给你打电话，我打扰到你了。”

不是疑问，他就是这样笃定，而她给他的感觉就是这样的。陈朗心里酸涨得难受，仿佛受了天大的委屈。他站在阳台上，紧紧握着手机，心里祈祷的声音很小：快说不是，求你了。

袁娴沉默着，听筒里是对方浅浅的呼吸，她用手揉着眉心：“不是啊，我只是手机静音了，没听见电话铃声。”

即使听到了想要的答案，陈朗还是高兴不起来。他很想问她，是不是他太上赶着招惹她，所以被厌烦了。可是他又害怕问出来就彻底切断了他们之间的可能性，只能小心翼翼地维持着糟糕的现状，任由自己处于下风，也不敢轻举妄动。

“才七点多，你们刚开学应该有很多事情要忙吧。”

陈朗勉强挤出一个笑容。他心烦意乱，说不出一句俏皮话来博她一笑，既不甘心又不舍得挂断电话：“是啊，过一会儿还有个晚会。”

“那你玩得开心。”袁娴率先挂断电话。

陈朗盯着黑了屏的手机，想打字，又不知怎样的话才不会引起她的反感。纠结了好一会儿，他默默将袁娴的对话框置顶，再将手机扔到床上，就去洗澡了。

袁娴结束了一天的活动，回到家，屋里没人，突然又想起了陈朗。她打开手机，往下翻到陈朗的头像，斟酌着打字：“你是特别好的人，我希望你的未来圆满光明，完成自己的梦想，找一个特别喜欢你的女孩子。而不是把时间浪费在无关紧要的人身上。”

一大串的祝福，跟绝笔似的，刚发出去两秒，屏幕上方就显示着“对方正在输入”……

来来回回足有五分钟，顶上那行“对方正在输入”消失了又出现，出现了又消失，只是没有只言片语发过来。袁娴静静地等着，她想表达的东西，只要不会伤害到人就会直接说出来，并不会深度思考会有什么后果。

所以当她看到屏幕上那一句“你是要和我绝交吗”时，真真切切地愣了好一会儿：“并不是，只是突然有感而发，想跟你说。”

对面一时之间没有任何回复，似乎刚才那一句已经表达了他所有的疑问。过了好一会儿，袁娴打算去洗澡，刚拿出毛巾，手机便收到了信息："不要跟我说那样的话，你知道刚才我的感受吗？"

陈朗盯着手机，明明应该去洗澡准备睡觉的，明天七点就要起床，可是他现在什么也顾不上了，只是脑子里一片混乱地盯着手机。刚刚那一刻心脏骤停的感觉，时间过去了好久还是如此清晰。

她是姐姐的好友，而且还住在他家，在通信如此发达的现代，仅仅是一条疑似绝交的信息就能引起他如此大的反应。

大概是因为有一种清晰的感受，和非常喜欢的人真的做不到只做普通朋友。如果不能成为对方的不可或缺，就算每天能见到，也只是另一种折磨。陈朗心情复杂地看着手机，不明白自己到底怎么了。他从来不会这样患得患失，胡思乱想，将自己的情绪交给别人掌控。

她对他说的话从来都是云淡风轻。意乱情迷、想入非非的只有他。只有他越陷越深，对方没有受到任何影响，任由时间拉远彼此的距离，直至变成陌生人。

"你怎么这样啊？"他口吻低沉地质问。

袁娴不明所以，并不能理解他在说什么。但是他既然责怪她，想必她确实有让他难过的地方。她一时间没回话，盯着手机屏幕发呆。

"你明明可以左右我的情绪。

"为什么不愿意让我开心一点？"

袁娴看到这两句，胸腔一震，微妙的情绪开始在心底翻涌。这会儿轮到她犹豫了，一句话删删改改，怎么说都感觉不对。好不容易斟酌好发了出去，没有等到回复，她就将手机放在床上，先去洗澡了。

出来之后她也没有刻意去留意有没有收到信息，似乎想把这件事留到最后，甚至觉得能躲开更好。她洗完衣服，头发也快干了，整个人缩进柔软干燥的被窝里，拿起手机，看到二十几条未读微信。陈朗的头像那里只有一个红色的“1”。

只是一句道晚安的话，她轻轻吐出一口气，抱着被子翻滚了好几圈，感觉有点烦心又有点纠结，有点酸还有点苦。

周五这天，陈晓回家很早，换了一套衣服又出了门。袁娴在家里改稿，三点钟时窗户外头的风逐渐猖狂，细密的雨点打在玻璃上，发出沙沙的声响，天空瞬间袭上一团阴影。

屋里安静，气候适宜，仿佛一个舒适的避风港湾。门口传来钥匙开锁的声音，随即一个高瘦的身影映在玄关的墙上。陈朗左肩上挂着书包，细碎的短发乱得恰到好处，鼻梁的高度很绝。

袁娴下意识地偏头看了一眼，又快速收回目光盯着电脑屏幕。打过招呼之后，谁都没有说话。她像把注意力都锁在了工作上似的，整个人盘腿坐在茶几前一动不动。

陈朗没有带伞的习惯，是跟朋友蹭伞回来的，裤管以下全湿透了。他毫不在意，把书包扔到一旁，累瘫了一样倒在沙发上，两只脚踩着扶手，衣袖卷到胳膊肘上，抬手遮住眼睛。

一个星期过去，他的皮肤晒黑了不止一个度，好像又长高了一点，长手长脚，显得头很小。

袁娴起身朝厨房走。他很警觉，一下子惊醒，双眼快速地定在她身上。袁娴被他突然的动作吓了一跳，手里端着水杯，喝了一小口后问他：“你要吗？”

“谢谢。”他这样说了一声，然后就没动静了。

于是她又折回厨房，倒了一杯温开水，放在他面前的桌上：“歇一会儿就去洗澡，湿衣服穿着会感冒的。你吃饭了吗？”

“吃了，你呢？”

“我也吃了。”

一夜无话，今天家里就只有他们俩。大雨倾盆，整个世界都是嘈杂又令人心安的声音。得知陈晓不会回来睡，袁娴洗过澡就回了自己房间。她看了一会儿书，倒在枕头上，迷迷糊糊睡着了。

她居然会做噩梦，梦里感觉被人压着，双手双脚都被抓住。门口有一个人趴着，忽然一下打开门，脸凑到她面前来。她拼命想动，却怎么也挣脱不了那种束缚的力量。

她心里很清楚，自己在做梦，床尾就是卧室的大门，可以推开门出去。然后呢？记忆也在拼命复苏，向右走两步就是陈朗的房间，对的，他在房间里。

不要怕，这只是一场噩梦，醒过来就好了。

袁娴睁开眼睛，视线里闯入一张熟悉的面孔。灯光打在脸上不舒服，她微微偏头躲了一下。陈朗俯身半跪在床沿，清润的少年音在黑夜中令人心安：“醒过来了吗？”

袁娴深吸一口气，摸到自己脸上全是汗水，缓和了一下气息，轻轻地“嗯”了一声。

“梦见什么了，把你吓成这样？”

窗户外头的雨声小了一点，夜幕像是一头巨兽，将世界都吞入腹中。袁娴不敢朝窗户那边看，脸一直朝着陈朗，有种无力的疲惫感：“今天查资料，看到了一些恐怖片段，所以做噩梦了。”

陈朗的视线就没离开过她的脸。什么都不用说，就是一种无形的氛围，让人不自在。他的手撑在她身体两侧，白皙的脸离她很近，似乎下一秒就会亲上来。

袁娴被自己的遐想吓了一大跳，手撑着枕头坐起来：“你怎么这个点起来了？几点了？”她感觉睡了很久，露在被子外的皮肤冰凉，应该不早了。

“刚两点。我有点不舒服，出门就听到你好像在叫我。”他的声音软软的，像一只刚断奶的小猫，不自觉有点撒娇的意味。

袁娴伸手在自己脸上摸了一下，然后又把手放在他额头上感受温度。反复几次后，她两只手搂住他的脖子，有点发愁：“你好像在发烧，具体哪里不舒服，要不要去医院？”

他摇摇头，额前的头发都乖巧了几分：“我好久没生病了，不要去医院。”

“就是因为好久没生病了，所以才抵抗力不足。你等一下……”她穿上拖鞋，从客厅的医药包里翻出体温计，让陈朗夹在腋下，又将他拉到房间塞进被子里，捂得严严实实。

她把体温计往灯下一照，37.9℃，有点低烧。她以前身体不好，上高中的时候隔三岔五就生病，早有经验。她抠了两颗退烧药给他吃，问清楚了嗓子并不痛，只是有点头晕，就不准备带他去医院了。

“吃了药过一会儿就会想睡，你饿不饿，我给你熬点粥。”他生病了不是一般的乖巧，让他做什么就做什么，就是有点无精打采，视线总是跟着她转。她出门才一会儿，他就在屋里喊，问她在干什么。

她从来没有这样无微不至过，温柔至极。真希望时间能过得慢一点，要是永远停在这一刻也挺好。陈朗发散着不着边际的思维，最终忍不住打了个哈欠。

他侧趴在枕头上，摇摇头：“我想睡了。”

“那你睡吧，我等你睡着再走。”她微微笑着，像清晨花朵里滋养出的精灵一样，耀眼又好看。陈朗鼻腔一酸，将脸埋进枕头里。

袁娴知道他难受，像哄小孩子似的：“怎么了啊，你跟我说，实在不舒服，咱们就去医院好不好？”

她是想远离他的，可是这样一个生病时双眼湿润，傻傻地看着她的俊美少年，实在让人狠不下心来抛开他。她本来就善良又心软，刚刚又被他从噩梦中叫醒，尚处在一种被感性支配的状态。

他一只手掀开被子，拍拍自己身边的位置：“你上来。”

袁娴看看陈朗，再看看黑乎乎的窗外，这会儿让她回去一个人睡，噩梦的余波还没有完全荡平，恐怕睡不着。可是一晚上不睡，就这样守着他似乎也不现实。

她纠结了好久，才慢吞吞地爬上床，躺下去就不再动弹。

陈朗伸手关了大灯，留下一盏昏黄的床头灯，在黑暗中能看清彼此的脸。

袁娴刚躺下就后悔了，这已经是第二次了，事情的走向总是如此诡异，二人之间那种无形的羁绊仿佛更深刻了。

陈朗刚开始还规规矩矩，挺得笔直，睡意上来就开始乱动，侧过身将头埋进她的肩窝，吸一口甜甜的香气。他的手臂也搭在她身上，是一副完全依赖安心的姿态，呼吸渐渐也就重了。

袁娴知道他睡熟了，才敢放松自己。因为发烧，他身上温度很高，仿佛偎依在火炉旁边，耳边还有一道呼吸。这一切有点梦幻，又真实到一点逃避的可能都没有。

又是一个睡得一点也不好的雨夜。袁娴先醒过来，水洗过的天空格外明亮干净，是湛蓝的颜色。耀眼的光从窗户缝隙里投射出一条光路，细微的浮尘像是散漫的雪花。

耳边浅浅的呼吸很明显，袁娴的眼睛先适应了光线。她微微偏头，入目是一张白皙嫩滑的脸。她小心地挪动身体，还没有想明白为什么，身体已经随着潜意识的支配，并不想惊醒他。

袁娴悄悄地下床，确定陈朗没有醒，才悄无声息地拉开门，踮着脚像猫一样轻巧地走出去。她刚刚转过身，就对上一双瞪大的眼睛，当即吓得呼吸都要停止了，大脑立时宕机。

陈晓右手挎着包，站在那儿一副要走不走的姿势。估计她也是怕吵醒袁娴，打算悄悄地回房间。但惊吓来得太突然了，她一时间忘了反应。

袁娴当机立断，打着哈欠说道："陈朗昨晚发烧，虽然吃了药，但不确定有没有用，所以我醒了就赶紧来看看他。"

陈晓松了一口气，紧张的气氛也在一瞬间缓和下来："没事了吧？怎么会发烧？"

"烧退了，睡得挺香的。昨天晚上回来他没有打伞，大概是淋了雨感冒了。你从哪里回来？还要睡吗？"

陈晓揉了揉因为熬夜过多而发红的眼睛，打了个哈欠，一双水汪汪的眼睛盯着她，袁娴不由得多看了两眼。

姐弟俩的眼睛很像，都是长长的丹凤眼。陈朗的圆润一点，眼黑也多，看着稚气又机灵。

陈晓的眼睛没有弟弟的大，但是睁大了看人的时候，和陈朗的惊人的相似。

"昨晚根本就没有睡，好困啊，我确实要睡一会儿。"

两个人说话间，身后的门从里面打开。

陈朗睡眼蒙眬，看见袁娴的那一刻笑起来，声音里是浓浓的睡意，一副完全没有清醒的样子："你怎么醒得这么早？这会儿才七点，我没看见……”

“感冒还没好又不穿鞋，周一还能去上学吗？”袁娴吓了一跳，及时打断了他。

陈晓的眼睛扫到陈朗睡裤的下摆，一副教育的口吻：“快去穿鞋子。”

陈朗看了袁娴一眼，还想说些什么，可袁娴说着话，将陈晓拉进了房间。

袁娴钻进被窝，从枕头底下摸出手机，看到云冲给她发了好几条信息，也顾不上回，点开了陈朗的对话框。

“昨晚的事情不要跟你姐姐说。”

对方立马回复：“什么事？”

不确定他是真的神经大条，还是明知故问，袁娴发过去一个一头猪被敲脑袋的表情包：“臭弟弟，别装傻，你知道我在说什么。”

“不要叫我臭弟弟。”后面跟着一串发怒的表情。

“怎么了？”

“反正不准叫我臭弟弟，我不喜欢听，你再叫，我就不理你了。”

这家伙，之前刚加微信的时候，她问他叫什么名字，他自己发过来“臭弟弟”三个字，可现在又不准叫了。

袁娴也没再纠结这个问题，强调道：“不准叫就不叫。昨晚的事情不要告诉你姐姐，不然我才是真的不理你了，听到了没有？”

那边好久没回复，似乎是在故意较劲耍脾气。

陈晓洗完澡，打着哈欠进来，眯着眼睛钻进被窝：“你们自己弄吃的，不要叫我，我要好好睡一觉。”

中午吃过饭，云冲打电话过来，叫袁娴一起去看电脑。正好她没有什么事，挂断电话后，就去换了一身衣服。

陈朗靠着沙发站立，手里端着一杯水，眼睛盯着她的裙子。

她今天穿了一条黑色的小吊带裙，白皙的锁骨和精致的直角肩露在外面。她的皮肤是耀眼的冷白，裙子是深沉的黑，二者相互衬托下，她整个人都非常吸睛。

陈朗的表情一言难尽："去哪里？"

"朋友陪我去买新电脑。"她不自在地拉拉腰上的布料，本来就不太敢尝试这种风格，穿出来以后遇到的第一个人还是略显嫌弃的表情，令她多少有些踌躇。

"我也出去，一起。"他淡定地说完，也不等袁娴回答，径直进房间去换衣服，走到门口想起了什么，转过头来夸道，"裙子很好看，你也很好看，害什么羞呢？"说完，他才微微一笑，进屋去了。

袁娴眨了眨眼睛，猛地反应过来。她摸了摸微微发烫的脸颊，心情一下子好了不止一倍。

陈朗穿了一件白色的简约短袖、黑色工装裤，长腿直腰，跟她的风格很像，乍一看简直像情侣。

出租车停在路边，陈朗先下车，站在路边等她下来了才关上车门，半点没有打算离开的样子。

袁娴问道："你要去哪里？我已经到了。"

"不着急，先送你过去了我再走。"

没有办法，袁娴只好带着陈朗一起往里走。这是一条手机、电脑专卖街，修手机的小铺子门面很小，商品琳琅满目。

云冲所说的地方就在长街的中间部位，还没有推开门就已经看见他坐在店里，柜台里是一个跟他一般大的年轻人，他们正在聊天。

听到开门声，云冲转过头发现是她，立马站起来，两步走到她跟前："你过来了？还以为你要一会儿。"

“我朋友家离这里也不远，所以很快。”袁娴一直被云冲看着，旁边还有一个存在感极强的陈朗，那股别扭劲真是折磨人。

云冲用疑惑的眼神看向陈朗。陈朗双手插兜，一副很跩的样子，没有要自我介绍的意思。袁娴只好替他介绍道：“这是家里的弟弟，出来有点事。”

袁娴含含糊糊地说着，耳边却听到一声轻笑，怎么听都有一股生气讽刺的意味。

有了云冲的人情，一台“外星人”电脑以很低的价格拿到手了。袁娴将电脑提在手上，先一步走出店门，拍了拍包装袋：“谢谢你了，这会儿有事吗？一起去吃个饭吧。”

云冲看看陈朗，虽然很想跟袁娴单独相处，却也不好意思撵人家弟弟走。这个弟弟格外没眼色，姐姐跟异性出门吃饭，他还跟着盯梢。

虽然心里有点不满，但云冲毕竟性格温和，半点也没有表现出来。因为有陈朗跟着，吃完饭也别想有二人世界，云冲就开车送他们回家了。

目送黑色的特斯拉远去，袁娴这才转身。陈朗默不作声地跟在她身后，冷不丁问道：“怎么，你舍不得了？”

袁娴没理会他那点情绪：“特斯拉很帅吧，颜值真的高，听云冲说各方面也很好。你觉得我买一辆怎么样？正好我刚考到驾照，马上毕业了也要用车。”

面对好声好气的商量，这样软软的讨好，再不接着就是不识趣了。可陈朗心里是真不舒服，又闷又酸，无能为力的恐慌就像千丝万缕的丝线，绕着他拖向负面情绪。

“人家买特斯拉，你也买特斯拉，有必要车子也成双成对吗？”

他想好好说话，但控制不住，明明很清楚自己没有资格，也没有权利置喙任何东西，但那一抹渺茫的希望却倔强地想逃出黑暗。

“你再这样我真生气啦，能不能好好说话？”袁娴体谅他感冒还没好，又有一种莫名其妙的愧疚心理，态度终究还是软和的。

陈朗就像是泄了气的皮球，嚣张的气焰对上威胁，顿时偃旗息鼓。没有缘由，就是特别委屈，明明是自己先认识她的。陈朗闷声说道：“你不要怪我搅黄了你的约会。我不在的时候，你随时可以见到他，想干什么就干什么。”

“真的想干什么就干什么吗？”

他抬头瞅了她一眼：“你别刺激我，你没有那么随便，我折腾这么久，你还爱搭不理呢。我知道你是一个很理智的人，我也希望你永远都要比爱任何人更爱你自己。”

袁娴心里暖暖的感觉涌上来，笑了笑：“你还挺可爱的嘛。”

“你也挺温柔的。”

“才认识多久就觉得我温柔了。”人都是复杂的，为了当一个好相处的人，温柔不过就是一层保护色。

“可不是温柔，对谁都好言好语。拒绝我的方式那么拖泥带水，像一台中央空调，更像一杆秤。你的温柔就是批发式的，人手一份。”

“你这是夸人还是损人，我有那么糟糕吗？”

“并不是糟糕，我觉得这样挺好的，我喜欢温柔的人。至少说明你不是一个坏人，要是能多注意我一点，给我一点点偏爱就更好了。”他感慨似的许愿，很想要，也知道有些东西强求不来。

“这么容易就满足吗？一点点偏爱就好了？”她笑道。

“这当然只是前期的，之后的再说。我要是表现得太贪心，你吓跑了怎么办？”

这一阵就沉默下来，到了家门口。袁娴将给陈晓带的吃的放在桌上，又去喊陈晓起床。陈朗刚坐到沙发上就一直在打喷嚏，袁娴直接倒好水，拿出药递给他。

他也干脆，端起来就喝了："你知道为什么我说你是一个温柔的人吗？"

袁娴一脸不解地把药放回原处，坐在他的右手边等着下文。

陈朗握着杯子，那一股暖流传遍全身："你一直这样无微不至吗？我妈都没有把药递到我手上过，别人对人好总有保留，你怎么就能做到毫无保留呢？王小波说爱他主义，我以前觉得扯淡，原来真有这样的人。"

"我就是懒啊，因为不想费口舌，干脆好多事自己做得了。"

"你不要一直这样说，我是人好，又喜欢你，特别不忍心你一直付出。可有些人就喜欢得寸进尺，渐渐会觉得那是你应该做的，把方便当随便。你要是谈恋爱，肯定会在这上面吃亏。"

"所以呢？"

"所以还是单着好一点。你太好了，不适合谈恋爱，太吃亏。"他一本正经地胡说八道，袁娴觉得他在骗人，她并没有他描述的那么好。谁还没有私心呢，只是有些习惯已经养成了，而且她是一个比较在意外人评价的人，当然极力将自己朝好人的方向伪装了。

"你能说出这样的话，说明你也是一个有想法的人，懂得别人的付出，就不会心安理得只是一味地享受。"

"那我这么好，这么能理解你，你为什么不要？"

袁娴一时间又被问蒙了，想不出该怎么回答。这时，陈晓打着哈欠起床了，打开门就问带什么好吃的了。她这样一打岔，终于把这个话题给混了过去。

# 第7章

## 情话

今天周五，七点起床之后袁娴便跟着陈晓一起出门，去菜市场买了新鲜的食材。一锅浓汤熬好，整个厨房里都是浓郁而不肥腻的肉粥味。

第一个到家的是陈朗，他一进门就摸到厨房来，从冰箱里拿出一罐水，靠着门框看着她。

袁娴颇不自在，注意力全集中在锅里："看什么？"

"每次回家都感觉特别幸福。"他穿着普通的衣服，精致的脸蛋，挺拔的身体，站在那里就像一幅简笔画，惹人心动。

"一直在家就体会不到回家的幸福了吧，所以上学多好，有利于提升幸福感。"被一个漂亮弟弟注视着，袁娴就感觉不到快乐，只是觉得不自在，很想躲开。

陈朗摇摇头："那我以前也经常回家啊，就体会不到现在的快乐。当然是家里有所期待，心在这里，所以才想快点回来。"

她是最乐于装傻的。所以他每次说话都很直白，坚决不跟她兜圈子，就是要撩得她面红耳赤。跟着袁娴走进客厅后，陈朗往沙发上一扑："你每天都在忙什么，跑了多少地方啊，搞得我这么累。"

不明所以的一句，袁娴一头雾水地看向他。陈朗笑起来，笑容灿烂得像是在天空自由翱翔的小鸟："我的心在你那里啊，跟着跑东跑西你说累不累？下一次出门就给我发个定位，我要看看我的心跑哪里去了。"

袁娴的脸微热，生出一种无法言喻的甜蜜感。她极力稳住心神，道："你够了啊，你是一本《土味情话大全》吗？土行孙都没有你土。"

"那你一定是一本菜谱，有酸苦辣咸，就是没有甜。你的甜都寄放在了我这里，等着你来拿回去呢。"

袁娴翻着白眼，无语极了。可就是这种嫌弃的眼神和表情，在他看来也那么吸引人。

"本来就是啊，菜谱和情话集多配啊，人生百味都齐全了。"

袁娴笑道："大概是上辈子欠你的。"

陈朗抱着枕头，把袁娴给他盛的东西全吃光，一边吃还一边满脸赞叹，恨不能把舌头都吞进去。

袁娴双手合十："谢谢你活菩萨，这么捧场，今天也是超级棒的一天呢。"

她爱做饭，可是不爱吃，也喜欢买各种水果和好吃的。自从她来了以后，家里的冰箱就时刻处于满仓的状态。但是几个女孩子都不喜欢吃，一般水果放坏了也无人问津。陈朗就很给力，她做什么、买什么他都吃。

男孩子运动量大，饭量是她的三倍，浪费的情况很少发生。他一脸满足地摸摸肚子，伸了个懒腰，转头露出一副可怜兮兮的表情："那我的胃口给你养刁了，以后你不在我可怎么办？你别只管喂不管养啊。"

她收了空碗走进厨房，只当没听见。

陈朗叽叽喳喳地说话，朝着厨房方向招了招手："我跟你说件事。"

"昨天杨路去买电脑，也是你那个朋友的朋友那家店，跟你一样的'外星人'，他比你少花两千多块，你亏了。"他皱着眉头，盯着手机翻出照片给她看。

他其实很不喜欢那个叫云冲的，不是因为袁娴，就是感觉不喜欢。

袁娴坐过去看了一眼，果然是一样的外形以及内存设置，一时间有点不相信云冲会坑她这点钱。

"不会吧，他跟那个朋友挺好的，经常听他提起。"就算真被人宰了，她其实也得了实惠，只是占的便宜多少的问题。

"你是不相信我，还是不相信我朋友？"陈朗不悦的表情上脸，带了点质问。

袁娴察觉到他的不快，沉默片刻道："不是不相信你，其实我也得了实惠，只不过比别人少些。或许就是看我是熟人带去的，所以才蒙了我一把。但那个夹在中间的人并没做错什么啊，一片好心，又何必让人家难堪呢？"

她就是袒护云冲呗，陈朗心里酸酸的，不是滋味极了。那种刺激憋在胸口，着实不好受。他耷拉着脑袋，默默地难过。

从沙发沿的高度看下去，只能瞅见一个黑黑的脑袋。袁娴无奈地说道："我知道你在想什么，是不是觉得那个人是云冲，所以我在偏袒他？今天换了任何一个人处在那个位置，我都不会透露半句。”

“首先，人家是好心，本来也没办坏事，特意去戳破，让人家不好意思，自己也会落个小气计较的名声。其次，我跟他认识一个月，人家那个朋友跟他认识十来年，疏不间亲的道理你是知道的，有些事情自己心里明白就好，下一次长个心眼，得失分得太清也挺累。”

确认她不是偏心云冲后，陈朗的情绪才好了一点。而且袁娴的想法很新奇，他觉得也有道理。他睁着一双水润的眼睛像小狗一样看着她：“宅心仁厚，我喜欢你这样的，就是当朋友也很好。”

他第一次理解了“上善若水”是什么意思。就像她这样，好像没有脾气，什么事情在她这里都有合理性。她的心灵深处对这个世界消极，丧得毫无缘由，却总是保有热心肠。

如果刚开始只是觉得她的外表吸引人，不自觉地将目光停留在她身上。相处久了，就会觉得这个人真的很有人格魅力。这一生不管结果，能够喜欢过这样一个人，也是一种幸运。当然，如果能得到她的喜欢，简直可以幸福得晕过去。

快九月份了，天气依旧变化无常，时不时要表演一下变脸。空山新雨后，袁娴早上跟庞媛媛跑了一趟印刷厂，晚上八点多才到健身房。

九点钟员工都下班了，只有云冲陪着她，做完练习已经是十一点。云冲怕太晚了她一个人回家不安全，提出送她回家，她没有拒绝这份好意。她刚刚出过汗，负一楼的穿堂风吹过，连打了两个喷嚏。云冲就把外套脱下来给她穿。

袁娴坐上副驾驶座，扣好安全带，已经准备走了，车门一下子从外面拉开，两个女孩凶神恶煞地站在她面前。

袁娴蒙了，下意识地问了一句：“你是谁？”

扶着车门的女孩子瞪大眼睛，一副恶狠狠的表情："你坐别人老公的副驾驶座，还问我是谁？"

陈晓正在上家教课，接到袁娴的电话后，险些吓个半死。她问袁娴具体什么情况，可那边的事态好像很危急，于是她赶紧丢下学生赶了过去。

她到的时候，袁娴站在一旁，跟袁娴比较熟的一个健身房教练和云冲在说话。另外两个女孩子也在，其中一个一副要哭出来的表情，看了袁娴一眼，又瞪了云冲一眼。

袁娴的衣服和头发都有点乱，其他倒还好。陈晓小心地把她拉到身边，上下打量了一番："你没事吧？"

整件事情发生得太快，到这一刻袁娴还处于发蒙状态，理不清来龙去脉，轻轻地摇了摇头。

陈晓拉起袁娴的手："她们打你哪儿了？"

袁娴穿的衣服是一件运动短袖衫，手上有几处明显的青紫，手腕上全是指甲印。知道她现在心情不好，没有得到回答，陈晓也就不问了。

教练和云冲嘀嘀咕咕说了几句话，拍拍他的肩膀，然后走到袁娴面前："我先送你们回去吧，这件事情，明天会给你一个满意的答复。看在我的面子上，先不要报警，咱们私下商量，我会尽最大努力不让你吃亏。"

将她们送到家门口，教练就走了，只是嘱咐袁娴好好休息。陈晓关上门，去厨房倒了一杯水，轻轻地放在袁娴面前，这会儿才从容地问："怎么回事啊？那女孩真是他老婆？"

"看样子是。"袁娴克制着心烦意乱的情绪，即使在最好的朋友面前，也不肯表露出一丝难看的样子。事情发生得太突然，到现在她还浑浑噩噩的。

云冲的老婆一副恨不得吃了袁娴的神情，视线定在她脸上，似乎连骨头缝都想看清是什么样的，掐着她的手腕不让她走。对方的闺密也堵着车门。袁娴百口莫辩，被人堵、骂，像是做梦一样。

云冲却还在笑，那么畅快地出气："现在你知道当时我发现你出轨的时候的那种感受了吧，难受吗？难受就对了。道歉有什么用，你要跟我一样难受，我才舒服。"

这么会有这样的疯子，袁娴不敢相信："你们夫妻之间的矛盾，关我一个外人什么事？"

云冲的老婆已经气疯了，只会抓着袁娴打，掐她的手腕，揪她的头发。闺密帮她拦着门，袁娴要走，可一直被抓着，着实挨了好几下。

云冲还在笑："你让人家先走，我们的事情自己解决。"他又给朋友打电话，让朋友过来带袁娴走。他老婆不依不饶，发疯般地揪着袁娴，一直质问她知不知道云冲结婚了，为什么要坐副驾驶座。她说的又是方言，袁娴听不懂还没办法反驳。

还是教练走得晚，发现了这里的状况，把袁娴给解救出来。那个时候她才有机会给陈晓打电话。了解了大概的经过后，陈晓气得不行："他故意把你带出去让他老婆看见，难道不保护你？任由两个人打你一个？"

越是气到极致，反而越冷静，袁娴平静地说道："那是他老婆，他怎么会帮我一个外人呢。"

"那你被打的时候，他都没有护住你吗？"

"记不清了，当时太混乱。"袁娴心烦意乱到想吐，委屈到想哭。

陈晓不在现场，无从猜测袁娴伤得重不重，手臂上严重一点，有破皮也有青紫，其他地方倒看不出来。

陈晓也不知道该怎么安慰她："现在怎么办呢？私了的话，就是赔钱而已，你要心里气不过我们还是报警吧。"

袁娴觉得太丢人了，太难堪了，从来没受过这种委屈。即使她表面上还能维持满不在乎的样子，却已经难受到快要窒息，却还要装没事："私了吧，闹大了不好看。"

袁娴一晚上都没有收到云冲的信息，给他发微信才发现已经被删了好友。袁娴收起手机，从云冲朋友那里得知他今天已经飞去了外地。第二天晚上，教练把她跟云冲的朋友叫到一起。

被朋友拜托解决这样的事情，云林看起来也异常尴尬，他小心翼翼地看了袁娴几眼："你还好吧？"

"挺好的，他去外地了？"

云林点点头："今天早上就走了，那边有新店开业，他要过去看一下。"

"跑得倒是挺快。这到底是怎么回事？他把我删了，坑我一把一句解释都没有，什么意思？"

云林挠挠头，说："我也不是很清楚，昨天我到他家，什么都结束了。其实他心里也苦，去年开始经常借酒浇愁。他老婆出轨两年多，他一直忍着，我们也劝他离婚，他总是说再等等，看她回不回头，或者等一个合适的时机提离婚。"

袁娴强忍着泪意说道："他要离婚要怎样都好，那是他们的事情，为什么这样伤害别人？我做错什么了。"

看她眼睛都红了，云林叹气道："他也是一时兴起，想让他老婆看见他跟你在一起，借此好商量离婚的事情。大家谁都有错，没有想到他老婆那么偏激，气急败坏到动了手。他昨晚也一直跟我说，觉得很对不起你。你想要什么补偿，在能力范围内，他都可以满足你。”

有什么用，她平白无故挨了一顿打，还被人骂成小三，又气又难受，是再多钱都抹不平的伤害。

袁娴忍着鼻音道：“说到底，我为什么要因为他们夫妻俩之间的矛盾遭受这种无妄之灾？”

云林也知道，发生了这样的事情，谁心里都不可能好受。袁娴一点也没有迁怒于他，没有胡搅蛮缠，已经做得很好了。

这几句抱怨的话，无足轻重。

“他也知道对不起你，你想要什么就开口吧，都是他欠你的。你只要记住，是他欠你的。”

袁娴只觉得可笑：“我不是没有钱，他现在站在这里，跟我说一句‘对不起’，比什么赔偿都有用。”可这显然不现实，他自己都不出面，让朋友过来，大概也觉得拿一个不相干的女孩子当挡箭牌很难堪吧。

到最后，一万块钱给她看伤。云林也是帮朋友办事，为难他没有任何意义，袁娴没再多说什么。

回家的路上，袁娴看着车外往后倒退的树木和路灯，只是觉得心情灰败，没什么意思。教练跟她说，这件事越少人知道越好，毕竟不光彩，对她也不好，所以她连陈晓都没有带过来。

手机响了两声，是云冲给她发短信，满篇的对不起，说不是故意利用她。他确实想得太简单了，低估了女人的嫉妒心。毕竟发现老婆出轨的时候，他并没有歇斯底里，反而是跟她好好谈，虽然结果不尽如人意。

即使遭受了这种事，袁娴也说不出一句狠毒咒骂的话，始终记得不能因为别人的过错坏了自己的品德和教养。她将云冲的所有联系方式全删除了，彻底将这件事清除出自己的生活，努力回归平常的状态。

这一次的经历让人很受伤，可是袁娴不愿意表露给任何人看，照样好好工作、好好生活的样子。可只有她自己知道，心里有多难过。

陈晓一直以为袁娴没那么在意，可是看她几天都闷闷不乐，干什么都提不起精神，就知道她放不下。

她这个朋友其实很爱面子，被人当小三一样堵，当众跟人打骂，肯定接受不了自己那么狼狈，心里憋着一口气，真是怕她把自己给憋坏了。

陈晓悄悄跟陈朗说了那件事，陈朗回来表现得跟平常一样。今天杨路生日，邀请陈家姐弟去吃饭。在饭桌上，袁娴有点反常，谁来敬酒都喝。杨路喝高了逮着她摇色子，半个小时不到，她走路脚底下都不稳了。

庞媛媛打电话过来，袁娴走到一旁去接，听她说话舌头都是大的。

庞媛媛道：“你喝高了？”

“是啊，我好惨。媛媛，我被人坑了，他凭什么害我，自己跑得飞快。”

跟庞媛媛倾诉完，袁娴的心情就好多了。刚挂断电话，蔡晓云进厕所找她，看见她站在洗漱台前哭得特别伤心无助，连忙帮她擦眼泪：“怎么了啊，不哭了，有什么事情跟我说，好不好？”

袁娴抱住蔡晓云，哭得太伤心了，口齿不清，一个劲地边哭边说：“晓云，你特别好，我喜欢你。你要过得好，我喜欢的人都要过得好。好人不应该受苦，不应该吃亏的。你要过得好。”

她哭起来太有感染力了，一边打嗝儿一边仰着脖子吼，逮着谁都表白。

蔡晓云轻轻地拍着她的背，忍不住哽咽："我知道，我也喜欢你，我会过得好的。我们不受人家欺负，我们离坏人远一点，你不要哭了。"

袁娴太委屈了，憋了几天的难受一朝开闸，悉数释放。

陈朗等了好久也没见人回来，只好找过来，让蔡晓云先回去。他扶着袁娴进了一个没人的包间，也不开灯，轻轻地将她抱在怀里："不要哭了好不好，今天已经哭了很多了，心里好受些了吗？"

"我也不想哭，可是好难受啊，我就是想不通。我不想害人，我也不坏，凭什么欺负我。我从小到大都没受过这种委屈，也从来没跟人打过架，太丢脸了，一点体面都没有。我又没有做错事，凭什么这么对我。"她仰起头看着他，可怜又无辜，哭得人心都碎了。

陈朗几乎是温柔的化身，不厌其烦地擦着袁娴脸上的泪水，小声安慰："是那个人坏，你没有错，是他心眼坏，利用你，他不对。"

他整颗心都化成水的模样，第一次知道忧伤另一个人的忧伤是什么滋味，恨不得把她揉进身体里，将她的难过分走一半。

袁娴靠着男孩结实的身板，委屈得无以复加："我好想我妈，我想回家了。她一定知道为什么，她会教我的。从小她就教我，不能害人，心要干净，存心害人是要遭报应的。"

"是啊，坏人会遭报应的。坑别人的人，迟早要被人坑。乖，不哭了。"他两只手捧着她的脸蛋，小小软软的一团，心似乎也是软的。

她闭着眼睛哭，也不知从哪里来那么多泪水。

"陈朗，你是个好人，你要过得好，要开心。我喜欢你，我希望我喜欢的人都能过得开心。人生太苦了，人生来就是要吃苦的，就是要受委屈的，太难了。”她边哭边打嗝儿，哑着嗓子哭。

杨路不知什么时候找来了，靠在墙边，笑成一个神经病，就是觉得袁娴喝醉之后太好玩了，语无伦次也很可爱有趣。

别人哭是难看，她是怎么做到那么搞笑的。陈朗瞪他一眼，虚握着拳头扬了扬。

杨路捂着肚子，拱拱手，东倒西歪地跑了。

“我是个好人吗？你喜欢我啊，恐怕我上辈子也欠你的，现在来还你了。咱们慢慢还，不要着急还清，下辈子还见面好不好？”

之后是完全断片的状态，怎么回的家，说了些什么话，袁娴完全不记得了。有人喝醉酒会睡得很香甜，有人反而睡不着。刚开始睡三四个小时，醒了之后就头疼。

床头的小灯是暗暗的橘黄色，照在脸上也不会有很强烈的存在感。袁娴睁开眼睛，太阳穴一突一突跳动，反胃的感觉在喉头挥之不去。

被子盖在脖子下，肩膀处捂得严严实实，被照顾得很好。她拥着被子翻身，嘤咛了一声后伸了个懒腰。窗前书桌前坐着一个人，台灯将他的影子剪裁得很朦胧。

他扭头看过来时，手中的笔还没放下，对上她的眼睛后微微一笑：“你醒啦。”

她迷迷瞪瞪搞不清楚状况，瞪眼一看是陈朗的房间，吓得瞌睡全跑了。

陈朗脚下一蹬，办公椅滑到床边，倒满一杯水：“渴吗？”

袁娴接过水一口气喝完，喉头干渴的感觉终于偃旗息鼓：“你姐姐呢？”

“去接一个朋友了，还要喝吗？”他两只手撑在床边，脸上的笑容很轻松，视线落在她脸上，接过杯子放在床头柜上，抬头看了一眼手表。

万籁俱静，不用想也知道很晚了。袁娴不好意思地掀起被子道：“我先过去了，你睡吧，都这么晚了。”

陈朗按住她的手：“过河拆桥吗？好歹我也守了你这么久，一醒了就走啊。”

“太晚了，我是怕打扰了你休息。”袁娴也有点不敢面对他，还不知道昨晚怎么撒酒疯的呢。根据断断续续的记忆，她只记得自己哭了很久，陈朗怎么劝也劝不好。

安静了一会儿，空气中是暖暖的香味，有点像家里的薰衣草洗衣液。彼此的呼吸声清晰可闻，时间过得很慢。

“太可怕了。”他轻笑。

什么？

袁娴投去疑惑的眼神，乖乖巧巧地缩在被子里，身上的T恤宽大，衬托出她格外单薄。长长的微卷的头发，睡醒之后的皮肤白里透红，眼睛又大又水灵，随便一举一动定格下来都是一张精修图。

“什么啊？”袁娴出声。

“你喝醉之后，可怕。”他面带笑容，像是吐槽，又像调侃。

袁娴拉起被子，将膝盖支起来，手臂环抱，半张脸埋进去。见她不好意思，他又道：“各种表白，你知道你昨天说得最多的几句话是什么吗？”

他眼睛向上盯着天花板，回忆了一会儿：“第一句，他凭什么这么欺负我，还有我想我妈了，想回家。最后一句是什么来着，唉，我忘了。”

“哦哦，人生来就是要受委屈的，每个人上辈子都欠人，这辈子就是来还债的。”陈朗说着说着，低头掩饰笑意，乐不可支。

袁娴窘得想把自己给藏起来，幽怨的小眼神望着他，抿住嘴巴。

陈朗笑够了，扶着她的手臂，昨天没看出来，那一块青得很厉害，从上到下都是。他用大拇指轻轻摩挲着，不至于弄疼，有点痒。

“你喜欢他吗？”

袁娴对上他的视线，不知道他为什么这么问：“谁会喜欢这种人啊？他简直刷新了我的认知，一个人怎么能这样平白无故地去害别人。”

陈朗用手揉揉袁娴的后脑勺，歪着头朝她靠近了一点。其他的都不怕，就怕她过不了心里那一关。以袁娴单纯的经历，算是一次不小的创伤。

“以后知不知道对人要有防备心？以为谁都像你一样什么情绪都写在脸上呢。”他年纪小，却是一副老气横秋教训她的口吻。

明明她比他大好几岁，袁娴想反驳，可是事实摆在眼前，恹恹地耷拉着脑袋：“知道了。”

她用手掌按住太阳穴揉了揉，头疼，有点想吐，可是睡不着：“不该喝酒，一喝酒就睡不着。”

“睡不着就坐着吧，陪我打游戏，我都没睡。”他打了个哈欠，眼睛水润润的。

袁娴握住他的手腕：“那你给我拿本书，我不想玩手机。”

他的书架上有很多书，满坑满谷，一眼望去五颜六色。桌上还放了两本，边上卷起了毛边，应该是经常看的。袁娴转到正面，看了一眼封面——《爱你就像爱生命》。

他还看这种类型的书呢，袁娴朝陈朗看了几眼。陈朗察觉了便说：“看什么？我觉得这本书写得挺好，有时候我都感觉我是他，有很多共通之处。”

“王小波是情话大王，你会说什么？土味情话。”

“土味情话也是情话。”他仰起头，不服地向她宣示。

袁娴叹了一口气：“之前一直觉得你长得像一个明星，没想起来，从这个角度看，真的好像赵灵儿。”

陈朗不解道：“要像也该像个男的吧。不过确实有人说我妈像刘亦菲，我长得像我妈。你还追星吗？”

“不追，不过家喻户晓的明星想不认识也难啊，我还挺喜欢刘亦菲的，她是我女神。”

“我也有女神，还是梦中情人。”他脸上带着调皮的笑容，有点骄傲又有点炫耀似的说。

袁娴来了兴趣，顺着问：“谁啊？”

陈朗笑嘻嘻地说道：“你照照镜子不就知道了。”

庞媛媛听说这周三有血月，提前打电话喊袁娴一起去看月亮。小南山的度假小山村近年来很火爆，受欢迎程度不比几个打卡的高人气景点差。

半山腰上有好几个观景台，从上往下俯瞰全城，城市霓虹就像银河在地面的倒影，万千烟火，浩渺人间。

天色刚刚擦黑，庞媛媛就开了自己的车过来接袁娴，还有她的两个朋友，之前见过的。整条山路蜿蜒绵长，绕着大山像一条安眠的大蛇，路灯是黑暗中的眼睛。

藏在山窝里的度假酒店，庞媛媛点评说像兰若寺，没有声响的时候，还真有点像。不说还好，一说起来，气温都低了几度。袁娴搓了搓手臂，赶紧朝前走了几步，站在几个人中间的位置。

月入中天，厚重的云朵包裹着月亮，清冷的月光从云层中投射下来。光明即将破壳而出的场景，震撼且美丽。庞媛媛激动得哇哇大叫，拿着手机一边拍，一边鬼哭狼嚎。

皎洁的月光洒在脸上，袁娴瞪大眼睛仰望夜空。风过树梢，发出呜呜的声响，似乎有一种勘破未来的顿悟感。她举着手机，换了好几个角度拍照。

袁娴点开陈朗的对话框，想也没想就给他发了过去。过了几分钟她又觉得就这样发几张图片，会让他觉得莫名其妙。可是要认真说有什么话想说，其实也没有，时间过了也撤不回了。

“今晚的月亮，好好看，快许个愿。”思来想去，她这样说道。

发完消息，她盯着手机屏幕看了一会儿，没有任何回复。因为忘记充电，手机已经快关机了，于是她赶忙摁灭了屏幕省电。

# 第 8 章
## 月亮

晚上的风还是挺凉的，大家来的时候都穿着裙子，小腿冰凉。她们逛了一个多小时，然后开车回城，在一家有名的大排档停下车。几个人都有点饿，商量好了吃烧烤。

点菜的工夫，袁娴摸出手机想看时间，却发现不知什么时候已经关机了。

庞媛媛挪了凳子到她旁边：“没电了吗？你要不要充电，我给你扫个充电宝。”

手机刚开机，绿色的微信右上角就是一个大红圈圈。陈朗的对话框在最顶上，最新一条是五分钟前发过来的，点进对话框往上拉，第一条就是抱怨：“你出去玩都不喊我，我也要去！”

“这是在哪里？这个观景台好眼熟，你们在小南山啊。”

“干吗不回我，你在外面有别的人了？跟谁一起去的啊，给我看看。”

后面好几条一直没有回复，隔了十分钟他问：“我来找你好吗？

月亮就该两个人看，不然月亮多寂寞啊。”

“你等我。”

这是最后一条，袁娴看到这里吓了一跳，连忙问他是不是真的出来了。现在大晚上的，而且他今天跟杨路他们去乡下了，晚上才赶路回来，袁娴真的有点担心他。

“你别吧，这么晚了呢。我都回来了，下次陪你去看好不好？上次淋雨都感冒了，山上好冷的，再生病了怎么办？”

陈朗什么都没说，只是站在她之前的位置，拍了一张图给她发过来，问了一句：“你来不来？”

从山顶上看月亮异常美丽，云涛翻涌，烟波浩渺，月光倾洒，美不胜收。他不会玩什么浪漫。当时袁娴给他发了那张照片，他就有一种强烈的渴望，想去到她身边，站在离月亮最近的地方，就是静静地待着也好。

所以没有任何考虑，他就这样出来了，想见她，想离她近一点，闻闻她头发上熟悉的香气。这是一个很简单的愿望，或许也是在一步一步地试探吧，看她可以迁就纵容他到什么地步。

陈朗拍了一张自己的照片，笑得灿烂无比：“今晚的月亮果然好看，要是在上面待一晚上，顺便看日出也不错，我不要回去了。”

袁娴轻轻地皱着眉，依照她做事的准则，很不喜欢这种突发状况，之前怎么没发现陈朗是说风就是雨的性格呢。前一秒跟她说想出来看月亮，后一秒人已经跑山上去了。

她很纠结，劝他赶紧下来，说自己陪朋友吃完东西也要回家了。

陈朗一个劲地撒娇耍赖：“我不想回去，今天我就想看月亮。你不来没关系，明天我自己回去，没事的。”

我想你来，想在安静空无一人的月亮下看看你，想跟你多待哪怕一秒，想让你哄我一次。

不过这些想法他一句也没对袁娴说，想要却又憋着。他就是赌赌看，看她到底有没有一分在意他。

袁娴深深地吐了一口气，轻轻地敲着自己的脑门，干吗多此一举给他拍什么月亮啊。

庞媛媛一扭头看见袁娴往外走："干什么去啊，东西才吃了一半呢。"

"有点事，你们先吃，我马上就回来。"

这里是一个三岔路口，下面一条是上山的路，往上走通往山顶，还有度假酒店。观景台对面是一片竹林，晚上轻风掠过，龙吟细细，凤尾森森。

坡下是一个面积辽阔的人工湖，沿着湖边是一圈古香古色的长廊，黑水之下连鱼都是安眠的。

此刻的月亮已经升到了最高点，清月高挂，月光大盛。

出租车沿着马路边稳稳地停下，台阶之上一棵巨大的古树弯下腰来。绿桥横跨天空，彩色的霓虹缠绕着枝丫，就像月宫中安静神秘的桂树。

袁娴站在那儿，正打算给陈朗打电话，就看见不远处栏杆边那个瘦长的影子，微微歪着头，头发在风中是凌乱的弧度。

晚风撩起他的袖口，黑暗中隐约可见他的笑容，就像每一次胜利归来的怪盗。

她的神情无奈，缓缓走到他跟前，还没开口说话就打了一个喷嚏。

陈朗上前一步，用一种笃定又久违的语气："你来啦。"

他站在这里等了半个小时，不确定她会不会来，只是想等，等得越久心里越平静。徐志摩说“得之我幸，失之我命”，以前他从来没有什么深刻的想法，偏偏在等她的时间里，琢磨起自己的心理。

因为他已经下定了决心，不管能不能见到她，这条路始终要走到黑，所以这一次她来不来没有任何影响。可是，自以为无坚不摧，原来还是在意，他在见到她的那一刻，就觉得所有的忐忑等待都值了。

陈朗不由分说地拉着袁娴走到观景台的最高点，风从耳边掠过，将她的长发吹得狂乱飞舞，裙摆也像荒漠中猎猎的旗帜。他站在她身边，指着天上的月亮：“刚才就发现现在这个角度好看，你们回去早了，都没等到最好看的时候。”

“妈妈没跟你说过，不能指月亮吗？等你睡着了月亮就来割你耳朵了，赶紧原地跳三下。”她笑着开玩笑。

陈朗果然在原地跳了三下，感情中最难得就是有人愿意包容你的奇奇怪怪，陪你闹、陪你笑。她想起自己那一次喝醉酒，胡话说了一大堆，他也是特别温柔，对她说的每一句话都有问必答。

袁娴认真思考起陈朗在自己心里的定位，刚开始只觉得这是好朋友的弟弟，爱屋及乌，也是她温柔体贴的本性使然，所以对他很好。自从陈朗动不动就开始撩人，暗暗地表达自己的心意，碍于和陈晓的关系，袁娴对他的心情就变得异常矛盾。

陈朗比她小，谁有耐心陪着一个男孩子长大？很有可能最后无疾而终呢。天性里的悲观让她面对感情裹足不前。

可是这一晚陈朗让她感觉到，树欲静而风不止。她想保守平稳，偏偏他进攻猛烈。

如果对他没有一丝好感，她可以冷眼旁观，或者也不至于如此纠结矛盾。可是她自己心里也清楚，他很好，那份若有似无的喜欢掩饰得再好，也有忍不住流露的时候。

就像今晚，明明知道他就是仗着她心软，故意折腾，却没办法真的狠下心肠丢下他不管。袁娴默默地叹了口气，无可奈何地瞅了他一眼：“杨路他们没问你吗？你怎么回来的？”

“谁管他们啊，而且我不舒服。”他笑得灿烂无比，活蹦乱跳，没看出来哪里不舒服。

陈朗接收到她嫌弃的眼神，嘴巴一撇：“本来就不舒服啊，心里不舒服，心跳很不规律，不信你摸摸看。”

“别闹了，我认真的。”她转过身，背靠着栏杆，长发将脸遮住了小半。

陈朗沉默片刻，也说道：“我也是认真的，我没玩啊。”

她立马嫌弃：“你玩得还少吗？谁知道你什么时候是真的，什么时候是假的。”他非要搞得她心神不宁，那她也不管他羞不羞了，就说气话刺他。

陈朗立马像是一只被主人训斥的大狗狗，低着头，用眼角的余光觑她，心虚地解释：“我不玩了，遇到你之后我就没玩了，你知道的。”

“我不知道，我也不想知道。”即使双方心照不宣，只要窗户纸没捅破，她就可以耍赖。

“那你也勉为其难了解一下啊，就这一次好不好，算我求你了。”他又耍赖撒娇，真的是个弟弟啊。

袁娴抬头望天，漆黑一片：“我真的觉得你挺好的，就是吧，不大合适。就像一个很美丽的瓷器，摆在皇宫人家说相得益彰，摆在贫民窟，那算怎么回事？这个比喻可能不恰当，但就是这么个意思，这个世界上最难得的是合适。”

“你怎么知道不合适？那美丽的瓷器或许还金玉其外败絮其中呢，还有你认为的贫民窟，万一在某个人眼里就是金碧辉煌呢。每个人的看法不一样，都没有试过，就不能根据自己的主观臆断下结论，我不接受。”反正她就是想方设法拒绝他，俗话说得寸进尺，今天她来了，陈朗就确定了某些事情，哪里会这样轻易让她逃走。

“你老说我纠缠你，但力的作用是相互的，你就没纠缠我吗？如果没有一点希望，我不会坚持到现在，你说对不对？”

“你长得帅，你说的都对。”

话不投机半句多，她想不起一点水花解决掉某个难题，可陈朗是个寸土必争的人。他转到袁娴面前，轻轻地抬起她的下巴，昏暗中的眼睛异常明亮，声音带着蛊惑：“你真的一点都不想让我了解你吗？不想让我走进你的内心世界看一看吗？对我难道就一丁点感觉也没有？我感受到的不是这样的，我不清楚你在纠结什么，可我知道你的优柔寡断，你的患得患失，你的悲观你的消极，我都知道。”

“你有没有试过长长久久地去观察一个人，就只是看着她，琢磨她，与她有关的一切都很在意。我有，第一次这样投入，一生中仅有一次的勇敢与冲动。”

此时此刻，此地此人，得不到会永远过不去。

内心不震撼是假的，袁娴没有想到陈朗这样观察入微，将她的小心思剖析得明明白白。那些她无法宣之于口的情感，他都知道。

可是随之而来也有很多问题，他的乐观真是让人羡慕。袁娴气闷地说道：“说得倒是容易，遇见了就能在一起吗？在一起就不会分开吗？心动了就不用考虑其他问题吗？真的，很复杂的。”

她现在对他的感觉真的很矛盾，既想放弃又想联系，既想前进又在犹豫。大概少年人才会有这样的赤诚灼热，她从来不是一个会不顾一切的人。

陈朗的想法很天真，喜欢就是当下最强烈的感受，喜欢就应该在一起，除了当事双方，谁也管不着。

“反正只要你不是因为讨厌我才有所抵触，其他的我都无所谓。”他就像一个天生的乐天派，坚持享受当下，及时行乐。

双方都不能理解彼此的想法，又不肯轻易放弃，再讨论也讨论不出什么。袁娴便换了个思路：“你说得对，有些事不试试又怎么知道一定不行呢。那咱们就先这样吧，我不想方设法避开你，可是你要保守秘密，不准让人知道。咱们就从试试开始。”

“从什么开始？”是从接触开始，还是交往开始，陈朗有点不明白。

“就从了解开始。你现在喜欢我就是因为不了解我，看见的只是我想让你看见的，就从加深了解开始。”

她的语气很笃定，这是交谈这么久她做出的最大让步了，再胡搅蛮缠下去得不偿失。

陈朗还想再争取一下，袁娴抢先一步说道：“人心思变，欲壑难填，你别看自己的心，我都不相信自己的心。就把一切交给时间吧，能发展成什么样，时间会给出答案的。”

她比陈朗多活了几年，又是老成早熟的性格，分分合合、朝令夕改的事情看得太多了。

他不再说什么，算是勉强答应了下来，一时又高兴起来，拉着袁娴的手绕着十二生肖的石像跑。风从耳边呼啸而过，整个世界空旷安静，都是他们的。

跑了两圈，两个人都累得气喘吁吁。袁娴摇晃他的手：“开心了吗？可以回去了，好晚了。”

刚刚庞媛媛就给她发消息，问她在哪里，袁娴只好说她回家了。明天她还有事，而且陈朗也要上课，大晚上不睡觉，在山上喂蚊子，着实没什么好玩的。

“多好玩啊，你看今晚的月亮好大，感觉月亮离地球都近了不少。”他高兴到想飞起来，心情飞扬，干什么都觉得有意思，精力充沛。

袁娴一巴掌拍掉手臂上的蚊子，细嫩的肌肤上又是一个红疙瘩。山上的蚊子毒，被咬之后又痒又痛。她一边抓着一边道：“蚊子老是咬我，为什么你就一点事都没有？我的血甜些吗？”

“是啊，连蚊子都觉得你甜。”陈朗摸摸袁娴的手臂，果然好几个明显的疙瘩，“走了走了，回家吧。”

他们到家时已经三点。袁娴在想回家要怎么交代情况：本该在乡下的陈朗怎么会和她一起到家。两个人轻手轻脚地打开门。她指了指陈晓的卧室门，两根手指在空中轻轻抖动，示意他安静，跟哑语似的。

陈朗见她一副胆小怕事的样子，忍住好笑，捣蒜一般点头，悄悄地将头伸到她耳边，呼着热气：“我想洗澡。”

“明天洗吧，吵醒你姐可怎么办？”

他轻轻地哼了一声，以示不满。袁娴微笑，用手指拨了拨他额前的头发：“睡觉去吧，很晚了。好梦。”

“那你做个噩梦，然后喊我，我就来救你。”因为凑近了说话，他的脸离她的鼻尖很近，那种暧昧的氛围，撩人又刺激，几乎下一秒就会亲下来。

陈朗认真地盯着她的脸，不自觉地咽了一口口水，嘟囔了一声。两个人的脸都有点红。他小声抱怨：“一点都不想睡觉，睡觉有什么意思，睡十来年了都……”

被他逗笑了，袁娴按着他的背将人转过去，扶着他的肩膀往前走：“不睡觉，想修仙吗？赶紧去睡觉，不然打你。”

袁娴打开手机的灯，轻轻地上床。陈晓已经睡得很熟，察觉动静哼了两声，不一会儿又安静下来。袁娴的手机响了两声，是微信来消息的提示音，不用看也知道是谁发的。

袁娴整个人窝进被子里，将屏幕亮光全部挡住，才回消息警告陈朗：“快睡觉，不然不理你了。”

“一个人睡，孤枕冷被，好寂寞。”

又来了，袁娴无语得很，可心里又有点小悸动：“不然呢，你想几个人睡？”

“不多不少，再来一个就好。我的要求不高，很容易满足。”

“梦里什么都有……”说完后，袁娴把手机摁灭后塞到枕头下面，心想，这一下他该要睡了。

结果连着枕头“嗡嗡”振动了两下：“我有点醉，感觉晕乎乎的，难受啊。”

袁娴本来是不想理会他的，因为越理会他就越来劲，今晚就谁都别想睡了，却又怕他真有事：“是不是山上风太大，吹感冒了？我去给你找感冒冲剂喝一袋，你等一下。”

“没用，什么药都没用，只有看到你才能好。好想好想啊。”他连发好几个可怜兮兮小狗表情图。

“想什么？”

“想瞅瞅你。”

沉默了半分钟，她道：“明天再瞅，明天我来找你。”

“真的？”

“嗯。”

“睡睡睡，谁不睡谁是小狗！”

这一下应该真的安静了，袁娴心满意足地把手机放到一旁，刚刚闭上眼睛，屏幕又亮了。这一晚上没完了，她想不理，可是又忍不住，闭着眼睛把手机摸过来。

“你真的会来找我吗？好人做到底，送佛送到西，顺便再送我一个女朋友吧。”大笑的表情包真的有点欠揍。

“我后悔了。”袁娴小脾气上头，忍不住撑他，“我为什么要搭理你，还不睡觉，熬死人了，信不信我哭给你看？”

他发过来几张在山上拍的全月图，又大又圆又明亮：“看，月亮。”

“谁说这是月亮，这分明是太阳。你喊它一声‘月亮’，你看它答应吗？”不睡就不睡，她也跟着胡搅蛮缠。

还是上面那张图，这一次多了点细节——瞭望亭里，她靠着栏杆站着，黑暗中只有纤细的轮廓，红色的圈圈把她圈起来。

“看，我的月亮。”

袁娴捂住脸，不回复了。

早上陈晓起床吵醒了袁娴。袁娴感觉眼睛仿佛被糊住，一点也睁不开，稍微睁大就痛起来，喉咙里感觉也有东西，即使咽口水也痛。

袁娴一想就知道是昨天吹风感冒了。陈晓听她说话声音有点哑，按住她：“躺着吧，我去给你拿点药，喝了再睡一觉就好了。”

陈朗打着哈欠洗完澡，从浴室出来，正撞上端着杯子进屋的陈晓：“怎么了？”

“袁娴感冒了喉咙痛，我给她拿点药。”

“怎么了，严重吗？喉咙痛喝什么药，你又没事，带她去医院看看啊。”他一脸不满，盯着她手上的药，一脸苦大仇深，情绪有些激动。

陈晓看怪物似的，摊开的手心里有两颗白色的药丸，凑到陈朗跟前：“头孢，咽喉肿痛药到病除，你捣什么乱，不用看医生。”

他想进去看她，又知道她不愿意被陈晓察觉他们关系亲密，只好先忍着，嘴里嘟囔：“你这药管用吗？没发烧吧。”他后悔了，昨晚应该早点带她回来的。

这会儿还早，陈晓就把客厅打扫了一遍。陈朗一直在等姐姐出门，好进去看看袁娴。苦于没有机会，他急得像热锅上的蚂蚁。

陈晓扫完垃圾后擦桌子，整理了沙发又准备拖地。陈朗频频望向她，后者有些莫名其妙：“你还在等什么？今天没有课吗？”

他手上转着一本书，心不在焉差点砸到自己脸上：“有啊，就是好久没看见你，想在家里多待一会儿都不行吗？”

陈晓心里甚是欣慰，觉得弟弟长大之后就没小时候可爱，也不黏姐姐了，可原来还是想念她的。陈朗又道：“我有点饿，好想吃蛋卷啊，可是外面买的没家里做的好吃。”

那是她的拿手好菜，高考完那段时间没事干，天天给弟弟妹妹做早餐，说起来也好久没做过了。陈晓解开围裙，也不拖地了：“饿了不早说，我现在做饭。”

陈朗一脸感动地点点头。等到陈晓的身影消失在厨房门口，他扔下书立马跳起来。

袁娴没有睡醒，可是醒了之后再努力也进入不了熟睡状态，只好闭着眼睛假寐。房门发出轻响，袁娴睁开眼睛，只见陈朗弓着腰小心地关上门，做贼似的。

她的嗓音哑哑的，所以说话的声音很小，有种别样的软糯：“你干吗呀？”

她的脸色果然是苍白的，嘴唇也没有血色，陈朗摸摸她的额头，还好没有发烧。他四处打量了一眼，端起杯子水还是温热的，只是认真地看着她，心疼却做不了什么：“要不要喝水，我来看看你。”

“对不起，昨天说好来找你的，食言了。”她忍着喉咙的痒意，想咳嗽的冲动抑制不住。

“跟我说什么对不起，早知道我就不玩那么晚了，害你感冒了。”他懊恼地说完，耳朵耷拉着。

“没事，小感冒而已。这几天天气反复，本来就容易感冒，喝了药就好了。”她温温柔柔，总是这样，发生了不好的事情从来不会责怪任何人。

可她越是这样，他心里越不好受。

“你不如骂我一顿，抱怨几句也好，下一次我就不敢乱来了。”

袁娴轻声笑出来：“你也说我温柔，对任何人都特别体贴，难道反而对你还不如对别人吗？”

“你为什么对我更宽容？我有什么特殊啊。”他意有所指。

明明知道他想听什么，她偏偏不说：“你姐姐呢？”

“在做早餐。”他老老实实地回答，不敢再骗人。

“那你还过来，被她看见了怎么说啊。”她有点怕。

“我有什么拿不出手的，我们的事情关别人什么事？而且我都上大学了，交女朋友又怎么了？”他老神在在，换了盘腿的姿势，更轻松了。

“你先出去啊，不然我生气了。”她急得咳了两声。

陈朗怕她着急，连忙站起来：“好了好了，我走就是了。”

“嗯。”

“你好好休息。”

“嗯。”

“记得想我。”

“快出去吧。”她避重就轻，陈朗心里不满，却也没办法，只好出去了。

这一次感冒在家待了两天还没好，袁娴急着工作，坐在床上抱着电脑。陈晓看不惯，把她的电脑合上：“出来陪我看一会儿电视，你也让眼睛轻松一下。”

说是看电视，其实根本没开，陈晓往沙发上一仰，伸着懒腰：“啊，要开学了，好快啊，就要大四了。”

袁娴捧着水杯，脖子酸痛，顺时针逆时针慢慢运动。

陈晓叹了口气：“好烦啊，要找工作了。”

“不是决定了要回来教书吗，还烦什么。”

“话是没错，可还是有点不甘心啊。而且当学生和上班族有本质上的差别吧，以后就真的是个大人了，什么都要靠自己。”陈晓感叹着。

袁娴对于陈晓类似长大的言论没有感觉。她的家境普通，父母都是农村人，半辈子都在种地。等她上大学那年才在镇上买了房，种地不景气，所以一直在外面务工，常年进厂。

很小的时候她就知道，自己的后盾很薄弱，想要什么只能靠自己争取，这样的意识根深蒂固。因为从小喜欢看书，她高中本来想学文科的，但家里的亲戚都说学文没前途，找不到好工作，没办法只能报了理科。

高二自己动笔写小说，刚开始一年没成绩，好在她看的书够多，勤于反思总结，高考后出版了第一本书，成绩还不错。她就一直这样坚持了下来，到现在五六年了，也出了几本畅销书。

她喜欢安静，虽然有时候赶稿赶到疯魔，可从来没想过放弃写作。写作已经不仅仅是她安身立命的资本，更让她有一种无形的安全感，什么东西都不是永恒的，但是自己的付出和汗水永远值得依赖。

陈晓挺羡慕袁娴的，她本就是老天爷赏饭吃的类型，自己还拼命努力。陈晓说："我想在家这边找一所中学上班，要不你也过来找工作，到时候可以一起租房啊。咱们俩都不懒，性格又相投，总比跟陌生人合租好。"

这里两个人正在说话，大门口传来"咔嚓"两声响，有人从外面推门进来。她们齐齐探头看过去，陈朗被她们这整齐的动作盯得一愣，换上拖鞋道："没见过帅哥啊，看我干吗？"

陈晓翻了个白眼，瞅了一眼手腕上的表："这个点，你晚上不是有一节大课吗？怎么回来了？敢逃课的话小心我告诉爸妈。"

陈朗把书包放在沙发上，将衣服的袖子挽到手肘上，流畅的骨骼线条格外好看："我都上大学了，知道自己在干什么，你能不能不要总是告我的状。"

陈晓道："上大学怎么了，爸妈还管不得你了？"

"我想偶尔回家来住。"

虽然不是很懂陈朗为什么要回来住，袁娴也没问他，就没放在心上。

这天晚上袁娴在屋里写稿子，房门打开，陈朗从外面探进来半张脸："我们老师让我做个 PPT（演示文稿），还要做个市场调查，你帮我看一下好吗？”

她打字的动作一顿：“你要问什么啊？”

陈朗大大方方地推开门，靠着门框，那个潇洒的动作莫名有点像片寄凉太，清清爽爽的可爱少年。这个人真是一点也意识不到自己的耀眼之处啊。袁娴默默想着，站起身准备走过去。

“电脑拿上。”

她没动。他走过去抱起她的电脑，很自然地牵着袁娴的手，回到自己屋里，然后将门一关。他把她的电脑放在自己的书桌上，笑道：“好了，工作吧。”

袁娴一直在等他问问题，结果就这样安安静静等了很久也没有动静，不由得朝他看过去。只见陈朗的手将笔转到飞起，也不好好坐，微微往后靠，凳子只剩两条腿撑着：“想看就光明正大看啊，我很大方的。”

她真怕他摔了，扶了凳子一把，轻描淡写地说道：“好好坐。”

他“哦”了一声，重新趴下来看资料，又不好好写稿子，写一会儿看她一眼，反反复复。

袁娴头也没抬：“你再闹我就出去了，你自己写。”

陈朗不满，不就是看了她一眼嘛，嘟囔道：“小气，都不给看。”

“好好做你的事情。”

“知道了，这不是没有报酬给你，不好意思请教你嘛。”他嬉皮笑脸的，配上那张清俊的脸，无敌可爱。这样一张脸，每每心里有什么绮念的时候，真是下不去手。

“没见过上赶着给报酬的，那你想给什么？”

“以身相许。”

就知道他没好话，袁娴偏过头去不看他，他追着问：“怎么样？”

“不怎么样，要不起。”

“为什么？”他不高兴地反问。

“就感觉挺有障碍的，下不去手啊。”他现在看着还是少年模样，虽然有点喜欢，但过不了心里那一关。

陈朗沉思片刻，抓住问题的关键：“你觉得我小？”他似乎有点沮丧，随即义愤填膺道，“陈晓跑那么快出生，我要是跟她换一下多好。”

他还爱在她面前耍宝，经常撒娇哄她心软，妥妥一个弟弟模样。陈朗悔恨完了，带了点紧张：“你是不是觉得男孩子不成熟，相处起来会很累。”

“是啊，我自己都懵懵懂懂，还要教对方东西的话，不会手忙脚乱吗？”她是比较佛系的，对自己的要求很严格，但是从来不去指导别人该怎么做。

没实力做一个优秀的人生导师，所以不置一词，万一指挥失误，也承担不起责任。

陈朗愣愣地看了她一会儿，觉得她在撇清关系，肯定是觉得他小，嫌麻烦。第一次，他后悔他妈怎么没早生他几年，晚上跟妈妈聊天的时候，就没忍住叽叽歪歪。

气得陈妈骂人，放话回去要修理他，后天改造还来得及成为一个成熟的大人。陈朗丢开手机，扑到床上，点开群聊发出灵魂疑问：“怎么看起来成熟一点？”

杨路第一个出声：“首先，把你的游戏机都转交给我，本人勉为其难帮你处理。上次那个我输掉的手办，完全就是小孩子玩的东西，我也可以回收。”

“想着吧。”

“不是，本来就是啊，你看哪个小孩子玩那些东西。你想要成熟，以后就看书看报，动漫啥的要远离。”

“我说的是思想成熟，你少瞎扯。”

“这个嘛，有点难度。你没听人说，男人至死是少年。”

可是这句话好像是贬义的，陈朗不想理他了。林俊钊不知干什么去了，群里就他们俩。说了几句没意思，陈朗也退出了。

袁娴每天晚上都会去陈朗房间。他做资料，她就看书写稿。有时候瞌睡来了，她就坐在床边的垫子上，靠着床沿打瞌睡。

他也不叫她，蹲在一旁双手撑脸，看得津津有味。袁娴眼睛一睁，他的表情又回归平静：“哦，我正准备叫你呢。”然后便走回书桌旁。

这天家里停电，要晚上八点才会恢复，晚饭就做不成了。袁娴忙完工作，手机电量还有百分之三十，打开微信，准备找陈朗出去吃饭。她发现他们有好几天没联系了，他的头像几乎被顶到了列表最下端。

他平时话挺多的，遇见好玩的事情就想跟她分享。她还没回复，他已经把笑点讲完了。突然之间安静下来，她挺不习惯。难道最近接触太多，他果然是三分钟热度，已经开始打退堂鼓了？

袁娴抛开不相干的想法，发了消息过去，很快有信息回复，只是简单的一声“哦”，然后让她在家里等一下。不过十来分钟，陈朗回来了，看见她在客厅，脚步顿了一下，边走边脱掉上衣。他刚刚打完篮球，头发上有点汗。

他挺瘦的，但是并不显嶙峋，腰腹上没有大块的肌肉，却很结实，动作间可以看出经常运动的痕迹。袁娴叼着牛奶吸管，抬起头时看他还在客厅，感到诧异，歪着头眨了眨眼睛，像一只疑惑的小猫。

陈朗开了一瓶矿泉水，喝了一大半，在客厅走了几圈，谁知袁娴根本不看他，媚眼抛给了瞎子。他有些气馁，想卖一下惨，想到她那句话，硬生生地忍住了。

今天天气很好，不冷不热，没有太阳。下午有轻微的风，吹在脸上很舒服。陈朗走在前面，大刀阔斧，姿态轻松闲适，时不时地回头看她一眼。

见她没跟上，陈朗会等一下，却不催促。袁娴觉得奇怪，他近来话真的很少。少年人的坚持真的不能相信吗？袁娴默默地垂下眼睑，盯着地面。

吃饭的地方是附近一家“爱饭”，味道很好。袁娴吃过一次就喜欢上了，之后只要出门就来这家。陈朗没问她吃什么，两三下点好菜，有荤有素，有菜有汤。

她饭量小，半碗就八分饱。陈朗把她碗里的饭倒进自己碗里，速度太快，要阻止已经来不及。袁娴脸发热，说道：“不够吃可以再叫一份啊，这个……我吃过了。”

他一副满不在乎的样子，大口吃饭：“再叫一份菜就吃不完了，陈晓和陈星以前吃不完都是我解决的。我老可怜了，都习惯了。”他做出一副可怜兮兮的表情，袁娴就笑了。

见她笑了，陈朗突然反应过来什么，沉默下来开始刨饭。她吃的时候他就细嚼慢咽，等她吃完了他才照平常的速度，简直可以用风卷残云来形容。

# 第9章
## 黏腻

这样挺累的，也不知能坚持多久，袁娴比较喜欢两个人相处时都是轻松的状态。她是个藏不住话的，有疑问就说了出来：“你是跟我在一起时比较注意细节，还是跟其他人都是这样？不用特意照顾我，我真的感觉怪怪的，主要是怕你累。”累了也就离放手不远了。

“什么照顾啊？”他一脸发蒙的样子像只呆萌的兔子。

袁娴拿下巴点点桌子：“干吗等我吃完了你才吃，就没有必要啊。你喜欢吃辣，也可以点啊，今天一个都没有。”

陈朗表情坦然：“跟杨路他们一起吃，我吃饭就很快啊。但是跟你在一起像一只饿狼，你真的不会嫌弃吗？而且那样也太不成熟了。”他现在可是要走成熟路线的人，时时刻刻都要注意，随便破功像什么话。

他坚决拒绝在她面前表现出幼稚的一面，大家都说成熟男人大多是少说多干的，就朝着这条路走，总没有错。

袁娴无语：“年纪摆在那里，过分追求成熟做什么，少年老成也是天生的。”顿了一下，她又道，“我觉得你还是阳光活泼一点好，我喜欢大家在一起都坦坦荡荡的，轻松愉快地相处才能长久吧，你说呢？”

“是的吧。”本来是想博她的好感的，结果让她觉得别扭，画虎不成反类犬，失败。陈朗不好意思说明原因，便缄默下来。

吃完饭就该回去了，但是他说想逛一下超市，买了好多水果：“我看你吃得少，晚上饿了可以垫一垫。”

回家的路上经过一个小公园，小孩子的滑滑梯摆在路边。这一段比较黑，路上是沙坑。陈朗已经走出来，回头一看，袁娴扶着滑滑梯，似乎有点看不清。

“两步就走到有灯的地方了，你不要怕。”他站在原地，耐心十足。

见袁娴没动，陈朗就走回来，很自然地牵起她的手，走到灯光下。还没说话，袁娴突然就放开他的手，抬起头，十来米远处的陈晓正看向这边，一脸茫然。

袁娴有点慌张，甚至觉得有点羞愧。但是她不确定陈晓到底看到了多少，说起来也只是拉了一下手，解释清楚也不难理解。然而她却因为心虚，多少乱了点阵脚。

陈晓主动朝他们走过来，视线落在陈朗手里提着的东西上：“去逛超市了？”

为了避免招致更多嫌疑，袁娴尽量显得平静，用波澜不惊的语气道：“家里停电了，出来吃个饭，顺便买了点东西。”

袁娴走到陈晓身边，离陈朗就远了一大截：“之前这里一直有路灯，怎么突然没了，忘了戴眼镜差点摔一跤。”这就是陈朗会牵她手的原因，希望陈晓千万不要胡思乱想。

即使没有直截了当地说明刚才的亲密行为，袁娴的话里也暗暗含着解释，陈晓“哦”了一声，果然没有继续追问下去。

楼道和电梯里有应急灯，电力还没有恢复，打开房门一片漆黑。陈晓急着上厕所，包给袁娴拿着，一路跌跌撞撞地摸过去。

袁娴好像在表演盲人探路的哑剧，从门口到沙发这一段路，走得小心又谨慎。她摸着单人沙发的扶手，脚底下突然一绊，上半身失重朝地上栽去，头脑一瞬间的空白过后，疼痛并没有如期而至。

陈朗就走在袁娴身后，看见她突然一个趔趄，下意识地伸手拉了一把。两个人你带我我拽你滚成一团，袁娴“嘶”了一声，并没有哪里摔痛，只是吓了一跳。

“什么啊？”脚还被缠着，她下意识地甩了甩。

“应该是电插板的线。”黑暗中陈朗的声音也很平稳，应该没有摔伤哪里。

袁娴缓过这一阵眩晕，反应过来正被他圈在怀里，结实的身躯紧紧地压着她，传递过来的皮肤温度有点灼人。

温热的呼吸若有似无地拂过脸颊，男孩子清爽的头发香气混着微微的汗味，有点陌生，袁娴的心跳不由自主地加快。太亲密了，有种安全范围被突然入侵的恐慌感。

袁娴虽然嘴巴上义正词严，实际上比谁都容易害羞，外强中干。一旦被掐住命脉，她立马就像一只张牙舞爪的小猫被人扼住了命运的咽喉，头顶上已经快要冒出热气。

“你快起来。”袁娴强忍着尴尬，尽量表现得自然而正常，声音有点发抖。可是他的肩膀正压在胸口上方，加快的心跳很容易便会暴露她的慌张。

陈朗没有说话，一只手搂在她后背上，轻轻地加重力道捞了一下，隐隐克制着什么：“你好软。”浑身没有骨头似的，看着那么瘦。

而且独属于她的香气一直往鼻子里钻，陈朗就想起之前两次她睡在自己床上，枕头和被褥间全是她的味道，一天都不会消散。真的好喜欢她身上的味道，鼻翼轻动。

袁娴整张脸都红了，陈晓随时都有可能出来，心里急得要命，可是又拿他没有办法。他就这样抱着还不够，手上轻轻一捏，滑嫩的软腰叫人爱不释手。

陈朗保持着拥抱的姿势，抱怨道：“你刚刚松开我了。”没有任何心理准备，正在窃喜可以一直牵着手到家，下一秒就被甩开，伤心和委屈齐涌上来，他心里不好受。

不自然的姿势让袁娴的大脑处于紧绷状态，高度注意厕所方向的动静：“被你姐姐看到了，她问起来可怎么说？”

“什么都不说，跟她有什么关系，这是我们两个人之间的事情。”他特别懊恼她总有诸多顾忌。

情况太复杂，三言两语解释不清。袁娴拍拍陈朗的肩膀：“你先起来，就当帮我的忙，我现在真的不想让你姐姐知道，好不好？”

在他这里，她是多变的，有时候像个小孩子一样可爱；有时候像个姐姐帮他分析自己想不通的问题；有时候像个情人吸引他追逐沉沦。此刻，她撒娇的口气可爱又惹人怜，陈朗心已经软了，嘴上却说道：“好伤心，你一点都不在意我。”

对于他的胡搅蛮缠，袁娴真的觉得哭笑不得。她故意说道：“我不在意是吧，那算了，不要试了，反正我也不在意。”

“不要。”他立马抗议，一个翻身很快爬起来，坐在一旁生闷气，像霜打过的茄子。

袁娴整理着衣服，自己忙自己的事情。

来电了，陈晓检查家里的电器，袁娴也跟着一起。绕了一圈回来，陈朗还保持着原来的姿势坐在沙发上，低着头，看不清脸上的表情。

他不会真生气了吧？袁娴不着边际地琢磨着，反思自己是不是话说得有点重。他本来也没坏心思，只是太过黏人导致她一惊一乍。趁着陈晓去洗澡的工夫，她借着找东西的理由，走到沙发前蹲下，打开茶几的抽屉。

她抬起头触到陈朗的视线，他立马面无表情地躲开。

真生气了？她歪头打量他的表情，他的脸朝另一边扭过去不让她看。袁娴从善如流，于是转到另一边去看他。

来回好几次，陈朗两只手放在身侧，肩膀耷拉着，控诉道："你一点都不在乎，一点都不知道我有多想靠近你，也不知道你跟我说试试之后我有多开心。我那么高兴，你还动不动就说算了，老是吓我，都不管会不会伤到别人。"

他真是讨厌极了现在这样不干脆的自己，一点儿也不洒脱自由，患得患失。喜欢使人变得脆弱，变得自卑，变得神经质。可是心里住着一个人，满满的都是她，让人上瘾。

袁娴听完他的抱怨，有点失落："你看，我就是这样，喜欢我一点都不快乐。所有的甜蜜都是假象，我也不想这样，所以我才说不要试了。"她真的不确定，所以要经过反反复复的试探，才敢伸出触角轻轻地碰碰他。

这样的打算跟谁都不能倾诉，只能做好他随时会抽身离去的准备。陈朗有点生气："凭什么你说试就试，你说停就停，我为什么要一直听你的话？就算要说停，由我开始也应该由我结束，是我争取到的尝试的权利，你不能叫停。"

他真是委屈坏了，抻着脖子紧紧地抿住嘴唇，别扭地发脾气。

袁娴一看他的样子，那几乎快哭出来的眼神，顿时心软，食指轻轻地钩了一下他的小手指，悄悄地放了一颗奶糖在手里，小声认错："我不乱说话了，你别生气。"

陈朗被牵着小指，丝丝的酥痒感沿着手臂袭上心头，满肚子闷气瞬间释放，一点脾气也没有了。他不假思索地攥住那根不安分的手指，脸还是朝着另一边："说好的了解，你一直在抗拒我，你以后会认真吗？"

"我认真。"

"在陈晓他们跟前可以装陌生，没人的时候不准离我老远。"

"好。"

他的要求她全答应了，前所未有，陈朗心里的闷气彻底烟消云散。他晃了晃她的手，剥开奶糖递到她嘴边。袁娴张嘴含住，眼睛一直看着他。

"今晚陪我写作业。"他趁机提要求。

可是陈晓在家啊，袁娴有些踌躇。只听对面的人轻哼一声，似乎在说才答应的话转眼就要食言，她这才无可奈何地点点头。

袁娴不敢在他房间里待太晚，十一点钟就出来了。陈晓还没有睡，捧着书坐在床上，面无表情地发呆，气哼哼地埋着头捶枕头，一会儿又抓着头发说烦死了。

掀开被子躺进去，整个人躲进柔软的被窝里，真的好舒服，袁娴打了个哈欠，迷糊地问："你怎么了？"

"被一个弟弟缠上了。"陈晓怨念无比地说道。

袁娴的心跳漏了一拍，若无其事地问道："什么弟弟？你哪里去认识弟弟啊？"

陈晓真的忍不住了，必须找人倒倒苦水，于是噼里啪啦地说了她跟张迟的事情。他们是在陈晓上大一那一年认识的，那时陈晓暑假回家，想找份工作打发时间，张迟正好需要请家教。

她见过了张妈妈，又试了两节课，张妈妈觉得还可以。所以之后的寒暑假她都会给张迟补习。

张迟的个性是那种不爱说话的，能一句话解释清楚的事情绝对不会说两句，性格也简单，学习能力很强。

陈晓没操什么心，因为她给对方补习的课都是她拿手的。张迟的成绩上去了，张妈妈很看重她，给她加了两次补课费。

他们一直相安无事地处着，直到张迟即将高考，陈晓便辞去了这份工作。

他们很早以前就加了微信，没有频繁地联系过，他只有问问题的时候才会找她，问完就跑，没有一句废话。家教工作结束后，两个人更是很长时间没再联系。

然而前段时间高考结束后，张迟居然开始每天早上跟她打招呼，晚上没事也会找她闲聊几句。

他比较高冷，陈晓的朋友圈从来不点赞，之后却有点刷存在感的样子，每条都点赞评论，有时还会约她出来玩。这太反常了，简直就像被人魂穿了似的，陈晓想不通他想做什么。

陈晓隐约窥见了一点暧昧的意思，又怕自己自作多情，便试探着问："都高考完了，不去谈恋爱、享受青春，怎么突然想起找我聊天？"

"跟你谈恋爱不算享受青春吗？"

陈晓当时一口水呛进气管，咳得撕心裂肺，哆哆嗦嗦地打字："你别这样。"

他从前那么冷淡，一点也没有出格的言行，这出其不意的举动真的很吓人。

“你也没有说过啊，怎么突然就这样了？”陈晓很是疑惑。

“不是突然就这样了，是一直都这样。”

“而且，你一直有男朋友，也没有正眼看过我。”他这一句话，多少有点委屈。

陈晓彻底不知该回什么了，她跟男朋友放暑假前已经和平分了手，朋友圈也没有公布过对方，他是怎么知道的？张迟对此回答是看出来的，至于她恢复了单身，也是看出来的。

陈晓纠结极了。张迟表明了心思，就经常会给她发微信，什么都分享，只是说，并不刻意等她的回复。

袁娴安静地听她说完，陈晓话中对于张迟的态度其实是维护和关心，应该可以说明一切了：“你对他什么感觉？有没有想在一起？”

“我不知道，我也不敢啊。我就是觉得烦，本来想冷一冷，后面他就好了。可是你不知道他原本是多么冷漠的一个人，现在天天给我发微信。”

“那你就先稳住他，他自己应该也知道你暂时没有谈恋爱的心思吧。”

陈晓更生气了：“原本多冷静自持，现在就有多无理取闹，一点都不讲道理，说要我干什么就必须满足他，我都没有拒绝的权力。他自己也说了，现在确实不会要我怎么样，但我听他的口气似乎关系已经定下了似的。”

应该是性格比较霸道且说一不二的那种人，但是陈晓心肠过于柔软，通常主见不足，难怪会被吃住。袁娴想不到该怎么安慰她，看她的样子，似乎只是一种甜蜜的折磨，并不会强烈抵触，这样问题就应该不大。

“之前好几次半夜都是他把我喊出去的，太任性了这个人。我又没有办法彻底拒绝，就很烦。”陈晓抓着枕头，一脸苦恼。

她只是想有一个人倾听一下烦恼，并不是现在就要做出什么决定。袁娴也给不出有建设意义的意见，就没有瞎出主意。毕竟，她自己还泥菩萨过江自身难保呢。

陈朗最近越来越黏人，好几次袁娴晚上都是在他房间里睡的。这晚两个人也沉默地待在一起，袁娴翻着寝室群里的消息，桌上摊开一本书，打着哈欠。

陈朗的手机放在书桌的右上角，屏幕一直亮着，微信对话框一条接一条地弹出来。

袁娴看了一眼，没有理会。虽然陈朗表明了追求的态度，但是她知道分寸，不该管的事情绝对不会多说一句话。

也许对有些人来说，给予另一半足够自由的对象真的非常好，可陈朗就不满意她这一点。陈朗经常抱怨她对自己关心不够，不是真心想了解自己。

为了杜绝他找碴儿，袁娴放下书：“手机来消息了。”

陈朗随便扫了一眼，“哦”了一声，朝她笑了笑，说道：“你帮我看看。”

他的手机密码她知道，犹豫了片刻，她打开微信，看到自己的头像在最顶上时着实愣了一下。至于她下面那个头像，一看就是女孩子，名字像网名，陈朗没有给人家备注。

女孩子的头像右上角红圈圈里显示“76”，这是攒了多久没看，袁娴犹豫着要不要点进去。陈朗抻着脖子看了一眼，一副不耐烦的表情，似乎被烦了很久。

“你帮我看看嘛，有用的事情就跟我说说。”他直接对袁娴说道。

她放下手机，不确定是否都是她能看的内容：“你自己看，我也不知道哪些有用哪些没用。”

陈朗丢下笔，拿起手机，看到红圈圈里面的数字，一脸头疼的表情，随即又变脸：“你都没有给我发过这么多条信息。”看完之后他又觉得烦。

袁娴察觉他偷偷看过来的眼神，一时有些好奇：“都说了些什么啊，是谁？信息轰炸都没他来得可怕。”

“班上一个同学，因为老师安排了小组作业，我们是一组的，她就天天来烦我，什么都要问一下。怎么不去找别人？”他是真的觉得被打扰了，捧着手机无言以对。

其实这个女孩子应该是对他有点意思，所以才借故制造话题，但是袁娴不想说破，猜错猜对都尴尬。她翻着书，百无聊赖地看着，已经感觉到困意。

陈朗看完消息，并没有要回复的意思，将手机放到原来的位置。他两只手垂在腿间，侧脸贴在桌子上趴着，头发软软地垂落，安安静静地盯着袁娴，就像不被铲屎官搭理的小奶猫。

他右手悄悄摸过去钩住袁娴的左手，在桌子底下晃呀晃，只是这么简单的互动就满足得不得了。

袁娴看他一眼，没有表示，等他玩够了，把左手抽出来将脸颊边的头发顺到耳后。

陈朗还等着她主动把手放进他的手心，却见她捧着书就不动了，于是磨了磨牙，脑袋凑上去，固执地将她的手心摊开，整张脸放上去，不再动弹。

袁娴仿佛在挠猫，轻轻地揉他耳边的头发。他一副舒服满足的表情，她只觉得好笑。

他认真地看她，觉得哪儿都好看。眼睛的形状精致又漂亮，鼻子笔直挺拔，嘴巴就像画出来的，红红的、软软的。

陈朗默默地咽口水，长叹一口气，偏头往她手心里蹭，脑袋一偏，轻轻地吻了一下。有种特别温馨的气氛，陈朗小声说道："我好想你。"

对上她的视线，他略带一丝紧张，特别诚实地说出自己的想法："想亲亲。"

袁娴说道："别，使不得，你的初吻可是要留给未来老婆的，我怎么好意思。"

她就是故意埋汰他，陈朗朝前凑了一点，蠢蠢欲动："预支一个嘛，就一个，我真的好想啊。"

望着她红艳艳的嘴唇，他好奇心爆棚，到底什么感觉，抓心挠肺地想知道。

袁娴使了点力气，把手抽出来，陈朗又故意压住。

"你要不要脸啊？"

说出来是需要勇气的，已经开了口就觉得都不难了，他反正是豁出去了。此刻的氛围实在难得，下一次不知要什么时候，而且她马上就要走了，有很久见不到，想想就觉得沮丧。

分别给了他勇气，陈朗快步上前，扶着袁娴的肩膀往前一倒，两个人霎时叠着跌到单人沙发上。除了彼此的呼吸声，再没有其他杂音，书桌上的台灯只照亮那一方天地，其他地方都笼罩在床头灯朦胧的灯光下。

她粉嫩的脸就在面前，嘴唇微张，雪白的牙齿露出一点点。他像要将她刻进脑海似的，每一眼都看得格外认真，心脏“扑通扑通”跳快，跳动的速度泄露了他的紧张。

其实他的手脚根本不知道该往哪里放，不敢乱摸，又舍不得离得太远，便虚虚地握着她的肩膀。陈朗试探着，距离一点点缩短，两个人的嘴唇几乎就是挨着的状态，他情不自禁地抿了一下。

这个姿势太羞耻了，袁娴的脸已经发热，眼神不知往哪里看才能避开那双黏人的眸子，手上象征性地推了他一下。

陈朗将这一下误解成拒绝，他直接低下头，将头埋进她的颈窝。

柔软的头发扫在脸上，少年滚烫的脸颊贴着锁骨，拥抱的力道几乎要将人揉进身体里。心里软软的，袁娴抱着他的脑袋，手指插进他的头发里，安抚般地按着。

“我好喜欢你，我真的好喜欢你。”他呢喃着说话，并不需要回应，只是想表达自己此刻的心情，“我舍不得你，你回去之后不要忘了我，还要来找我。”

没有得到承诺，陈朗又用力地拥抱她，紧贴在一起舍不得放开。袁娴“嘶嘶”地抽气：“要勒死我了。”

“想把你藏在我房间里，一辈子不离开。”他负气地说道。

“你这么危险的吗？那我可要离你远一点。”她笑着抓他的头发，捏住他的耳垂。

陈朗露出舒服的表情：“今晚睡我房间吧，好不好？”

“不好。”本来他就冲动得不得了，而且她对他越来越没办法免疫，睡在一起肯定会出事。

陈朗久久不说话：“最后一天了你都不陪我，你一点都没有舍不得我。”

袁娴还是沉默，陈朗便自己爬起来，将她也拉起来，垂头丧气了一会儿，欲言又止。其实袁娴知道他在担心什么，她说道："我不谈恋爱。"

嗯？他抬起头，愣怔地看过来。

"在没想清楚之前我不会跟任何人交往，就是带着交往的目的相处也不会有，放心了吗？"

虽然还是不甘心，但是害怕得寸进尺会惹她厌烦，陈朗点点头："答应我的就一定要实现。虽然你洁身自好，但肯定会有人主动接近你，不可以给他们机会，不然我就永远都不理你了。"

回学校的日子是陈晓定的，高铁票也是她买的，还可以多玩两天。出发前一天，陈星和陈朗都放假，四个人在楼下大排档吃饭。

陈朗情绪不高，全程都没说话，陈晓以为弟弟是舍不得自己："吃完饭去看电影吧，好像《速度与激情》出新电影了，正好你们俩都喜欢。"

陈星疯狂地点头，陈朗就更不用说了。虽然刚刚吃饱饭，但看电影就是图个氛围，于是陈晓还是买了两桶爆米花。

陈朗的失落之情表现得太明显，每次看袁娴的眼神都像一只被遗弃的大金毛，袁娴忍住揉他头发的冲动，放慢脚步走在最后。

座位最后的安排是陈晓和陈朗坐在中间，袁娴刚好挨着陈朗坐。

电影一开始声音就很大，整个放映厅里漆黑一片，袁娴不大感兴趣。她撑在椅子上的右手被握住，扭头看到一张非常俊美的侧脸，乍一看，他像是心无杂念地看着电影，握着她手的力道却完全不是那么回事。

她没挣脱，就任由他牵着。陈朗悄悄分开她的手，以十指相扣的姿势紧紧地握着。

袁娴紧张过头，悄悄觑了陈晓一眼，见陈晓没有注意，心下松了一口气。她再去看陈朗，要不是察觉他的手心微微出汗了，真的要以为他的内心像表情一样平静了。

袁娴早上起床去赶高铁的时候，陈朗已经不在家里了。他本想去送，但是被袁娴拒绝了，她还是不想太显眼。

袁娴一直顾及着陈晓，不到万不得已的情况，总想晚一点，等和陈朗的关系彻底确定了再告诉陈晓也不迟。

等车的时间是最无聊的，袁娴摸出kindle（电纸书）看小说。陈晓的注意力在手机上就没离开过，表情变幻莫测，揪着袁娴的袖子说道："服气了，今天星期一，他非要来送我。"

不就是昨天没答应跟他见面，明明前天才见过啊，这个人真的太霸道了。袁娴知道她说的是谁，问道："已经来了吗？"

"马上就到了。"

"那你怎么办，见还是不见？还有半个小时，应该来得及。"

"我去看一下，你等我，有事打我电话。"

袁娴看着陈晓出去，隔着玻璃门，走到一个男孩子跟前。她这才看清楚对方的长相，眉毛锋利，薄薄的单眼皮感觉有点没精神，鼻梁很高，嘴唇是恰到好处的厚度，真有股很酷的劲。难怪陈晓会说张迟霸道了。

袁娴看了几眼后收回视线，手机上陈朗发来微信，这会儿应该刚上完大课。

"真的好想送你啊，现在出去还来不来得及？你还没有离开，一想到今天回去就看不见你了，不开心。"

他发过来一串"想你了"，亮晶晶的黄色小星星飞满了屏幕。

“你还不是我女朋友，要是你跟其他人好了，我怎么办？”

他这两天情绪不太稳定，各种撒泼打滚求安慰。袁娴是打定主意说到做到，不愿意向他表露得太明显。她就是那种十分爱意，也只肯展现三分的个性：“才分开一天就想我了吗？”

“不想，你都没有想我，我也不要想你。”

“我也想你啊，可是你有你的事情要做，我有我的事情要做。你知道我为什么喜欢成熟的人吗？是因为成熟的人知道什么最重要。你上次说了一句话我真的很喜欢，你说我要好好爱自己，只有自爱的人才值得被人爱。我在进步，我希望你也能进步。”

说她现实也好，市侩也罢，袁娴承认，她喜欢优秀上进的人，会被吸引，会不由自主地靠近，会想和他们成为同类。

她不爱说教，却不代表对另一半没有要求。她自己就是个很努力的人，自然也就无法忍受平庸。陈朗是自己靠上来的，有些事情要先说清楚，宁愿开始严格后面松懈，也好过要求拔高之后，白白蒙受不爱的指责。

那头安静了一会儿，陈朗回道：“我会配得上你的。”

她是畅销书作家，微博粉丝上百万，获得各种各样的荣誉奖项，作品遍地开花，海内外都有读者，年收入已经甩开百分之九十九的同龄人。

喜欢她不可能没有压力，可是她身上散发的光芒真的很吸引人，即使飞蛾扑火也想离得更近一点。

袁娴和陈晓下午到学校，晚上和室友组了饭局，没两天就开始报名了。大四的课程少了很多，不打算考研的同学都在为工作奔波。陈晓打算回 C 市找工作。

袁娴还有点犹豫，毕竟大城市机会多，她认识的人也都在这边。

陈晓怂恿了袁娴好久，希望她也跟自己去 C 市发展。

编辑发了消息过来，这一年作家协会招新，有意向报名的可以试试。依照袁娴的成绩，通过审核绰绰有余，还会有机会认识更多前辈，就是想进编剧圈也有更多的机会。

但是这对袁娴的吸引力不大，她并不想把自己的私人信息过度曝光在网络上，连一些有名的作者会议都没参加过。大二那年她有本书很火，当时作家协会就邀请过她，只是被她婉拒了。

选择看似挺多，可是合适的又很少。九月仍在三伏的尾巴上，宿舍里很是闷热。陈晓洗好澡，窝在椅子上，盯着平板电脑追剧，手上抱着半个西瓜，用勺子舀着吃。

她先舀了一碗出来给袁娴："你纠结什么啊，选择困难症又犯了是不？那就听我的，去我家那边实习。可以先找一份轻松一点的工作，继续写作，两边不耽误多好。"

陈晓家乡 C 市的饮食，即使袁娴适应了两个月，依然望而生畏，口味合适的东西少之又少。

这些事，袁娴只能默默地考虑，并没有跟陈朗说过。每次她一给他发消息，就跟点燃了烟花似的，她说一句，他能说一串。

班上谁谁老是打扰他，约他出去玩，不过都被他给拒绝了。事无巨细，从根汇报到叶，没有比他更自觉的了。

袁娴不怎么说话，也很少说自己的事情。陈朗会主动打听，有没有新认识什么人，有时候甚至直截了当地问有没有人追求她。袁娴无奈于他的安全感那么不稳定，会好好地安抚他："活了二十几年都没脱单，才回来几天啊，没那么容易。"

"那可不一定，缘分这种事谁说得准。"他又不在她身边，她也不爱跟他交流琐事，怎么想怎么虚。

“跟别人有缘分的话，你会介意吗？”

“不介意，反正有我在，其他人只能是有缘无分，不要想太多。”然后他发了一个得意的表情图。

袁娴回复了一个省略号。

“我不管，反正你答应了等我的，不准反悔。”他强调了这句，又小心翼翼地问道，“我姐说你们要实习了，她要回来C市，你呢？”

“我打算在A市，或者回D市，可能性都很大。”还有一个可供参考的选项她故意没说，想看看他有什么反应。

“嗯，哪里对你好就选哪里吧，我知道两个地方都有你选择的理由。”

袁娴等了好几分钟，除了这一句陈朗再没有说别的，她微微有些失望，把手机塞到枕头底下。她洗完澡，看了一会儿论文，又修了两篇稿，时间已经快十二点，困得睁不开眼睛，便关了电脑上床。

这时，她才发现陈朗发了消息过来。

“我后悔了，我说谎了，我一点也不想你留在A市或D市，我想你来C市，我想天天能看见你，我真的好想你。偶尔发视频根本没办法满足思念，我做梦都是你回来了。可是我不敢说。你说过，每个人都有自己的事情要做，愿我们都能在各自喜欢和擅长的领域如鱼得水，所向披靡。我不想，我只想见到你，每天都待在你身边。你不要觉得我不上进，我会努力跟你站得一样高。可是在这个过程中，可不可以有你啊。我知道自己不该干涉你的选择，可是我怕时间和距离会把你从我身边带走。你本来对我就没有多深的感情，我怕得要命。我可不可以仗着你对我的那一点喜欢过分一次？我想你来C市，很想。”

# 第10章
## 冲动

短短几句话，袁娴看了三遍，内心久久不能平静。陈朗说得对，他们本来感情就不深，分开不过两个星期就感觉没话说了似的，主要是她一忙起来就无暇顾及更多。

如履薄冰的感情，在什么都易变的年代，真的能坚持一年吗？

袁娴都想过了，所以一直做着陈朗随时热情消散，这段感情不了了之的准备，却没有察觉他也在不安，小心翼翼地维持着联系。双方都在揣摩着对方的心情，一步一步试探着相处。

依照她的条件，其实也可以去C市实习，影响并不大，可是她不愿意表现出自己想去找他的想法。付出越多，在感情中就越处于被动，这正是她不敢放心大胆去尝试的原因。

经过这一次陈朗的表白，至少表面上袁娴多少了解了他的心情，并不打算第一时间就给出承诺，却已经决定好实习的大致方向。

室友们就快分道扬镳，好歹相处了四年，无论有多少不愉快在分别的日子里都烟消云散了。学校的食堂添了不少新面孔，朝气蓬勃。大一新生穿着军训服，成群结队吵吵嚷嚷，一眼望过去全是迷彩的天下。

靠近大柱的餐桌清静一点，袁娴打好饭坐在那里，头顶上挂着光盘行动的标语，旁边桌上放了一锅汤。陈晓打了醋熘茄子、红烧排骨和冬瓜汤，吃了一口后叹息道：“毕了业就吃不到学校的饭菜了，想起来就觉得难受。”

袁娴直接把汤倒进米饭里，汤汤水水一起吃。她喜欢用汤泡饭，在家里袁妈就不准她这样，一点也不养生，对胃不好。

袁妈就是什么都爱插手的家长，洗衣服必须先洗衣服再洗裤子，先洗浅色的再洗深色的，袜子不能搅和进去，内衣裤必须另外用盆洗。

每一件事都有严格的标准，衣食住行方方面面，小时候还能和平相处，长大以后各自生活习惯不同，就容易产生矛盾。即使袁娴脾气好，不爱发火，可是她比较随性倔强，跟袁妈也经常生气。

本来之前暑假家里让她回家，但是她有自己的事情要做，借住在同学家里，袁妈就非常不高兴：“多亲近的关系，麻烦人家多了也招人嫌。你自己注意一点，好几年没在家里好好待过了，盼着你回来一次，又跑去了 C 市。”

观念不同解释不清，袁娴只好沉默。这样一来老妈又有话说，年纪大了翅膀硬了，所以家里的话也可以不听了。她们交流起来就很累。

手机微信收到视频邀请，一看是老妈的头像，袁娴扒了扒头发，接起来，有气无力地“喂”了一声。

“怎么了，在干吗？还没起来啊，说话怎么没精神？”

“吃饭呢，在食堂。”

那边没再纠结，聊了几句日常，又提起她毕业的事情："要不就回来实习吧，离家近，不管找工作还是以后成家都不远。之前问你找没找对象，你又说还在上学不着急，跟你同龄的娃都抱两个了，家里也不好说你什么。现在毕了业，总该操心对象的事情了，昨天还有人托你舅妈打听呢，人家也是好学校毕业的，不管怎么样都回来看看。现在的年轻人比较专注事业，可你一个女孩子，总要成家的，二十几快三十了，拖到年纪大了还不结婚，多招人说闲话啊。爸妈都是过来人，总不会害你，说你又不爱听，你自己想想是不是这个道理。"

听到这些老生常谈，袁娴就觉得头皮发麻，关键家里人也没有恶意，不过就是思想观念旧了点。她每次都会好好地听着，因为知道如果反驳的话事态会变严重，可是听多了也会焦灼。

"知道了，我会考虑的。"她敷衍得太不走心，立马就被察觉了。

"你有没有在听啊，跟你说个话也是急人得很，家里都是好话，总是为了你好。你要回来的话，我托人打听一下，给你找个好工作。"

袁娴忙道："我又不是没有学历，想做什么自己去应聘就是了。你就不要操心了。"

"问问有什么关系，你别去其他地方了。叫你就在D市上学，偏要跑去北方看看，这几年总该看够了。有的人一辈子没有出过省，不也活得好好的。"

"不说了，我同学也在呢，有论文要商量一下，有空再给你打。"每次说起那些话题袁娴就感觉很窒息，袁妈也不打扰她了，干脆利落地挂断电话。

陈晓叹为观止，瞅瞅袁娴的脸色，嘴巴微微一噘："你家里让你回D市去啊，那你回去吗？"

她是最喜欢自由的一个人，讨厌约束，当初就是因为家里事无巨细都要管，所以才跑得远远的上学的。

袁娴本来以为几年过去，大家都该有长进，可老妈还是喜欢什么都管。这要是回去了，她以后的路就可以一眼望到尽头了，想想就可怕。

本来打算回D市工作的心立马被否决，她摇摇头："不想回去，我之前也是想着爸妈年纪大了，需要陪伴，所以是准备回去。可现在看来，在没有找到对象之前回去，一定会被念死，相亲局恐怕会多到让人发疯。"

"有了对象也不会安稳好不好？对象的条件合适了会催婚，完了问什么时候生孩子，生了之后又问二胎；对象不合适更难，一边谈恋爱一边被家里念叨着分手。哪一条路容易，还好我爸妈都有自己的事业没空管我们，见识广阔、思想独立的父母就是好啊。"

这话好像是在说袁娴父母的眼界和见识狭窄似的，不过陈晓历来心直口快，有口无心，袁娴不会跟她计较这个。

"农村的父母都是吃过半辈子苦头的人，文化程度不高，但积攒的都是生活的智慧。他们也有自己适应生活的方法，只不过跟我们有出入。坏就坏在大家都没有坏心，可偏偏思想追求不在一个频道上。"

所以她从来不喜欢跟人争吵，惹不起躲得起，可是爸妈又不可能躲一辈子。袁娴有点苦恼，家是永远的港湾，可有时候这个港湾也会掀起狂风暴雨，令人心力交瘁。

陈晓拍拍她的肩膀，一直觉得袁娴这样事事有打算，走一步看三步的人是没有烦恼的，可原来她也会心有所苦："不要想那么多，至少你的工作混得风生水起啊，这一点也值得你爸妈骄傲吧。"

“可他们觉得这是不务正业，没有社保，也没有五险一金，老了什么政策都享受不到。总之做得再好，也没有当老师、医生、坐办公室里舒服，我也是很服气，却又解释不通。”谁都可以嫌弃父母，偏偏子女不能。

她想离家远一点，可是国人讲究落叶归根，每个人都会怀念故土，那是心安的地方。袁娴其实也挺依赖家里，却总有很多意见不合的地方，就算人躲了出来，心也被困着。

袁娴还没办法跟任何人说，这个世界上没有真正的换位思考和感同身受，分享出去的烦恼不过是别人一个无聊的谈资。这是她从初中就明白的道理，可是人心很脆弱，有时候也需要倒一倒垃圾。

学校附近的奶茶店生意很红火，满座青春靓丽的人。陈朗今天放学，下午就想给她发视频，袁娴那会儿在教授办公室，让他晚上再发。

回宿舍打视频电话会被陈晓看见，所以她就到奶茶店来了，坐在靠窗的位子上。她来的时候还没什么人，军训解散之后，人肉眼可见地多了。

她化了淡妆，长发披在脑后，穿一件香槟色仙女裙，锁骨很精致，腰肢也很细，手捧着奶茶并没有要喝的意思，还戴着耳机。

陈朗趴在床上，只露出眼睛和鼻梁也非常好看，视线聚焦在她脸上，一秒也舍不得移开。

袁娴没有笑。

他就问：“你怎么不开心？”

“没有不开心，只是有一些烦心事。”老妈一天发三次视频，问她的打算。

“烦心事也可以跟我说啊，我喜欢听关于你所有的事情。不要觉得跟我传播了负能量，对象是用来干吗的？就是互相诉苦，互相安慰的，不然要我干吗？”听她的倾诉，更能了解她的想法，他不想被她当成外人一样客套。

袁娴被他诚恳的话语感染，简单地提了一下跟家里的矛盾：“说起来都是一些芝麻大小的事情，我也不知道我为什么这么情绪化，一点小事就能让我心情起伏很大。”

“因为你很有才华呀，搞艺术的人就是异于常人吧，比较感性。一般都是这样的。”

“要是能改一改就好了，每天都这样焦躁真的很不好。”袁娴泄气地说道。

“你以前说过的，江山易改，本性难移，你会永远情绪化，永远极端，永远大悲大喜。这就是真正的你，只有这样的你才是鲜活自由的，想做什么就做什么。或许你不相信，但我真的想永远陪着你。”

袁娴忘了什么时候跟他说过这样的话，但这确实像她会说的话：“永远陪着我啊。”

“嗯。”

袁娴心头微动，微微笑了笑。这一桌就坐了她一个人，跟周围其他满座的桌子相比，显得另类。

三个看起来年纪很小，穿着迷彩服的男生慢慢踱步过来：“不好意思，这里有人吗？”

袁娴摇摇头，开口说话的那个就坐到她的身边。她不好意思再跟陈朗说什么露骨的话，便没有再开口。

“同学你也是A大的吗？是我们学姐吧？”

男生长了一张可爱的脸，笑起来的时候眼睛弯成月亮，尖尖的虎牙感觉有点野性，脸比较小，头身比可以说非常好。不过袁娴见过的帅哥多了，自然免疫，笑了笑便混过去。

见她不怎么理会人，几个男生的注意力就转移了，聊起了军训的事情。她旁边的男孩子会用余光悄悄地看她，服务员上了三杯奶茶，过了一会儿，一块小蛋糕从旁边推过来："那个，占了你的位子，请你吃蛋糕吧。"

被太阳暴晒过的脸有点红，眼睛亮亮的，期待地看着她。对面两个朋友心照不宣，露出揶揄的笑容。

对方紧张得手指蜷在一起，完全不敢看她，应该是没有多少搭讪的经历。

依照她的性格，就是陌生人也不愿意让人家在公共场所尴尬，以往都会接过来。可是之前她答应过陈朗，不会谈恋爱，此刻他也听到了，立马从床上坐起来，盯着屏幕。

要命的突发事件。袁娴久久没有回答，那个男生的表情失落中有点尴尬。

袁娴轻轻地低了一下头，小声地说道："谢谢啊。"

男生的表情立马阴雨转晴，灿烂无比，竟然有点像陈朗："那个……就是，可不可以加个微信？"

他双手合十，是拜托的姿态。袁娴在心里叹了口气，扫了对方的微信，借口有事先走了。

陈朗闷闷不乐地坐在床上，既不挂电话也不出声，仿佛一只被抛弃的小狗。

袁娴举着手机，站在树底下："怎么了啊？"

他瞅了她一眼，难过得说不出话，心里酸得冒泡，想跟她耍赖撒娇。

袁娴说道："我先挂了啊，要回去了，等会儿再说。"

他一点也不想挂，还想多看她几眼，而且刚才那个人的事她也没有解释。

陈朗盯着黑掉的屏幕，又委屈又气闷，骂骂咧咧地戳着袁娴的头像，小声地抱怨："你一点都不在意我，当着我的面加别人微信，还吃人家送的东西。我不要爱你了，花蝴蝶、中央空调，你太坏了，我不要爱你了，呜呜呜。"

头像右上角红色的小圆圈亮了，陈朗心想，不想理你，却又忍不住想看。坚持了半分钟，他又想，就看看她说什么，反正她做错事是一定不能原谅的。

那是一个长达十来秒的小录屏，刚刚加上的一个好友被她点了删除键，然后点进设置把"加我的方式"全部关闭。意思就是，除非她主动加别人，任何人都加不了她好友了。

陈朗心花怒放，蜜罐子打翻了，身边的空气中都冒着粉红的泡泡。他的心情瞬间从谷底飞向蓝天，在床上打了好几个滚。

他想跟她说点什么，一时间又找不到合适的话，最后发了一句："怎么把人家删了呀？才加上，一句话也没说。"

"怕你会哭。"

陈朗捂住脸，春心荡漾："我才不会哭。我哭了也很好哄的，你亲亲抱抱就行了。如果以后你把我惹生气了，你就这样哄哄我好吗？"

"不哄，打一顿就好了。"

陈朗想跟她视频，袁娴说道："走到宿舍楼下了，过一会儿给你发消息。"

“好吧。你为什么删了他啊？”

“因为经常有人问我要微信，也有几个人一起的，当场拒绝会被纠缠，所以干脆加上，至于后面怎么处理就是我的事情了。这是我能想到的最简单省事的办法了，以前就是这么干的。”

经常有人问她要微信，这让他更加恐慌，可是他喜欢她发光自信的样子。如果两个人在一起不是互相督促进步，反而将优秀的那一个拉下来，这样的恋爱有什么用，他也会看不起自己。

陈朗从小众星捧月，长得好成绩也好，性格又讨喜，“自卑”这个词从来没有在他的字典里出现过，只有他让别人自卑的份儿。

自从他喜欢袁娴之后，就总是能发现自己的不足，时常有一种她那么优秀自己却配不上她的感觉。他不在她的身边，还要担心她会不会喜欢上别人，特别难熬，想到她又觉得开心甜蜜。

学校近期出了一些名校交换生计划，陈朗毅然决然地参加了招生考试。

陈晓觉得挺惊讶，陈家父母也很惊讶。陈朗聪明，但是玩心重，成绩不上不下，高考发挥一般，最后读了现在这所只能算是不好不坏的大学，一家人都拿他没辙。现在他突然这么上进，让人有点不习惯，陈晓觉得该鼓励一下弟弟。

陈朗才不稀罕姐姐的奖励，不大感兴趣地说道：“你要送我什么啊？”

“说出来就没有惊喜了，你可以先跟我说说你想要什么，或许就有了也不一定。”

“不如把她哄过来。”他小声嘀咕了一句，陈晓没听清，问他说什么，陈朗便把话题岔开，“没什么……你真回来实习啊？”

“都联系好了，学校也快处理好了，还能临时反悔不成？”

“那……那袁娴准备去哪里？她有没有说。”

“没大没小，人家大你好几岁呢，叫你喊姐也不听。”陈晓说了弟弟几句。

“不大清楚，她好像要回 D 市，可是跟家里有矛盾。也没见她找 A 市这边的单位，什么打算我也没问。”

“那你问问啊，你们关系那么好，如果毕业之后还能在一起多好。你劝劝嘛，我们这边多好啊，虽然比不上大城市，但生活质量也不错了。”

陈晓不服气地说道：“我劝了啊，但是这种事情每个人的处境不一样，选择也不一样，并不是我想她来她就能来的。过去了要租房，还要找工作，事情多着呢，这边也有室友找她合租。”

“为什么要租房？陈星上高中，我上大学，我和她都住宿舍，把咱们家空出来给你们住就是了，口粮也不用多少吧。”

“你以为谁都像你一样没心没肺？你也知道，袁娴心思很细腻的，在我们家住的时间长了，她会不好意思。”

开学后，陈晓只在学校待了一个月，十月底她便找到了 C 市的工作，于是回家来实习。她又花半个月时间找了一套房子，租的时候征询了袁娴的意见，得到首肯之后，租下了一套两室一厅、一厨一卫的房子。

十一月中旬，袁娴把行李打包寄出，十六号这天坐高铁辗转又来了 C 市。这天刚好星期五，她拖着行李直接到了陈朗高中学校的门口。

听陈朗说，他的高中班主任今天过生日，他跟朋友感念恩师，便约好了趁这天回母校看看。正是放学的时候，校门口人满为患，车水马龙。

袁娴站在公交车站牌后，挨着角落，不至于暴露在冷风下，给陈朗发消息："事情办好了吗？"

"差不多了，怎么啦？"

"没什么，出了校门跟我说。"

"什么呀？什么好事，说出来让我高兴高兴。"

"我来了。"

陈朗激动得打字时手都在颤抖："真的？你没骗我吧？我经不起骗的，你真的来了吗？没有哄我吧？你不要骗我。"

"出来。"

已经是冬月中旬，冷空气侵占了每一个角落，呵出一口气立马雾化。学生的校服外头都套着厚衣服，站牌底下人不少，每过来一辆公交车都是满载离去。

袁娴提着箱子定定地站着，有点惹眼，她便提起拉杆，顺着少部分人流走到一处拐角。

陈朗打电话过来，呼吸有点急促："你在哪里啊？"伴随着汽车喇叭声、吵吵嚷嚷的说话声，应该是刚刚出校门。

袁娴举着电话四处打量了一下："后面是操场，前面很大一个十字路口。"

"知道了，你等我一下，不要走开，我过来找你。"

两个月不见，他似乎又长高了，长手长脚，脸颊干净白皙，一眼便令人惊艳。他身上宽松的衣服套着韩版的卫衣，几大步走到她跟前。

等了半分钟，谁也没有说话，袁娴两只手握在一起取暖："看什么，傻了吗？"

陈朗朝她走近两步，迟疑地伸出手握着她的手捏了捏，又曲起指关节在她脸上碰了一下，滑滑的、温热的，是真的。

他摇摇头，脸上有点情绪激动后残留的红色，小声说道：“有点不相信，你真的来找我了，害怕又是一场梦。”

他紧紧抓着她的手：“这一次不会醒了吧？”

“那不一定，指不定过一会儿你就醒了。赶紧的，有什么话要说抓紧时间，机不可失时不再来。”

陈朗笑开，手用力捏了她一把：“你又逗我，坏得很。”

“真没什么要说的吗？”她轻轻歪着头，眼睛好奇地眨了眨。

“有，有好多好多话想跟你说。可是突然见到你，脑子太兴奋又一句都说不出来。你等一下，等我想起来了就告诉你。”

大庭广众之下手拉手，袁娴真是不习惯，悄悄地抽回手：“下午还有安排吗？”

给老师过生日，有可能还要吃饭。

他笑着摇摇头：“没了。你去哪里？我送你。”

“去你姐姐那里，知道地址吗？不过我还没有钥匙。”

“我有钥匙，包包落下了，你等我一下我去拿。”话音刚落，他转身就往回跑，跑出去大概四五米的样子又跑回来，从口袋里摸出两颗软糖放到她手里，还取下外套给她把手焐热，“一定要等我。”

少年的影子像风一样飘远。

行李箱立在墙根底下，袁娴坐在铁栏杆下的瓷砖台阶上，剥了一颗百香果味的糖丢进嘴里，顿时满嘴都是百香果的气息。

她喜欢吃蛋糕店卖的那种软糖，每次去蛋糕店都拎好几袋回家。陈朗之后就学她，口袋里经常备着糖。他去的时候是一个人，回来时带了一群，一脸无奈。

杨路和林俊钊勾肩搭背，嘻嘻哈哈地跟袁娴打招呼。赵飞飞走在最后面，揪着陈朗的衣摆在说什么，陈朗不动声色地抽回衣服："好烦啊你，到底要说什么？"

赵飞飞不满地说道："我又哪里惹到你了，吼什么吼？"

"你们俩有完没完，一天吵八百遍，真是够无聊的。"杨路吐槽。

"在一起得了，省得去祸害别人，受不了你们俩。"林俊钊开玩笑道，他以前也没少开玩笑，两个人均一脸嫌弃。

赵飞飞冷哼了一声，不知因为尴尬还是怎么，居然没说话。陈朗立马跳开，笑嘻嘻地反驳道："无福消受。"

"说得你好像很抢手似的，傻子。"赵飞飞对着陈朗骂。

陈朗只当没听见，一句话也不回，气氛就有点僵了。

杨路揽上陈朗的肩膀："咱们去吃饭吧，中午那个汤好咸，根本没吃饱。"

"你们约好了吃饭吗？"

杨路说了一句"是"。

袁娴朝陈朗投去不赞成的一眼，居然跟她撒谎。陈朗不敢看过来，想掐死杨路的心都有，总是他大嘴巴。

袁娴朝陈朗摊开手，细腻白净的手非常漂亮："钥匙给我吧，我自己回去。"然后她把衣服取下来，态度自然、语气诚恳地道谢，递给陈朗说是不冷了。

陈朗拿着衣服，有一点不知所措："我送你回去吧，有钥匙你可能也找不到地方。大老远过来肯定很累了，别跟我客气。"

赵飞飞本来听杨路说去哪里吃饭，扭头看了陈朗一眼。他今天有点不对劲，为什么有些害怕袁娴的样子，她又不是他的亲姐姐。

她再去看袁娴，只是觉得这个没见过几面的女孩子长得好好看，穿着又有气质，人又漂亮，比他们大学的校花都好看。

嘁，见到美女就走不动路。赵飞飞翻了个白眼，暗暗唾弃陈朗，又有点生气，大声说道："走不走啊你，说好的吃牛肉火锅，今天去也可以吧？"

杨路点点头："对对，好久没吃火锅了，就今天去吧，怪冷的，吃火锅暖和。"

袁娴朝他们招招手："那我先走了，你们去吧。"

她走到路边打了一辆车，把行李箱放好。刚坐上车，后门就被人从外面拉开，陈朗弯腰坐进来。

袁娴看了杨路等几人一眼，怕他们胡乱猜测："我真的可以一个人过去，你过会儿再过来也可以啊。"

没有理会她的话，陈朗直接给司机报了地名，几个人目送汽车远去，招了招手。

袁娴趴在窗边直到看不见学校了，才扭头看向陈朗。他无辜地朝她眨眨眼睛，似乎不明白她为什么生气了。

"你就闹吧，总有一天东窗事发，有你好看的。"她赌气说道，就算是对陈朗有好感，也不想早早被人知道他们的暧昧关系。

尤其是陈晓的心情，她不能不顾及。本来在她家里借住，结果跟人家弟弟在一起了，这算什么事情啊，想想都觉得惭愧。

陈朗却满不在乎："这是我的事情，跟别人有什么关系？再说是我主动追求你的，你怕什么？"

可是她比他大，比他成熟，出了事情，肯定首当其冲受责难。就算没有出事，在这样的情况下，有的是人要骂她。见跟他一点也说不通，袁娴闷闷地坐着。

车子停在一个旧小区门口，陈朗把行李箱拿下来，搬进靠近门这一侧的第一栋楼的三楼，并率先打开门。

几间屋子都不大，但设备很齐全，客厅的空调是坐地式的，像台冰箱一样站在角落。

沙发有些年头了，用干净的毯子盖着，抱枕整整齐齐地摆在上面。屋里传来“喵”的一声，一只小灰猫仰着头，水灵的眼睛盯着袁娴，好奇得很。

“哪里来的猫？好小啊。”看起来还没有两个巴掌长，脑袋小小的，袁娴想抱一抱，可小猫似乎有点怕生，一下就跑了。

陈朗拎起小猫，抱在怀里，朝袁娴献宝似的：“可爱吧，我姐朋友送的，才两个月，大名叫十月，你叫她小十好了。”

电视柜下放着猫砂盘，还有水和猫粮，陈朗找到逗猫棒跟小十玩耍。

袁娴里外看了一遍房子，走回来也坐在沙发上，感觉有点累：“坐了一天车，我想睡一会儿。”

“你睡吧，我就在这里，等我姐下班回来，咱们一起去吃饭。”

“你不是住校吗？可以明天下午再过来啊。”

陈朗闷着头不说话，小十蹲在他腿上，舌头舔着自己的尾巴。

袁娴像他摸小十的脑袋那样揉揉他的发顶：“回去吧，这会儿过去赶不上跟杨路他们一起吃了，就自己在外面吃点东西，不要饿着了，听话。”

“可是我想见你啊，已经五十七天没见你了，闻不到你的味道又拉不到你的手，难受得要命。你不想我我知道，你有自己的事情，我不能总是给你打电话，我想你想得不行了就去看书，去运动。今天你过来我好高兴，结果你又赶我走。”

袁娴无言以对，他就像一只可爱又依赖人的小猫，即使不喜欢猫的人，也不忍心让小猫孤单地待着，何况她本来就总是对他心软。

“我会上进的，我都准备去争取名校交换生的名额了。”

袁娴想了想，他都这样说了，只好作罢：“那你想吃什么？我点外卖吧。”

陈朗高兴起来，坐到袁娴身边：“你点吧，我什么都吃。”

“你自己说的话自己要记住，不准骗我，不然我就不理你了。”她最后叮嘱了一句。

“骗谁都不骗你，骗人是小狗，我们拉钩？”他伸出小手指，煞有其事道。

袁娴钩上去，等他说完那些幼稚的誓言，还没放开。

陈朗咽了口口水，酝酿了一会儿：“那个……如果我能拿到交换生的名额，我们就把关系定下来，好不好？只要你答应我，我一定好好努力，行吗？”

他的眼睛清澈漆黑，一看就是温暖阳光的人，满含期待地看着她，谁能忍心叫他失望啊。袁娴只好模棱两可地说道：“到时候再说吧，先不要把话说太满。”

“那你答应我啊，你不答应，我多没意思。你总要给我个心理寄托吧，我才好拼命。”

“反正你没做到之前，不准讲这些有的没的，等你真的做到了，我自然会兑现自己的诺言。”这下算是彻底给他套牢了。

袁娴心里想着，渐渐也就开朗起来。既然已经为了他来了C市，就没必要装不在意。

“陈朗，说实话，我到现在也不敢确定你的真心能坚持多久。这一次，我朝你走一步，你千万不要让我失望。你说过的，一生一次的勇敢与冲动，你付出真心，我就奉陪到底。”

“袁娴是这个世界上独一无二的袁娴，我都已经朝你走了九十九步了，不敢也不能让你失望啊。”喜欢上她之后他就知道，这样的感情这一生都不可能再来第二回了。

在外面奔波了一天，回到家已是晚上八点。袁娴换上拖鞋，小十听见声响，身子躲在墙后探出脑袋。

它灰蓝色的眼睛，小小的脸，袁娴两步走过去，蹲在小十跟前，摸摸它的脑袋：“小家伙，吃饭没有？”

她扭头看了一眼猫砂盘，用小铲子将猫屎都铲出来扔掉，水还有，但是没有猫粮了。她找了半天都没有找到开封过的，就重新拆了一袋。

猫粮“哗啦哗啦”地倒进猫盘的声音吸引了小十，还没倒完它就把小脑袋埋了进去。袁娴把猫粮封口封结实后放在一旁，进厨房洗了手，客厅里的手机就响了。

她擦了两把手，点开接听键，只听那头吵吵嚷嚷的，陈朗欢快的声音传过来：“在干吗呀？”

“喂猫。”

陈晓这几天比袁娴忙，早出晚归，家里就她一个人，小十喜欢跟着她。她坐在沙发上，小十就蹲在身后的窗沿上；她上厕所，小十就绕着洗衣机转悠；她进了厨房，小十就坐在厨房门口歪着脖子看她。

小十晚上经常睡在袁娴的头顶上，虽然它是陈晓带回来的，但是袁娴陪伴它多一点，它反而跟袁娴更亲密。袁娴每天回家的第一件事也是看它还有没有吃的，它吃饱喝足了就来当跟屁虫。

陈朗得知小十天天睡在袁娴头顶上，非常羡慕：“为什么我就不是一只猫呢？好想变成一只猫。”

他每次都要撒娇，不准小十睡在她床上，袁娴便岔开话题：“今天上了几节课？”

“三节，晚上我去你那里好不好？”他的语气里含着兴奋，跃跃欲试。

袁娴有点犹豫，好几天没看见他了，也有点想他：“你姐今天会回来的，刚才给我打电话了。”

“回来就回来呗，我去看她她还不高兴？”他满不在乎。

自作多情了吧，袁娴在心里吐槽了自己一句：“想来就来，还跟我说干吗？”

“那你想不想我去呢？你想我去，我就是十二分想来；你不想我去，我就只有八分想来。快给我一点动力。”他语气里带着要求，让人没有脾气。

即使想对他表现得冷淡一点，可架不住他热情似火。

“你猜我想不想你来？”

“猜对了有什么奖励？”他似乎出了校门，嘈杂声小了一点。

“你想要什么奖励？”

# 第11章
## 一直

陈朗高兴得快飞起来，差点脱口而出要亲亲，这可是他想了好久的事。他转念一想，说得太直接惹她生气了可怎么办。

“还没有想好，等我想好了再告诉你。”

奖励没有想好，答案也没有想好，袁娴不再跟他耍嘴皮子：“你姐喊我出去吃饭，我先出去了。”

她们俩有时候一起出门，就在楼下小吃街吃夜宵，本来以为这一次也会是这样。袁娴换好衣服出门，结果看到张迟也在。

陈晓一脸不自然，尽量装得满不在乎，袁娴也没多问：“去吃什么？”

“烤鱼吧，不远。”张迟回答，朝袁娴笑了笑。

根据陈晓的描述，张迟应该是挺桀骜的性子，难得对袁娴笑脸相迎，恐怕是看在陈晓的面子上。他人也挺细心的，问了袁娴的口味才点菜和饮料。

张迟看着就是一个高冷的人，长相给人一种“生人勿近”的感觉，坐下来后很少开口，只是听她们俩聊天。不过他很照顾陈晓，会主动给她夹喜欢的菜。陈晓一副受宠若惊的表现，捧着碗迎上去，立马招来对方一个不满的眼神。

你来我往有趣得很，袁娴偏头瞄见手机屏幕亮了，是陈朗问她在哪里。陈晓没有让弟弟知道张迟的存在，袁娴是第一个知道的，陈晓自己没说，袁娴也不好随便张扬。

袁娴想了想，放下手机没有回复。要是她说在外面，对方一定会追问。只是陈朗颇有些锲而不舍，一直不停地发来消息。怕他打电话会被陈晓发现，袁娴暂时关了机。

吃完饭，陈晓送张迟回家，袁娴看他们俩上了出租车，就赶紧打开手机。一看三十几条消息、五个未接来电，她心道，要完了，回拨了一个电话，提示对方已关机。

袁娴没有在外面耽搁，买了一些水果和吃的就回家了。

陈朗正在客厅看书，小十趴在他腿边，听见开门声，一人一猫动作整齐划一地抬起头。看见是她，又低下头各忙各的去了。

袁娴多少有点心虚，本来以为他发几条消息没有回复就会放弃，哪里知道他那么倔。她把吃的放在桌上，口气软和：“我买了东西，你饿不饿，先吃点。”

他一声不吭，视线只停留在书上，不笑也没有反应。

袁娴好言好语哄了几句，可他就是不搭理，泄气地坐到一旁：“我不是故意的，我都向你认错了，你别得理不饶人。”

本来就难受，听她这样一句大话压下来，他心里更生气：“你没有错，是我自作自受，反正贴上去的就是不值钱，人家想怎么样就怎么样，想晾着就晾着。我知道你不喜欢我，我在你那里就是可有可无，即使失去了我，你也没有半点损失和不舍。”

她经常这样，陈朗给她发消息，好久都收不到回复。问起来就说在忙，平常只要他不主动，她可以四五天不理他。

陈朗有时候也会胡思乱想，越想越沮丧。可是怎么办，他就是喜欢得不行啊，活该受气。

“我没有这样想，你不要给我瞎扣帽子。”她不是一个时刻喜欢把手机拿在手上的人，也不爱在手机上聊天，最好的朋友也可以十天半个月不联系，家里的亲人也有几个月不说话的时候。

“你没有这样想，可你是这样做的。”陈朗愤愤地说道。

袁娴不知道陈朗联系不上她的时候会胡思乱想这么多，她还以为他们都一样：“我是真不爱联系人，并不是针对你，也没觉得你是自己贴上来的，所以对你不重视。”

“那你刚才为什么一直不回我消息，打电话也不接，还把手机关机呢？你就是故意的，你不喜欢我。”不过就是被他缠得烦了，所以敷衍他。敷衍也不走心，忽冷忽热，让他难过。

袁娴要被他气笑了，他怎么比女孩子还敏感多思？

“刚才是有特殊情况，我真不是故意的，你别想那么多行不行？你这个样子真的不适合在一起。”

陈朗猛地抬起头，深深地看她一眼，随即又低下头，任凭袁娴怎么说都不理会。袁娴说累了，两个人的思维根本不在一个频道上，她讲道理摆事实，可对方只认准自己想的，揪住死理不肯放。

屋里一时间鸦雀无声，小十在沙发上跳来跳去。袁娴心里也难过，一点都不想吵架。两个人坐在一起相顾无言，她起身准备回屋，突然看见对方手背上有一滴水，是刚刚滴下来的。

“陈朗？”她顿时僵在原地，小心地唤了他一句，对方低低地“嗯”了一声，带着浓浓的鼻音。

这一下她彻底慌了，心里甚至有些轻微的刺痛，在他的脚边蹲下来：“你别……别难过了。”

“我真的不是故意不理你的，实在是因为有事情。我错了，我明知道你担心我，我应该给你回消息的。你别哭了，你说嘛，你想我怎么做？我都听你的，以后一定看见你的消息就回，不让你等了。”她彻底没招了，他的眼泪豆大一滴，砸在手上，滚烫滚烫的，让人心里很不舒服。

“我也不想哭，我有好多年没哭过了，可是忍不住。我明明不是这样的，可是你说别在一起我就控制不住。你别管我，我一会儿就好了。”他嫌丢人，扭过头去用手背擦了一把脸，不肯让她看。

袁娴没有想过自己无意的一句话会惹得他这么难过，她自责得很，握着他的手小声哄着，翻来覆去就是那几句话。

陈朗哭了一会儿，实在觉得丢人，却还要追问：“你是认真的吗？不要在一起，是你心里想的吗？你想好了没有，你好好跟我说。”

说不要在一起，不过是一句随口的话。她又不是个随便的人，认真了就是认真了，真心不可能说收回来就能收回来。

在他面前暴露得越来越多，迟早有一天会毫无保留吧。袁娴虽然恐慌，心里又隐隐有一种不可言说的期待。

见袁娴沉默了，陈朗心里哼了一声，果然还是舍不得他吧。可是他今天实在是太生气了，不能轻易放过她。

袁娴开玩笑道：“你也太难哄了吧，不是说好的亲亲抱抱就不哭了？都是骗人的。”

袁娴双手捧着他的脸，对上一双红红的眼睛。她再慢慢地挨过去，轻轻地在他嘴角亲了一下：“不要哭了，我心疼的，我没有不在乎。你喜欢我，我很高兴，就是有一点不能确定。”

所以反反复复试探，他的真心到底有几分，折腾来折腾去。可是没有办法，她就是没有安全感。

陈朗抿住嘴唇，鼻尖红红的："以后要回我消息，你不回我消息，还把手机关机了，出了事可怎么办？"

哪有那么容易出事，袁娴不以为意，不好反驳他，点点头反思道："看见了就秒回，但是我也有忙的时候，不可能每次都很及时。"

"我知道。"他沉着眸子，还没有从伤心的情绪中缓过神来，"你要认真试着喜欢我、接纳我，不准再跟我玩把戏，不准敷衍我。我真的好喜欢你。"

她总是晾着他，让他一颗心七上八下。

"你还叫我好好努力，我天天琢磨你的心思，都没办法把精力放在别的事情上了。"

"那我不管，你答应我要努力拿到交换生名额的，不能食言。"

他哼了一声，袁娴捏捏他的脸："不要哭了，我真的知道错了。"

陈朗还想讨价还价，门外传来上楼的脚步声，袁娴连忙推他道："你姐回来了，快去洗脸。"

经过这一次，袁娴就没再忽视过陈朗的消息。即使很多时候他说的都是废话，她也要跟着尬聊。有时陈朗忙起来也有一两天不给她发消息的情况，袁娴会主动问候他，不然他又要闹脾气。

陈晓在一所初中实习，没有带毕业班，相对轻松。张迟过生日，她正在纠结送什么。

"我在网上查了一下攻略，都说第一次送礼要实用一点的，什么刮胡刀、电动牙刷之类的，我感觉一点都不浪漫，也太死板了吧。"

"你看他喜欢什么啊，喜欢电竞啊追星啊足球啊就可以对症下药，键盘、周边、球衣什么的，多简单。”袁娴靠在单人沙发里，翻看着杂志，头也没抬。

“对呀，他喜欢篮球，我可以送一件球衣。不过你又没谈过恋爱，是怎么知道的？”

陈晓不过开玩笑一问，袁娴真的惊了一下：“庞媛媛说的，她知道的多。”

还不是陈朗大事小事都要从她这里谋福利，袁娴翻着手机查了一会儿，想说什么又忍回去，转头给陈朗发消息：“送你一件礼物要不要？”

“要要要，切克闹，你说 baby come on（宝贝来吧）！”

袁娴笑出声来，发过去一张翻白眼的表情图。

陈朗立马说道：“你不爱我了，居然翻我白眼。”然后他发了一张小孩子满地打滚的表情图。

“认真的，礼物要不要？够你铭记一辈子的那种。”

“什么啊？”

“一本学习资料。”

“你认真的？”陈朗觉得有点生无可恋，人家的女朋友都送特别贴心的礼物，他的对象怎么老是不按常理出牌，“你都送我一箱子试题了，不活啦，嘤嘤嘤。”

“手都要断了，天天做题，你都不疼我。”他继续撒泼。

“你过来，我给你吹吹。”她淡定地发过去。

“你真的是袁娴？别是被什么上身了吧？”等了好一会儿，陈朗反应过来才回复。

袁娴被气笑：“对你太好了是吧，那再见。”

“别别别，我逗你玩的，做题也可以，但这个不能算是礼物。”

“那你要什么？”

“你想送我礼物，居然问我要什么，你好好反省一下你自己。”

“我这不是不知道吗？”

“要不把你自己送给我吧，我也就勉为其难收下了。”后面还有一张偷笑的表情图。

袁娴脸红红的，打字骂他。不经意间察觉陈晓好奇的目光，她恋恋不舍地收起手机道：“怎么了？”

“你恋爱了？”

“怎么这么说？”袁娴紧张起来。

“看出来的。”

肯定是在跟喜欢的人聊天，所以笑得特别像沉浸在恋爱中的人，不自觉地散发着甜蜜的气息。

星期五了，陈朗软磨硬泡两天终于说服袁娴去接他回家。

下午两点多，袁娴开了陈晓的车出发，停在不是很显眼的位置，发消息给陈朗，只准他一个人过来。

陈朗挎着书包，弓着腰跑起来像一只袋鼠，好些人扭头看向他。

袁娴无语地捂着额头。

陈朗打开车门，一阵风似的蹿到副驾驶座上，灵活得像一只猴子。

他掩耳盗铃般用衣服捂着脸，煞有其事地催袁娴开车：“快走快走，他们追上来了。”

明明之前还因为她喜欢成熟的人努力克制话痨的本性，才几天就演不下去了。袁娴嘲笑他：“说好的成熟呢，不装啦？”

“不装了，我摊牌了，我这么帅气装什么深沉，白瞎了一张好脸。”他笑嘻嘻，轻轻握住她的一只手，“感觉好久没见你了，一日不见如隔三秋，古人诚不欺我。”

袁娴说道：“讲道理，昨天晚上也不知道是谁，十一二点还在外面玩，也是喊我来接的。”她觉都没睡好，今天还有一大堆工作。

“你不懂，这是一种战术，我得麻烦你，要让你有所付出，这样你想甩掉我的时候就得掂量一下值不值。”

“这就是你作天作地的理由？谁给你出的主意？”

陈朗把手机翻出来给袁娴看，他在社交软件上关注了不少情感博主，有几个特别有名的，好像是教女孩子拿捏对象的。

他的手指在手机上划着：“我觉得他们说得特别有道理，你就是在欲擒故纵，可怜我一个小白被你吃得死死的，我必须找点秘籍。”

陈晓经常说陈朗每天神神道道的，可是跟他在一起，确实让人无比欢乐。袁娴嘴角挂着笑，稳稳地打着方向盘。

陈朗接到陈晓的电话，说她今天有事，不能来接他，让他自己打车回家。

陈朗一脸不服气，语气愤恨得很：“每次都不来接我，大冷天的我怎么回家？你别是外面有狗了吧，亲弟弟都不要了。”

陈晓的声音比他还大：“叫你自己回就自己回，哪那么多废话！还有，吃完饭再回去，省得我回家还要给你做饭。”

“我哪有钱，你资助我一点。”

他们家经济很宽裕，陈晓和陈星随时都可以开口要零花钱，只有给陈朗的零花钱是有定数的，不许他乱花钱。一家五口，就他过得很是拮据。

刚挂断电话，陈晓就发来了红包，陈朗喜滋滋地收下，对袁娴说道："走走走，我请你吃好吃的。"

袁娴没有吭声，陈朗以为她不高兴了，连忙解释道："我没有一直伸手问家里要钱，过年的时候亲戚给我的红包都被我妈搜刮去了，明明陈晓和陈星都是自己保管。以后上班了，我肯定自己赚钱，你不要嫌弃我。"

袁娴奇怪地看他一眼，自己哪里有责怪的意思，觉得陈朗有点草木皆兵："你紧张什么，我有什么好生气的？"

他仔细瞅她的脸色，发现她确实没有生气，心里才放松了一点，同时又有点不好意思。袁娴自己赚钱，收入不菲，他却还在靠家里养活。

他怎么想怎么觉得两个人之间差距很大，又不想坦白交流，心里就存了点事。

陈朗要请客，袁娴没有跟他抢，也知道本来他们两个人之间经济差异就大。她其实一点也不介意出门花钱，可是陈朗好像很在意，为了照顾他的面子，袁娴就当不知道。

吃完饭回家，她抱着电脑改稿，陈朗在一旁看书。袁妈的视频发过来，袁娴看了一眼，对陈朗说道："我妈。"示意他噤声。

陈朗咬着笔头，看她通视频。

刚开始还挺正常的，不过就是问吃了没，天气怎么样，冷不冷。聊了几句之后，袁妈就问她什么时候回去。

袁娴说道："还不确定呢，这边工作刚稳定，而且我还想考证，金融的考证挺重要的。"

袁妈就说早该听他们的话，回去上班，考不考证无所谓。

这些事情跟老一辈是说不清的，袁娴默不作声，袁妈见她不理会，也懒得劝了："总要早些回来吧，你说说你，人家上大学都能交到男朋友，你咋就找不到？正好过年外头的人都回来，在家里看看，你不小了，也该找对象了。最好找家里的，不要以为远嫁好，多少远嫁的受了委屈没处说，你别不当一回事。我也不是催你，人人都要结婚的，就你不结，多不像话。”

然后她又说起家里那边谁大学毕业进了政府单位工作，还有谁在银行上班，银行柜员也不错。听得袁娴一个头两个大，等老妈说完，她赶紧挂断电话。

袁娴接电话的时候，陈朗在玩手机，似乎没听她跟老妈说了些什么。她放下手机，他便也放下了，貌似不经意地问：“你什么时候回去啊？”

“最迟农历腊月二十，家里一直在催。”

陈朗像一只大狗，趴在桌上两只眼睛盯着她：“你都上大学了还相亲吗？相亲有什么好，都是没人要才去相亲。而且相亲那些男的结婚都是为了完成任务，没有感情的，你可别上当。”

“相亲也没什么不好，就是多了一个认识人的途径而已。”袁娴满不在乎，轻描淡写地回答。

陈朗差点蹦起来：“你还真打算回去相亲啊？你名花有主了还相什么亲？”

“我哪里名花有主，八字还没有一撇，早着呢。”袁娴故意这样说，看他怎么应对。

陈朗默不作声，好一会儿自己忍不住，主动说话：“怎么就早了，反正你不准去相亲。”

他难得强硬地要求她，明明平时他都是很温柔的。

陈朗生怕她一回去，视线就属于别人了，可是又不可能真的强迫她不回家。

“你还笑，我都担心死了你还乐？你怎么这么坏？”他一说就控制不住委屈，想到她妈妈刚刚那些话，她还颇为认同地频频点头，就觉得憋屈。

“我怎么不能乐，我又没有伤心事。”

“我有，你就不能照顾我一下？”

“你有什么伤心事，说来让我高兴一下。”她是真忍不住，想笑得不行。

陈朗满腔幽怨，不知从哪里来的勇气，爬起来一把将袁娴推倒在沙发上，气势满满地威胁道：“你再笑我真生气了。”

被碰到腰上最软的地方，袁娴的眼泪都要笑出来了。

陈朗的声音特别坚定：“你别相亲，我在认真地追求你，说好给我机会的，你不能临时变卦。”

他是真着急了，她还没毕业，家里就已经张罗着相亲，袁娴又没有爱他到非君不嫁，怎么看怎么危险。

袁娴笑够了，双手撑着陈朗的肩膀：“你是不相信你自己还是不相信我？就算不相信我，还不相信你自己有特别好的地方，值得人去喜欢，让人舍不得放手吗？”

她没有这样表白过，陈朗感觉茫然：“你喜欢我吗？”她一直没有说过喜欢，就是现在纠缠的局面，还是他费了老大力气自己争取来的。

袁娴没说喜欢也没说不喜欢，避重就轻地回答：“我的承诺很值钱的好不好，你看我像朝令夕改的人吗？什么时候骗过你？”

他想说，你骗我的次数可多了。

陈朗明显不信任她，满眼踌躇。袁娴颇为不自在：“你不信我就算了，反正我回去做什么你也不知道。”

“信，我信。你答应我回去不相亲，不给别人机会。”他双眼灼灼，紧张地看着她，“你等等我，行吗？我一定可以追上你的。”

“我除了要个承诺，还能怎么样，又不能把你捆起来不让你回去。袁娴，你不要骗我。如果骗了我就一直骗下去，不要让我知道。我没出息，我怕我知道了还是喜欢你，那我多可怜啊。”他失落地说道，似乎已经到了那种悲惨境地。

袁娴心里酸酸的，拍了拍他的脑袋：“走开，把自己说得那么凄惨，谁可怜都轮不到你可怜。”

她的态度是满满的宠溺和温柔，口吻迁就而平和。他一时高兴起来，露出洁白的牙齿：“那是，我喜欢的人也喜欢我，谁都没有我运气好。”

见她没有反驳，只是两眼看着天花板，他心里就觉得甜蜜蜜的。他迅速在她嘴边亲了一下，又赶紧爬起来，大声说道：“好了，我要努力奋斗了，谁也不要管我！”

这段时间，陈朗和赵路几个人聚会时都是一副急匆匆的样子，每次吃完饭就不见人影。这天赵飞飞眼明手快地抓住他：“你天天跑那么快干吗去，有什么急事？”

陈朗拽着自己的衣服往外扯，赵飞飞的力气挺大，他一时间没拉出来：“你又不是我妈，管那么宽干吗？我急着回去看书不行吗？”

赵飞飞一脸疑惑地说道：“你是不是交女朋友了，大惊小怪，还藏着掖着。”

在陈朗看来，赵飞飞就跟杨路他们一样，只是比较好的朋友而已，有些不重要的事，他们知道也就知道了，但要是对方主动打探隐私，他就不太喜欢了。他警惕地往后一缩：“你干吗？你管我交没交女朋友。”

“知道又怎么了？小心我跟晓晓告状。”

陈朗有点不耐烦，不想跟赵飞飞纠缠，将书包往肩膀上一挎，语气不好起来：“你要告状就去告吧，差这一回？”

赵飞飞本来是开个带点威胁意味的玩笑，以往陈朗早就实话实说了，这一次他一点也不迁就，她也生气了：“说得好像谁爱管你那些事情一样，你以为我乐意。”说完她就气冲冲地跑了。

以前觉得赵飞飞大大咧咧好相处，一起玩的时候不娇气也不矫情，哪知道越长大越折磨人。陈朗之前几次也被她挤对得没话说，他不想跟女孩子计较，结果她变得得寸进尺。

他也生气了，沉着一张脸回家，照样是跑到陈晓租的房子那边去。袁娴跟陈晓都没回来，他扔下书包打开空调，抱着小十揉了一会儿。今天体育课打篮球了，他牵着衣服嗅了几下，有些臭味。

陈朗脱掉外套，进浴室去洗澡，结果忘了拿毛巾，洗完干脆直接光着身子出来。他刚走了没几步，突然听见门口传来开门的声音，吓了一跳，闪身躲进左手边的门里。

“别进来，别进来！我没穿衣服。”

袁娴一进门，转头看见陈朗站在她的房间里，整个人都愣住了。

陈朗简直恨不得找个地缝钻进去：“那个……你帮我拿一下衣服。”

冷空气吹干他身上的水珠，冻得他打了个哆嗦。

袁娴拍拍脸：“你衣服在哪里啊？”

陈朗一连打了好几个喷嚏，袁娴怕他冻感冒了，让他先在她被窝里待着。

陈朗等了大概五分钟，袁娴推门进屋了。他就像无脸男一样，把被子顶在头顶，粉色的被子中间露出一张白净的脸，朝着她笑。

袁娴问道："大中午的洗什么澡，你衣服在哪里啊？"

"我打篮球出汗了，屋里又没人。"他乖乖巧巧地坐着，"我好像没带衣服过来，怎么办？"

袁娴无视他一脸傻样："要么你穿脏衣服将就一下，要么我赶紧给你洗了，晚上就能干。又或者我现在出去给你买一套。"

陈朗说："我不要穿脏衣服，我洗完澡从来不穿脏衣服。"

明明是同一件衣服，洗完澡就觉得不配了，坚决不会再拿起来穿。袁娴也有这样的毛病，很能理解他。

袁娴找出自己的毛巾，扔给陈朗擦头发，再打开衣柜："那我把你的脏衣服洗了，再下去给你买一套？"

陈朗叹了口气："好吧，你快去快回，我等你回来。"

袁娴坐到床沿上："怎么了，不想穿新衣服？还是你就想这样待在我屋里？"

他那副花花肠子，太容易被看清了，有意无意就想招惹她。

陈朗瞪大眼睛，脸颊漫上可疑的红色，轻声道："可以吗？"

袁娴真要被他气笑了，她站起来："可以个鬼，好好待着，我把暖气打开，下去给你买衣服。"

陈朗放松力道往后一倒，错估了自己与床头的距离，结果脑袋磕在实木的床头上，发出很响亮的"咚"的一声。

袁娴心一惊，连忙把他拉起来，伸手摸他的后脑勺："怎么样？碰疼了吗？"

他疼得泪花都出来了，双眼迷蒙："好痛啊。"

袁娴摸到一个鼓起来的小包，又心疼又好气："谁让你不小心，还胡闹吗？别动，我给你揉一下。”

他的脸埋在她的肩膀上，嘟嘟囔囔叫唤着。袁娴真怕他这一下磕出个好歹，担忧地问道：“真的很痛吗？要不去医院检查一下？”

她是关心则乱，陈朗见吓到她了，睁大泪眼：“不去，可是好痛，要你亲一下才能好。”

袁娴捧住陈朗的脸，不由分说地在他嘴上啄了一下。

陈朗顿时蒙了，他不过就是借机撒娇，惹她心疼，哪知道她真的亲他了。

他忍住快要克制不住的笑，小声提着要求：“再亲一下。”

他一副要笑不笑的样子，眼睛里泪水还没干呢，就忘了痛。袁娴见他不在意伤了，端着他的脸，小鸡啄米似的在他的唇珠上又啄了好几下。

楼下的超市里什么都有，袁娴足足晃悠了半个小时，才提着购物袋回家。

陈朗换好衣服出来，见袁娴坐在沙发上，小心翼翼地挪过去。

袁娴翻着工作报告，心不在焉地看了一会儿，见他一副欲言又止的表情，平静地问道：“怎么了？”

“没什么，有点饿。”他回来还没吃饭，又洗澡折腾了许久，肚子开始叫了。

袁娴点了点头，打开手机点外卖。

陈朗本来以为可以和她一起做饭的，结果最后她点了外卖，应该是累了不想动。

陈朗不敢多说话，又有点着急，忍了半天终于道：“你是不是生气了？”回来这么久都不跟他说话。

袁娴抬头，对上一双灼灼闪耀的眼睛，反问道：“生什么气？”

“我今天这么麻烦你，睡了你的床，还要你跑出去帮我买衣服。”

袁娴有些好笑：“这有什么好生气的？”

陈朗见她确实不像生气的样子，顿时松了一口气：“那就好。”

晚些时候下了雨，已经在C市住了两个多月，袁娴还是不大习惯这边多雨的天气。不开空调感觉整个房间像冰窖似的，她动了动脚，没有知觉，身上倒是挺暖和的。

她将被子拉高，盖到肩膀，在手机上跟陈朗聊天。晚上陈晓回来，以这边没地方睡为由，吃完饭就把陈朗给送回去了。尽管弟弟一腔怨念，她也没理会。

屋里就袁娴一个人，小十悄声跳上床，踩着轻巧的步子站在袁娴手边。袁娴伸出手，小十便一头栽进她手心，四脚朝天撒娇。它被轻轻地挠着头，喉咙里发出“咕噜咕噜”的声音，不一会儿便乖乖地趴着睡着了。

陈晓把陈朗送回家，又驱车回来，刚过晚上十点。她倒了一杯温水喝了两口，洗好澡，擦着湿漉漉的头发坐在袁娴的床边上。

陈晓甩甩半干的头发，脸上一副查到线索的侦探的表情：“不对劲，你有没有发现陈朗有什么不对劲的地方，好奇怪啊。”

袁娴低头瞄了一眼手机上陈朗发过来的撒泼打滚卖萌的消息，将手机往胸口方向带，确定陈晓看不见，才有些迟疑地说道：“有什么不对劲啊？我看他好好的。”

“有情况，他都半年没招惹女孩子了。”

“你又没有时时刻刻盯着他，哪里知道他有没有情况。而且他以前年纪小，现在应该是懂事了一点，不会再把恋爱当玩乐了。”

“你信浪子回头啊，我只信母猪上树。而且飞飞跟我说他又交女朋友了，还藏着掖着不让我们知道，搞这么古怪干什么。”

# 第12章 确认

“该不会是这一次追求的对象拿不出手吧，或者身份有不方便的地方？”

结合陈朗的情况，陈晓越想越觉得有可能，越琢磨就越怀疑。袁娴的小心脏随着陈晓的猜测一跳一跳的，就怕陈晓冷不丁地猜到她头上。

袁娴用一种好奇的语气问道：“你很反对你弟弟找个比他年纪大的吗？”

之前陈晓是说过不想袁娴跟陈朗在一起，还给她抖了不少陈朗的黑历史。刚开始袁娴确实不想给陈朗一丁点机会，但是相处下来，她觉得他人真的不错，开始有点喜欢他，所以她也越发在乎陈晓的态度。

陈晓因为这个问题扭头看向袁娴，神情有点纠结：“他喜欢什么样的人，选择跟什么样的人度过这一辈子，都是他自己的事，家里人的意见顶多只算参考。只要陈朗喜欢，对方没有人品人格上的大毛病，我们都不会干涉。可是他之前吊儿郎当的态度一看就不认真，这一次突然沉寂下来，我真怕他搞一票大的。”

陈晓就是怕弟弟太游戏人间，牵扯到袁娴她会为难，所以才跟袁娴讲了不少弟弟的坏话。如果现在陈朗走错了路，还不如当初让他跟袁娴发生点什么呢。

袁娴很纠结，一方面想让陈晓知道，一方面又怕她知道了会生气。她骑虎难下，根本不知道怎么说。

看袁娴心不在焉的样子，陈晓以为她不爱听这些：“算了，跟你说也没用，我再问问赵飞飞他到底有没有女朋友好了。说起来，他上了大学才终于知道努力了，应该没时间谈恋爱。”

袁娴勉强笑了笑，安慰道：“陈郎不是没有分寸的人，你的话他会听的，不至于那么严重。”

下了两天的雨，街道上的树木如同被水洗过，绿得扎眼。

陈晓星期一没有课，便开车送陈朗去学校。陈朗坐在副驾驶座上，心烦意乱，时不时地看手机。

这几天也不知是怎么了，袁娴很少讲话，即使是他主动找她，她也是回两句就没声了。

陈晓看出来弟弟心情低落，一时间没有联想到其他方面，闲聊似的问：“你今天心情不好？”

“没。”

“话都不说，怎么，我得罪你了？”

“哼。”

“你哼什么，我问你个问题呗，你是不是又交女朋友了？”陈晓试探着问道。

陈朗脸朝着窗外，眼睛看着天上，有些气愤地说道："你干脆认赵飞飞当妹妹算了，反正她说什么你都信。"

陈晓有点讪讪："我这不是关心你吗？凶什么凶。"她说着就理直气壮起来，"你到底交没交？我知道了又不能把你怎么样。你瞒着我，这就是你的不对了啊。"

陈朗一时踌躇起来，他确实很想从姐姐这里知道更多关于袁娴的事情，但是袁娴明确说过不想他们的关系过早地被陈晓知道："交了怎么样，没交又怎么样？你既然什么都不干涉，知不知道又有什么用。"

陈晓被他的话一噎，听这口气一定是交女朋友了。陈晓心里焦躁起来，打探道："对方什么样的人啊，在哪里工作？"

陈朗疑惑地说道："你怎么知道她在工作？"

陈晓倒吸一口凉气，脸色变幻莫测，手紧紧抓着方向盘："你别告诉我她比你大。"

"比我大怎么了？谁规定男的都要找比自己小的？你不是说不管我吗？我跟她在一起不偷不抢，我还答应她要争取去名校做交换生，有百利而无一害，你别告诉我你要干涉我。"

陈朗不满起来，这些都是好事啊。难道袁娴跟陈晓想的一样，不看好姐弟恋，所以对他爱搭不理了？

"所以你才努力学习？"陈晓颇觉怪异。

他读高中的时候，爸妈没少想方设法督促他学习，软硬兼施，可陈朗就是爱玩，家里老一辈又都惯着他，谁也拿他没办法。现在他上了大学，家里人更是只要不挂科都随他去了。

谁知他一朝发奋图强，却是为了喜欢的女孩子，真有那么喜欢？

"她说了，我要一直是现在这个样子就不跟我在一起。"

"你还在追？没在一起啊。"

"她很厉害也很优秀，我要变得更好她才会考虑。"陈朗颇为失落，加上袁娴不爱理他，真的有些郁郁寡欢。

"真喜欢？"陈晓惊呆了，她还没见过弟弟这么听谁的话呢。而且如果是真的，对方这么上心监督他上进，应该也会是个不错的人。

陈朗默默地抠着门把手。看他是真不开心，陈晓好奇地说道："吵架了？"

他只是哼了一声，陈晓越发好奇什么人居然能把陈朗治住："谁啊，我认识吗？有没有空，我约她吃个饭？"

袁娴现在的工作很忙。今天她去见完最后一个客户，因为对方有事情在忙，等了两个小时才谈好了方案。等人的时候，天上聚集起厚重的云层，明明还是中午，天色已经暗沉得仿佛时至傍晚。

袁娴谈完工作，从对方事务所出来，大雨倾盆，雨丝仿佛牛毛般密集，淅淅沥沥。街上少有人在，大家打着雨伞行色匆匆。她站在屋檐下，雨水溅湿裤管，寒气从脚心往上涌。

袁娴伸手接了一捧雨水，冰冷刺骨，她忙甩掉手上的雨珠。她往四周看了几眼，对面五十米远的地方有一个杂货铺门面，应该有雨伞卖。

袁娴把衣服拉链拉到脖子下面，将包包顶在头顶，以最快的速度冲到对面，可脚底下还是湿了。寒意透过衣服将肌肤的暖意吸收殆尽，于是她没有仔细挑选，随便拿了一把样式和质量都很普通的雨伞。

回到家后，袁娴赶紧脱掉湿衣服洗热水澡，才把一身寒气洗干净。下午七点见完客户，早过了下班时间，不用回公司签到。但她还是跟上司报备了一下，明天再把合同拿回去。

她默默擦着头发，刷着微信上的消息。

前两天因为陈晓跟她打听陈朗的事情，袁娴就没怎么积极回复他的消息，在这样窗外下着大雨，屋里静谧无人声的傍晚，她居然有些想他。

袁娴挑了一个可爱的表情图给他发过去，第一次主动说“我想你了”。

那边立马回复：“你终于肯理我啦？”

“我天天都在理你啊，你哪次发消息我没有回复你，而且我不理你理谁啊？”

他发了一个害羞的表情：“你在干什么？”

“在家里坐着，刚刚下班回来，淋成落汤鸡，好冷啊你们这边。”

“现在才下班啊，好辛苦，我好心疼。”他是真的心疼她，每天都在外面跑，吃饭也不规律，感觉比之前瘦多了。

袁娴望着屏幕上的话，心里甜甜的：“交换生的事情准备得怎么样了？”

“你就放心吧，名额非我莫属。”

“好，等你好消息，到时候有奖励。”

“你说话算话啊，这一次再骗我我就跟你绝交，认真的。”

“跟我绝交啊？”

“是的，绝交五分钟，不能再少了。”他雄赳赳气昂昂地说道。

这一句说完，袁娴便忙其他事情去了，再回来就看见他发消息过来，她回道：“绝交了十分钟。”

陈朗看见她这句话，已经可以想象出她说这句话时可爱的表情，忍不住想打滚，趴在桌上傻笑。

杨路一拳捶在陈朗的肩膀上："毛肚毛肚，我要吃！递给我一下。"

坐在他们对面的赵飞飞抬头瞅了陈朗一眼，冷哼着转回去，戳着碗里的东西。

杨路悄悄趴在桌上，小声八卦："你们俩干啥呢，吵架了？"

群里好几天没人说话了，即使说话也是阴阳怪气，出去吃饭离得远远的，谁也不搭理谁。之前不是好好的吗？

陈朗盯着手机，在等袁娴的回复。杨路一眼瞄到是个女孩子的头像，惊异地说道："你真谈恋爱了？"

"怎么，不行吗？"

杨路看看赵飞飞，再看看陈朗。以前觉得他们俩是有希望的，现在看来是没戏了。

不知道从什么时候起，陈朗不准他们再开玩笑，赵飞飞也一声不吭。莫非两个人真没什么？

陈朗说道："你那是什么眼神？"

杨路不吐不快，朝赵飞飞努了努嘴："你别告诉我你什么都不知道，我看挺明显的。"

"明显什么啊，还不是你们怂恿的。以后别再提了，我真没那个意思，早就叫你们不要瞎起哄。"兔子还不吃窝边草呢，要是真有情况，压根儿不会等到现在。

杨路他们就是闲得慌，陈朗也有点反感了。

导师忽然布置了一大堆任务，陈朗原本是听说很轻松才报了这个专业，现在才发现这简直是学校事情最多的专业。

他对此特别怨念，便跟袁娴碎碎念，得知袁娴他们有团建活动，不禁更气了。

九点多，袁娴结束了公司聚餐，开着车到了陈朗的学校门口，从路过的水果摊贩那里买了几个苹果。红彤彤的苹果放在副驾驶座上，怎么看怎么滑稽好笑，她明明不爱吃苹果。

袁娴把车停在校门口，坐在车里，没有开灯，也没有给陈朗发消息。她也不知道怎么就跑到他学校门口等着，却没有想联系他的意思。

陈朗突然发了消息过来，不满地质问："你不爱我了，今天过节也不跟我说节日快乐，我们辅导员还给我们买了苹果呢。"

"你想吃苹果吗？想吃的话，要多少有多少。"她瞄了一眼副驾驶座，心情好了一点。

"那我现在就想吃，你能满足我吗？"他正跟着同学往宿舍走，理直气壮地提要求。

"可以啊。"

陈朗停下脚步，拉住室友，心里涌起一股奇妙的感觉："我突然有点事，你先回去吧。"

陈朗告别了同学之后就往校门口走，他不太确定袁娴有没有来。不过就算她没有来，他也想去碰碰运气。

跑出校门，陈朗望着干净的街面叹气，她果然没有来吗？

袁娴将手机撑在耳边，眼睛望着校门口的陈朗，不以为意的语气中又暗藏一丝高兴："十一点钟方向，快过来。"她开了远光灯闪了两下。

陈朗一脸惊喜地扭头看过来，像一只飞奔的小鸡，张开双手跑过来。

袁娴刚刚下车站好，就被他一头撞进怀里。陈朗鼻尖红红的，脸蛋就像她买的苹果，晕染出健康的红色，嘴里呵出白色的雾气：“你真的来啦。”

“给你送苹果啊。”她也高兴，心里的笑意漫上嘴角。

时间已经很晚了，天气很冷，路上车少人也少。路灯高高耸立，橙黄的光照在头顶，世界如此安静祥和。陈朗心里暖暖的，握着她的手揉了揉：“冷不冷啊，你来了多久了？”

“一个小时。”

袁娴鼻尖红红的，嘴巴像吃了辣椒般红艳艳，眼睛和眉毛是一样的墨黑色，灯光打在她头顶，怎么就那么好看呢？

这一刻是无与伦比的心动，陈朗咽了口口水，说道：“我真的好喜欢你啊，我好喜欢你。”

太多因素了，此刻的天气、气氛、心脏跳动的频率，将喜欢的情绪放大到无数倍。他真正心动到不能放手的人，如果不能在一起，要怎么收场。

男孩子清爽的气息溢满鼻尖，袁娴轻声说道：“我也好喜欢你。”

“那你做我女朋友吧，我会努力变成更好的人，我会对你好，你答应我吧，好不好？”他乘胜追击，软语温求。

袁娴很想答应，可是还记得他们的约定，深吸一口气，最终说道：“那好，只要你能拿到交换生名额，我们就在一起。”

这已经算是得到了确切回答，但是陈朗被袁娴诓多了，老觉得她又在逗他玩，于是用怀疑忐忑的眼神看她，欲言又止，一副小可怜的模样。

袁娴知道他想什么，无奈得很：“你要觉得不放心，那就当我没说过。”

他立马一副猫被踩了尾巴的样子，瞪大眼睛，誓死捍卫自己的权利："想得美，我都记住了，不准反悔。"说完他便一溜烟儿地跑掉，没跑出去几步，又掏出手机给她发消息："王八念经，不听不听。"

袁娴眼睛微眯，笑着回复他："你飘了，骂我是吧。"

"不不不，我哪里是骂你，我是祝你长命百岁。你是王八，我就是绿豆，咱们俩天生一对，耶。"

袁娴笑了笑，摁灭手机揣进兜里。

窗外在刮风，陈晓开车去上班，袁娴坐公交车，跑了一趟银行回来，做完今天的工作就下午四点多了。

今天陈朗放假，他从来都没有去过她的公司，也不知道在什么地方，想过来接她下班。

五点钟一到，本来办公室里就不多的几个同事也走了。袁娴回了几封邮件，收到陈朗的消息，于是收拾好包包下楼。

楼梯口出门右拐几步路的距离，有一家奶茶店。她点了两杯奶茶，握在手里，感觉冻僵的手指有了点知觉。她站在路边，望着街上的车辆发呆，一个男人忽然走过来，轻车熟路地搭讪："美女，一个人啊？认识认识？"

袁娴摇了摇头："我在等人。"

男人却不依不饶："我陪你一起等呗。"

袁娴有些不悦，却依然保持着礼貌的微笑："不了。"

男人还想继续纠缠，袁娴已经朝另一边走去，挽住了刚走过来的陈朗："你看见了，这是我男朋友。我们先走了。"

男人没来得及说话，那一双和谐的身影已经走远了。

陈朗也看见了袁娴被男人纠缠的场面，正准备冲上来宣示主权，袁娴反倒先表明了他们的关系，令他有些猝不及防。

走了好一会儿他才想起来，期期艾艾地问：“你刚才说什么？”

“说你是我男朋友。”她是第一次承认有男朋友，怪害羞的。

“你承认了？”

“不是吗？”

“是。”他连忙肯定地答复，然后傻笑了一路，直到出租车停在家里楼下的利嘉超市门口。

袁娴推着小车挑菜，陈朗两三步赶上来，从她手里接过车子。

她走一步他跟一步，险些撞到一起。袁娴扭头看他，他脸上立刻绽放大大的笑容。没什么开心的事情，他就单纯想笑，跟她在一起连空气似乎都是甜的。

他轻轻地咽了口口水，左手推着车，慢慢地靠近她，右手攀上去抓住她的手。软软的温热的手被他握在手里，察觉她看过来的目光，陈朗一本正经地看向别的地方，手却死死地抓着不放。

袁娴也没把手抽出来，任由他握着，很有默契地不去捕捉对方的眼神。

到了收银台，陈朗才恋恋不舍地放开她的手，手心里还有牵手时的感觉，他不经意间摸了一把鼻子，嗅到香香的气味。

出了超市，陈朗左手提着袋子，右手再次大大方方地牵住袁娴的手，惹得她回眸，却也没有挣开。

两个人的手紧紧相握，直到电梯停在家门口都不愿意松开。袁娴晃了晃手臂，连带着陈朗半边身子也在晃。他幽幽地叹了口气：“一点也不想回家，世界上怎么会有有情人被迫分离这样的人间疾苦。”

他痛心疾首的表情过于好笑，袁娴轻轻地踮起脚，揉了揉他柔软的头顶：“乖了，你家有情人一直在的。”

她很少说情话，以前从来都是他说甜言蜜语不打草稿。

他朝她身边挪了一点点，脑袋一歪，小声地要求：“要亲亲。”

袁娴刚准备踮脚亲他，忽听门口有声音，连忙把他的脑袋扶正。

陈晓打开大门，看见他们俩：“我就说好像听到了说话声，没拿钥匙吗？快进来。”

“啥也不是。”陈朗哀号一声，有气无力地提着菜走进厨房。

陈晓身上围着围裙，举着铲子问道：“他怎么了？”

“大概是饿了吧。”袁娴笑道。

陈星放了学就过来等着了，正坐在沙发上抱着小十看电视。袁娴脱了外套，进厨房帮忙整理。今天他们吃火锅，几天前就说好的，所以陈晓特意在网上买了鸳鸯锅。

袁娴跟陈朗只是去买了一些蔬菜，其他食材陈晓早就准备得差不多了，火锅底料的香气弥漫满室。锅里的汤煮得沸腾了，排骨也好了，桌上满坑满谷的盘子，四个人围着方桌坐下。

陈晓倒了果汁：“干杯干杯，就当给你践行了，回去了要记得给我打电话。”不过是白嘱咐一句，陈晓是知道袁娴不爱联系人的。

“知道了。”袁娴放下杯子，从清锅里捞东西。

“我看不如别回去了，就在我家过年好了。”陈朗憋了一会儿，巴巴地望着袁娴。

陈晓想拿筷子敲他，到底忍住了：“以为都是你呢，野猴子一样。袁娴她妈妈早就在催了。”不然她也挺想袁娴留下来的。

“你就是不热情，所以人家才走的。”要是陈晓跟他一样软磨硬泡，她肯定会留下来。之前要的奖励是她回去最多二十天就过来，现在换成在一起，她肯定不会那么快过来。一想到好久都见不到，他就觉得沮丧。

陈晓被陈朗气得不行，手握拳头朝他示威。

袁娴说道："快吃吧，羊肉卷烫好了。"

陈晓收回跟陈朗计较的心思，夹了一筷子菜轻轻地吹着，又吼陈朗："刚才还在喊饿，现在正吃饭你又玩手机。"

陈朗埋头盯着手机屏幕，得意扬扬道："我给我女朋友发消息，你管得着吗？"

袁娴手边的手机屏幕登时亮了，微信提示音响了好几声。她紧张地看了陈晓一眼。陈晓在跟弟弟斗嘴，没注意到她。

# 第13章

## 宣誓

袁娴把手机调成静音模式，再将手机屏幕朝下放好，以免被看见。

陈朗的头一直没有抬起来过，陈晓伸手去抢他的手机，他便把手机举得高高的，姐弟俩闹成一团。

袁娴用筷子轻轻敲了一下陈朗的碗："吃饭了。"

陈朗推开陈晓的手，将手机护在胸前："吃饭了，就你能闹。"

陈晓用拳头示威了一下，坐回自己的位子，忽然听到陈朗道："你好意思查我女朋友？上个星期五，我回来时好像看见一个男的跟你一起，那个人是谁？"

陈晓一口辣椒呛到嗓子眼里，顿时大声咳嗽起来，她喝了一大口水缓解，瞪大眼睛道："什么……什么男的，你眼花了吧。"

上个星期五是几号来着，她带张迟回来过了吗？不过几天前确实被他送回来一次。

陈朗一只手拿着一根筷子杵在碗里，其实他对陈晓交没交男朋友不感兴趣，但是见陈晓态度反常，他就想刨根问底：“别是什么不正经的人吧？陈晓，你可别瞎搞。”

陈朗蹙着眉一脸严肃，陈晓被噎得说不出话来。

“少胡乱猜了，我没有男朋友，不信你问袁娴，我哪有空交男朋友啊。”

袁娴放下杯子，对上姐弟三人的眼神，压力颇大，顺着陈晓的话点点头：“是啊，陈晓没有男朋友。”

袁娴都这样说了，陈朗也就不追究了。陈晓又道：“你别管我，你自己呢？说说看，你女朋友干吗的？到底比你大几岁？”

嗯？袁娴看了陈朗一眼，带着疑惑，却并没有多少责备的成分。

陈朗心一紧，觑了袁娴一眼，见她好像没有生气，放心了一点：“少管我的事，该让你知道的时候肯定会让你知道的。”

袁娴的车票定在两天后，她向公司请了假，将这些天的工作都收好尾，办公桌也整理成长期空闲状态，走出公司时天色已经很暗了。

天气湿冷得厉害，临近春节，赶着下了几天小雨，公交车这个点已经停运了。

袁娴走到路边打了出租车，半个小时回到家，打开门后温暖的空气瞬间扑了一脸，她的精神也为之一振。

陈朗今天也在这边，见她回家赶紧放下手机，接过她抱着的箱子，左右看了一眼：“怎么把东西都拿回来了，你不去上班了吗？”他有点紧张，如果她不在 C 市上班了，那回来的概率就会小很多。

袁娴甩了甩酸痛的手腕，脱下大衣回房间：“不是，今天整理了一下办公桌，把私人用品拿回来了一些。”

不过实习结束还会不会在这里工作，目前确实还不能确定。

袁娴从衣柜里搬出箱子，把自己的东西往里面放。陈朗趴在床上，她走到哪里他的眼珠子就转到哪里。

见她装得差不多了，陈朗突然道："把我也带走吧，我很乖的，一天只吃一顿饭就能养活。"

袁娴笑着揉了一把他的头发，心里甜腻腻的："那你变小，我把你装进兜里，带回 D 市去好不好？"

"到了 D 市就是你的人了，你会对我好吗？"

"看情况。"

陈朗表情发苦："怎么还看情况啊？我千里迢迢地上门，你不该对我百依百顺、宠我爱我吗？"

他把脸转向一旁，肩膀一抖一抖的，像是在哭一样。袁娴从他身后看过去，双手撑在他身体两侧："怎么没哭？"那语气像有点失望。

"你不爱我了。"他失落地说道。

他的手抓着一边的被沿，抱着袁娴就是一滚，两个人仿佛鸡蛋卷饼一样裹在被子里。袁娴趴在陈朗的身上，有点不自在，抬起头看他。

他用手扶着她的腰，却不敢看她的眼睛。袁娴伸出一只手，捏住陈朗的鼻尖："起来，我东西还没有收拾好。"

"你最大的家当不就在你手里吗？还收拾什么？"

"是啊，我最宝贵的东西就在我手里呢。"

"你没骗我吧？"他忽然害羞起来，定定地望着她。

"没有，真的要起来了。"

出门这天天气很好，万里无云，天空干干净净，太阳躲在云层后面，只有一层薄薄的光影。

空气清爽，依然很冷。

陈晓和陈朗给袁娴买了东西让她带回去，因为行李太多，所以陈晓让陈朗拿去邮寄。

得到袁娴家里具体的住址后，陈朗得意地晃了晃手机："这下你甩不掉我了，我连你家住几门几号都知道，你不来找我，我就去找你。"

袁娴哈哈笑道："那你就来啊。"

两座城市之间距离还是挺远的，坐高铁七个多小时，还要转火车，再转长途汽车。袁娴早上六点出发，到家时已经是晚上八点，袁妈做了一大桌子好吃的在等她。

吃过饭，袁娴被妈妈拉着说了好久的话，这才有机会回房间。因为她家家教比较严格，如果跟老妈说话的时候玩手机，就一定会被念叨。她好几个小时没碰手机，刚一打开，果然好多消息，陈朗的在最上面。

他每隔半小时就是好几条消息，干了什么、吃了什么，事无巨细，一一交代。袁娴刚回了一条，那边便迅速发了视频过来："在干吗？吃了吗？有没有想我？"

他躺在床上，上半身光着，两只眼睛盯着屏幕。

袁娴把笔记本拿出来，放在桌上打开了一档综艺节目，屋里就有了点说话声，盖过了陈朗的声音。

今天一天没有听到他的声音，看不见他的人，还离开了熟悉的环境，居然有点不习惯。袁娴道："想你了。"

他笑得眉飞色舞，一副得意的表情："你果然很爱我，看吧，才离开一天就想我了。你太黏人了，这样是不对的。”

难得翻身农奴做主人，陈朗一本正经地扮演着被可爱对象苦恋的角色，无法自拔。

袁娴也不拆穿他：“是啊，你都不跟我回家。”

“不能去你家，去你家之后会变矮。”

“嗯？”

“腿短一截不就矮了吗？咱妈会打断我的腿。”

“油腻。”袁娴精准吐槽。

陈朗顿时不满，一个翻身坐起来，用一种可怜的语气求安慰：“我刚刚做了个噩梦，梦见你写小说特别火，新书拍成电视剧，男主角来勾搭你，你居然带着他到我面前炫耀。”他说起来那叫一个气，咬牙切齿的样子仿佛她真成了负心人。

袁娴来了兴趣，她确实有书签约了影视，剧组还邀请她去参加开机仪式呢，陈朗的梦也太准了。

“男主角帅不帅啊？我跟他进行到哪一步了？这么好的梦应该让我做才对嘛。”

“什么呀，你怎么这么坏，我不理你了。”他在梦里吓得要死，结果她还这么高兴，陈朗快气死了。

袁娴收了笑：“那我今晚也做个梦，就梦见你找个新欢来跟我炫耀好不好？”

“一点都不好，一点意思也没有。你就是不想跟我玩了，我才不会上你的当。”

陈朗打了个哈欠，有点想睡了，却又舍不得挂电话。

“困了就去睡吧，明天睡醒了再打。”

“我困也不影响我骚扰你。要不我去洗我的澡，你说你的话，咱们俩谁也不影响谁。”他眨着眼睛，跃跃欲试。

袁娴啐他一口：“臭不要脸，谁要看你，滚去洗澡吧。”

“你又不想我，又不牵挂我，也不渴望我。我怎么这么可怜啊，喜欢上一个铁石心肠的女人。”陈朗哀号着，宣泄自己的不满。

在家里也没有什么特别的事情需要忙，袁娴参加了几场同学聚会，还有高中一个玩得比较好的朋友的婚礼。朋友圈里的同学，结婚之后大多都在晒娃。

袁娴本来不愿意在家人面前过多提起写书的事情，奈何袁妈总是对她的事业没有信心，没事就催她相亲找个好男人。

袁娴便直接跟她透露了一点事业方面的成绩。得知她的小说拍成电视剧，版权费拿到了七位数，袁妈先是不肯信，得到证实后，便再也不催着她相亲了。

这态度转变得太快，袁娴有点奇怪，袁妈对上女儿疑惑的眼神，眼睛一瞪说道：“人这一辈子，大多数人事业上高不成低不就，都是得过且过的状态，这已经失了一方面的优势。那家庭总要先走一步，早早地结婚生子，等你老了娃也大了。我也是怕你挑来挑去不成家，到最后事业家庭都没有。既然你自己有出息，能赚钱，以后买车买房都能靠自己，不吃人家一口软饭，能不受气，我还要求那么多干什么？贪心不足蛇吞象，那可不好。不过你不要以为我不催你，自己就也不着急，我说不来大道理，反正家里现在介绍的这些都跟你不是一个层面的了，你就要自己找跟你差不多的人。”

这个年过得也没什么特别的，回来得还算早，大概五号袁娴就准备离开了。袁妈一边为她准备吃食，一边道：“谁家这么早出门？一般都是过了正月十五才走，你又没有工作。”上学的时候回家都住不长，等以后有了工作，身不由己，再想见孩子几面就更不容易了。

根据袁娴的说法，大四上半学期本来就在C市实习，只是期中期末几场考试时回了一下学校，还有好多事情没有处理好。虽然没到开学的日子，但是春节后也必须早回去几天。

袁娴回到学校，把一切都收拾妥当，才给陈朗打电话，他接起来的第一句就是：“你什么时候回来啊？”

那声音也没有很委屈，可是袁娴却听出了思念的感觉，心里有点酸：“很快了，等这边事情一忙完就回。”

她身边的场景似乎不是她家里，陈朗看了看：“你在哪里？今天出门了？”

她觉得没有瞒他的必要：“我回学校了，早点回来处理一些毕业资料的事情，今天才到的。”

“啊，你都没跟我说。”昨天晚上通话时还在她家里，今天下午就从南方跑到了北方，也太快了吧。

“虽然东西收拾了，但是一直买不到机票，所以也不确定走不走，这不是一到就给你打电话了嘛。”

他哼了一声，对于她的隐瞒还有少许不满：“就算不知道能不能走，你也可以跟我说啊，我一点准备都没有。”

“那怎么办嘛，我也想你啊，你又不能来。”所以只能她早点忙完自己的事情去找他，本来一直以来也是她在外奔波得多，陈朗只能在C市等待。

陈朗突然就觉得这样挺不公平的，他也想有那么一次赶去她身边，便冷不丁地说了一句：“我去找你。”

“你说什么啊？”袁娴刚拿起筷子吃饭，夹的菜都掉了。他父母一年四季都在国内外做生意，常年当空中超人，就只有过年这几天能回家陪他们姐弟俩，之前就听陈晓说过了。

父母都回家了，他却跑了，总觉得不大好。可是一想到他可以过来找她，袁娴也是有些期待的：“那你能不能走？你爸妈会同意吗？而且你怎么说啊。”

他其实心里也忐忑着，就怕袁娴会拒绝。在听懂她的潜台词后，他心里也高兴起来：“他们就回来四五天，后天就出门，我在家待着也没味。理由也是现成的，我就说我要去A市的大学做交换生，想提前过去看一看，跟同学都约好了。家里应该不会说什么的。”

陈朗越想越觉得这个计划可行，撒娇道：“你是不是真的想我啊，你想我过去吗？说真话。”

“想。”

“这不就得了，你等着，我去找你。”

袁娴不知道他是怎么跟家里说的，这两天跟陈晓联系的时候都有点胆战心惊，生怕她会提起陈朗来A市，继而猜到她的头上。好在陈晓大概没留意她已经回学校了，并没有跟她说陈朗的事情。

陈朗本来想第二天就过来的，袁娴让他等爸妈走了再出门，于是他就把时间定在了陈爸陈妈出门的同一天。

A市常年雾霾，冬天的天空跟暮光之城有得一拼。早上起来打开窗户，能见度很低，树叶上几乎都是一层白霜。袁娴早早地起床，洗了澡，换了一身新买的衣服，打车去机场。

陈朗中午到达，她等得不算久，在人群中一眼就看见了他。陈朗皮肤白，穿了一件枣红色的宽大羽绒服、宽松的裤子，十足的青春少年气。

刚好她今天也穿了一件红色外套，陈朗走到她身边，牵起她的衣服："你看看，这就是缘分，心有灵犀穿了一个色的衣服。"

袁娴也笑了，感觉他又长高了似的，仰着脖子看他："你又长个子了？"

一说起个子，陈朗那是相当骄傲，昂首挺胸道："昨天量了，刚好一米八八。"

他说了这一句后就有点无言，明明很想见面的，见到了又说不出肉麻的话，袁娴搓了搓脸："先找酒店吧，你饿吗？有没有特别想吃的东西？"

"有，你。"

袁娴斜他一眼，忽略加速过度的心跳："你正常一点，小心我揍你。"

他立马委屈起来："怎么不正常了，我本来就想你啊。我想我的对象，天经地义，你不想我吗？我都半个月没见你了，现在好不容易见到了，你还嫌弃我。"

袁娴想接过陈朗的行李箱，被他躲开："好重的，我自己拿。你要带我去哪里？不过你带我走，哪里我都愿意去。"

"油嘴滑舌。"袁娴评价了一句，嘴角带着笑意。

陈朗很自觉地牵住她的手，一路上眼睛就没离开她。

上了出租车，他还一直盯着她看，司机从后视镜里看了好几眼。袁娴有些不好意思，推开他的脸，他躲开她的手又转回头。路上堵车，花了好久才到学校附近，袁娴怕他累着了，觉得挺抱歉的。

"早知道就坐地铁，多转几趟就多转几趟，总比堵这么久好。你饿不饿？"

"饿。"他小声说了一句，困得把头歪在她的肩膀上。一想到可以来找她，他就兴奋得睡不着，一路过来精神也亢奋，根本感觉不到累。

一到她身边，闻到那种熟悉的香气，困意几乎排山倒海而来，眼皮仿佛被黏住了，靠着靠着身子就朝袁娴的腿上滑去。袁娴一只手被他拉着，等他的头滑到腿上，就将左手放在他头下枕着，右手握着他的右手，让他能睡得更安稳一点。

到了学校门口她才喊他起来，他刚刚睡醒还有点发蒙。他把脸埋在袁娴的脖颈处，闻她的味道，嗓子哑着："到了吗？"

"下车吧。"

在来的路上她就订了酒店，跟她们学校相距两条街，评价挺好的一家。

进了房间，陈朗脱掉鞋，拉住袁娴就往床上倒："你陪我睡一会儿吧，我好困。"

"吃了饭再睡，一天没吃东西了。"

"不要，不想出去，就这样待着，我不饿。"他闭着眼睛说话，与她十指相扣，不想放人走。

袁娴晃了晃他的手，站起来。

陈朗以为她要走，也顾不上睡觉了，一骨碌坐起来，仰着头双手圈住她的腰："你再陪我一会儿，我只能在这里待三天就要回去，到时候又见不到了。"

她眼睛看着天花板："这三天我都陪你，还差这么一会儿吗？快起来，不然我生气了。"

他立马瞪大眼睛，似乎想到了什么，想问又扭扭捏捏，爬起来穿了衣服。

学校附近有好多吃饭的地方，袁娴带陈朗去了之前陈晓特别爱去的一家。地方虽然不大，但是这会儿人不多，店里很清静。

她照着陈朗的口味点了几个菜，又给他倒了一杯水：“吃完饭去哪里玩啊，你之前来过A市吗？”

“来过，陈晓刚上大学那年我跟奶奶来看她，那个时候你们也住一个寝室吧？”怎么就没想到见见她的室友呢，说不定就能早点认识袁娴了。好遗憾，好想看看几年前的袁娴是什么样子啊。

“你有没有之前的照片，给我看看吧，我都不知道你十几岁时长什么样子。”一定特别可爱。

袁娴之前其实有点胖乎乎的，婴儿肥的脸型伴随了十几年，手臂也是白白嫩嫩的，比周围好多人都要白一个度。那个时候她戴着没什么特色的黑框眼镜，属于很普通的女孩子。

她摇摇头：“我不爱拍照，有一些小时候的照片也放在家里了。”

他遗憾地叹了口气。

吃完饭，周围还有夜市。年后的夜市很红火，从街头到街尾热闹非凡。他们就像很多小情侣一样，手拉手，吃吃玩玩，逛了一路。

街道中间有个卖闪灯头环的，陈朗取下一个给袁娴戴上，自己也挑了一个，两个人脸挨脸拍了几张照。他拍得挺满意的，就想设置成聊天背景。袁娴踮起脚一看，发现他跟自己聊天的界面居然是自己的照片。

她有点惊讶：“你什么时候拍的呀？”还是夏天的时候。

他把照片给她发过来：“赶紧的，用这个当聊天背景，我喜欢这张。”

袁娴把他发的几张图保存好，又挑了一张当背景。玩得差不多了，他们往酒店走时路过学校大门口，陈朗的话就多起来，指着马路对面，好奇得很，说个不停。

一直到过了校门口，那股拉着她的力道才放松下来。袁娴早就察觉了他的小动作，知道他是害怕她回学校，所以才问东问西分散她的注意力。她本来也没想回，要真想回，就算到了酒店也可以再回学校啊。

回了酒店房间，就感觉安静多了。袁娴把包放在柜子里，然后脱下大衣，站在窗边看外面的天气。陈朗悬了一路的心还不敢完全放下，期期艾艾地蹭到床边："那个……你今晚不回去吧？"

她转过头，疑惑地看着他。陈朗立马跳到她身边："你陪陪我吧，一个人住这么大的酒店，有点怕怕的，我还没一个人住过呢。前几天刚好看了《蓝可儿之旅》，更害怕了，你陪我一下。"

瞧他那超级夸张的语气，袁娴张了张嘴，故意逗他，一脸为难的样子："可是，不大好吧？我就定了个普通大床房。"

这家酒店挺好的，即使普通大床也有两米宽。陈朗立马道："我这么远过来，你都不陪我一下吗？我好可怜啊。床这么大怎么会不够睡，大不了我睡沙发。"

看他那拙劣的演技，袁娴笑道："我不走，你快去洗澡吧，折腾了一天，真的挺累的。"

"没事，你先去洗，我不急。"

"我不走。"

陈朗见袁娴态度坚决，不敢再撒泼，都进了浴室，又探出半边身子，不放心地嘱咐道："我很快的，你不要着急，等我啊。"

袁娴一头黑线，拿了一本书坐在床边的沙发上看。听到浴室门响的声音，她放下书，拿上洗漱用品，等陈朗出来了自己再进去。

袁娴今晚跟他一起住酒店，似乎有点不真实的感觉。陈朗一天的疲累全部消失，在房间里东走走西走走，不得消停。

水声停了。袁娴推开门走出来，一边擦头发，一边看陈朗："你干吗？"

"没干吗。"他朝着袁娴走过去，有些不好意思，"你洗完了啊？"

袁娴淡淡地"嗯"了一声，找出吹风机，开始吹头发。头发吹到八分干的程度，她转头看到陈朗还站在床边，愣怔地看着她，便说道："看我做什么，睡啊。"

他"哦"了一声，掀开被子一角缩进去，露出半张脸："你睡哪里？"

"我睡地板。"明知故问，她没好气地说道。

"那我睡天花板。"他下意识地接话，袁娴没忍住，笑出声。

陈朗拍拍身边的位置："过来睡吧，我给你留了一块，好宽的。"

袁娴找了个舒服的位置，窝在软软的被子里。

她轻轻地翻身，背朝着陈朗，才感觉没有那么紧张了。陈朗察觉她离自己远了一点，挪着身子靠过来，自言自语道："你不冷吗？我感觉好冷啊，这个空调一点都不管用。"

其实刚刚空调就打开了，温度还调得比较高。但是陈朗说有股味道很怪，所以就关了，这会儿他又嫌冷。袁娴沉默了一会儿："那我去把空调打开。"

"不嘛，我们俩挨近一点，这样就谁都不冷了。"他撒娇似的把手搭在她的腰上，将人往自己怀里扯。

袁娴躺回去，感觉脖子下硬硬的，偏头一看，是他的手臂："你什么时候回去，跟家里怎么说的？"

"就是说跟朋友来看学校啊，只有三天。才刚来，一想到要回去就开始难过了。"他把脑袋往她的脖子边上拱，手也不安分，把她的衣服卷起来一大截。

袁娴握着他的手腕，警告似的："过分了啊……"

"哎呀，人家都要走了，你也不关心我一下。"他滚来滚去，乱嚷乱叫，满床撒泼打滚。袁娴见他像个小孩子一样，却不觉得幼稚，反而觉得很可爱。

她有心想哄他，又不肯把姿态放得太低，捏着陈朗的鼻子，声音温柔："还睡不睡，跑了一天你不困吗？再闹我就走了。"

"睡睡睡，马上睡，谁不睡谁小狗。"一听她要走，陈朗立马安静下来，小心地抬头看了她一眼，手放在她腰上，悄悄地往上挪。肌肤滑腻的触感摸起来舒服得要命，他心里痒痒的，睁开一只眼睛看她的反应。

袁娴的耳根都红了，制止不对，任由他动作也不对，于是转头看他一眼，刚好对上他晶亮的眼睛。陈朗往她身上一栽，装模作样地说道："啊，好困啊，我睡了。"

他手上却得寸进尺，一把抱住了她。袁娴隔着衣服抓住他的手，陈朗从后面凑上来，侧脸贴着她的耳朵："你困了吗？"

袁娴将脸往枕头里一埋，闷声说道："困了，快睡。"

"那我就这样睡。"说着，他的手用力捏了捏，"好不好？抱着你睡，我保证什么都不干。"

给他胆子他也不敢做什么吧，要抱就抱，还要问，这样一来袁娴倒不好说什么了。于是她松开他的手："你再不睡我就真走了，正好作业还没有写完。"

"你才想得美，作业有什么重要的，有我重要吗？轻重缓急懂不懂，我才是你最重要的。"他一边说着，一边将她往怀里搂，"你是我最重要的人，礼尚往来，你要跟我爱你一样爱我。"

听他这样说，袁娴起了逗弄他的兴致："如果我不像你爱我一样爱你，那怎么办？"

"凉拌，愿赌服输，谁让我喜欢你呢。"他略有些委屈道，因为这并不是袁娴随口的一句话，事实就是如此，他的喜欢比她要深得多。

"好委屈啊，要哭了吗？"她伸手过去摸他的脸，笑道。

"所以，你要好好爱我，不然我就欺负你。"他挨着她的耳朵说话，温热的气息吹在脸上，能感受到彼此滚烫的温度。

袁娴不想陈朗抱着她睡，可陈朗扭来扭去就是不肯撒手，还把嘴噘上来，定定地看着她，暗示得很明显。袁娴微微侧身，抬起下巴在他嘴上啄了一下，一触即离。

他不满地"嗯"了一声，继续噘着嘴。她无奈，只好张嘴又啃了一口。

陈朗故作严肃地点评道："一点都不会，差评。"

"怎么，你经验很丰富？"

察觉她语气里的危险，陈朗连忙讨好道："怎么可能？所以你看，我们两个菜鸡都不会，是不是要多加练习？实践是检验真理的唯一标准。"

就知道他没安好心，袁娴闭着眼睛装睡，根本不理会他，陈朗把她抱得更紧："是不是啊，你还没回答我。"

沉默就是默认，不管三七二十一，陈朗逮着袁娴亲了好一会儿。袁娴被亲得几乎缺氧，连忙用双手推开他。

他粗粗地喘了两口气，乖乖听话离她远了一点，但还是抱着不撒手。袁娴抓抓他的头发，陈朗主动往她手里钻，看起来是没有生气的样子。

两个人都不说话，袁娴闭上眼睛过了一会儿就睡着了，也不知道他是什么时候睡着的。

早上袁娴是被窗户外面接连不断的车喇叭声给吵醒的。

她迷迷糊糊地睁开眼睛，只见陈朗一只手撑着脑袋，笑着看她。

袁娴对上他的眼睛，也不知被看了多久，倒有些不好意思："醒多久了？"

"才醒。"

"饿吗？起床去吃饭。"

陈朗再一次见到她，太过兴奋，昨天看着她到半夜，实在撑不住了才睡过去。他今天一早就醒了，好像只要跟她在一起，精神就一直处于亢奋状态。

"今天想去哪里玩？我陪你去。"袁娴快速起床洗脸刷牙，穿衣服的时候陈朗还趴在床上没有动。陈朗本来还想跟袁娴在床上赖一会儿的，但是袁娴害羞，借着上厕所的借口，进了浴室直接就开始洗漱。

陈朗不高兴，一个人在床上赖了一会儿，然后慢吞吞地爬起来，边穿衣服边道："哪里都不想去，就想在床上待着。"

"那我陪你睡一天？"

"好哇，好哇。"

"好个鬼。赶紧起来，我带你去一家特别好吃的饭馆吃饭，你姐姐之前就爱去。"

相较于陈晓喜欢去的地方，陈朗更想了解袁娴喜欢去玩的地方。但是袁娴比较宅，在 A 市待了几年，并没有去很多地方玩过，逛来逛去就是那几个比较著名的打卡点。

正逢年节，出门玩耍的人很多，到处都是人山人海。好在天气比较好，不冷不热，正是适合出游的气温。而且袁娴虽然不擅长找景点玩，但是喜欢吃，所以她喜欢的地方，吃食的味道一般都比较好。

他们在外面晃荡了一天，傍晚她准备带陈朗去一个有名的夜市玩。可是因为这次过来时间比较短，陈朗只想待在她身边，多看她几眼，态度并不怎么热情。

“你不想出去玩吗？”

陈朗看着袁娴的脸色，轻轻地拉着她的手：“想啊，但是我这次过来只有三天时间，太短了，我就想多跟你待一会儿。”

袁娴心中的郁闷一扫而空，心里泛着丝丝的甜，往陈朗碗里夹菜：“那快吃吧，吃完回去。”

一听她说回去，陈朗吃得飞快，刨了两口饭后抬头问道：“你什么时候回去啊？要不跟我一起得了，我还可以帮你拿东西。”这样的话就好像他专门过来接她一样，想想就开心。

袁娴的实习期还有两个多月，得等学校开了学，处理好必要的事情才能过去。之前她没跟他说仔细，这会儿又逗他：“不确定啊，很有可能那边的实习就这样结束了。”

陈朗震惊地抬头，脸很快垮下来：“什么啊，你不过去了？”

“那有什么关系，你加油拿到交换生名额，过来上学也是一样的。我等你啊。”

之后陈朗就有点闷闷不乐，草草地吃完饭，牵着她的手往回走，路上一言不发。

袁娴本来是逗他玩的，看真把人招惹火了，心里有些过意不去，晃了晃陈朗的手：“怎么啦，你生气啦？”

他摇摇头，知道在她的心里工作很重要，就算两个人现在在交往，也不能耽误了她的工作。他欲言又止，勉强说道：“那你一定要等我，等我过来找你。”

“你不叫我过去吗？”她笑着看他。

陈朗一下看出袁娴揶揄的眼神，明白过来她是在逗自己玩，心里不服气，半真半假道：“想啊，我想天天见到你，可是你的工作在你心里比我重要，我很有自知之明的。”

他那副“我很懂事，你要夸夸我”的表情看得袁娴笑出声来。

陈朗实在是不能确定她的动向，心里七上八下，纠结半晌还是开口问道：“你真不过去了吗？这一次我过来，不会就是我们这半年最后一次见面了吧？”

“看你的表现。”

这样一看，她分明还会过去工作，就知道骗他，可偏偏每一次他都相信。

“你不要骗我，我这么喜欢你，你说什么我都相信，我也太可怜了。”

回到酒店，陈朗往床上一倒，趴在枕头上。

袁娴掏出手机看了两眼，跪在床边拍了拍他的脸：“你休息一会儿，我回学校一趟，把我的电脑拿过来。”

他一骨碌爬起来：“我陪你去。”

本来担心他会累，所以才让他在酒店等着。但是陈朗不想错过跟她在一起的时间，一定要跟着去，袁娴只好又带着他一起去。

从酒店到学校步行不到二十分钟，陈朗牵着袁娴的手，东看看西看看，仿佛自己也在这所学校上学似的。因为是袁娴生活了四年的地方，所以他十分好奇，似乎每个角落都有她的影子。

“你在看什么啊？”

“看你啊。”

袁娴捏捏他的手，示意自己在他身边。陈朗回过头："我只是好奇你在学校、在别人眼里是什么样子的，是不是和我看到的一样，我想了解你的全部。"

"了解了我的全部，你就不会喜欢我了。"每个人都有不好的一面，他看见的她还只是冰山一角呢。

"了解了之后，会不会再喜欢那是我的事情。"

她经常这样说，明明很优秀，却不是那么自信。陈朗也不懂她为什么会这样想，但自己的心意他很清楚："不准你瞎想，如果我有什么做得不对的地方你一定要告诉我，要跟我沟通交流，不要晾着我。"

他们走到女生宿舍楼，他站在树下，认真地看着她的眼睛。他之前说过，他害怕他们之间会有误会，就算彼此生气也不能过夜。袁娴一直以为他只是口头说说，在他的再三强调下，她算是看到了他认真的态度。

袁娴伸手捏了一下他的鼻子："知道了。你那也记住，我讨厌冷战，却擅长冷战。如果你对我有什么不满，也要第一时间说出来，也不准晾我。因为晾着晾着就凉了。"

陈朗抬头望着天上："明明特别好的气氛，我们为什么要说这些啊，不开心。"

"好了，你以为谈恋爱就只有甜没有咸吗？我上去了，你等我一下。"

因为彼此都小心翼翼地维护着这段感情，所以才更需要交流啊。

# 第14章
## 事发

陈朗本来就是为了袁娴才忙里偷闲过来的，她虽然很想尽地主之谊带他好好玩玩，但是陈朗只想跟她黏在一起，就算几天都待在酒店也不觉得闷。

“你真的不想跟我出去玩吗？就待在房间里不嫌无聊啊。”

两个人连吃饭都是点的外卖，袁娴也是个很宅的人，只是没有想到陈朗比她还要宅。

袁娴把笔记本放在大腿上，戴着一副眼镜，开始工作。陈朗趴在她身边，一只手圈着她的腰肢：“可是我觉得很有意思啊，一点都不无聊。你忙你的事情，不用管我。”

她也没有什么事情做，不过就是改改稿子，顺便跟他说说话，就这样静静地待着也很舒服。中途接到老妈的视频通话，把袁娴吓了一跳。袁妈问她怎么没有在宿舍里，她不得不撒谎说是在出差，住在酒店。

她之前也有出差住酒店的经历，袁妈半点没有怀疑，又抱怨她走得太早，出门这么多天没有给她打电话。袁娴推说工作太忙，又把视频镜头朝上，一直照着天花板。

“你人呢，这照的哪里？年刚过就跑出去，别是找了对象了？”因为家里也有晚辈偷偷谈恋爱瞒着爸妈，袁妈顺口猜了一句。

“没有啊，我现在哪有空谈恋爱。”要是不第一时间澄清，凭着老妈的敏锐，一定会察觉端倪。

袁娴没事人一样撒谎，惹来陈朗的视线。她多少有点心虚，当着他的面否认他的存在。好不容易将老妈敷衍过去，她挂断视频，迎上一双满含怨念的眼睛。

“你刚刚说的是不是真的啊？不想结婚，也不想谈恋爱。”

她说得那么悲观，让他心里有些慌，有点没底了。最重要的是，明明已经有了他，宁愿瞒着家里也不公开，是不相信他们能走得长远吗？陈朗有点难过了。

他沮丧地坐在床边，低着头默默地想着心事。

袁娴放下手机：“之前是觉得遇不到喜欢的人，宁缺毋滥，不能为了结婚而结婚，所以不大想找对象。”

“现在嘛，不是有了你，就感觉结婚也没有什么可怕的。”说实话，一想到未来要跟陈朗共度一生，她竟然觉得很期待，一点也没有抵触的感觉。

“你没有跟家里说。”他比较在意这一点，他们的恋情现在还处于保密状态，双方家长没一个人知道。

袁娴叹了口气，手拉着他，也有点抱怨的意味：“我妈那个人你不懂，她看我找结婚的对象，首先看的是工作收入。在他们那一代人眼里没有谈恋爱的过程，都是奔着实实在在过日子去的。我要是跟她交代了你的存在，肯定会被她烦死，方方面面都要打听清楚，到时候我们俩都得完。”

他还在上大学，这样的情况要怎么跟家里交代啊。袁妈多半会觉得不靠谱，劝她分手。

陈朗一脸不高兴，可是站在她的角度，也可以猜到家里人会怎么想，肯定觉得他们年龄相差太大，害怕他没有定性，未来能走多远也不一定。或许袁娴也是这样想的吧。

越是这样，他就越要跟她长长久久，他才不是那么容易放弃的人。陈朗突然扭头说道：“结婚吧。”

袁娴无语地望着他，伸手试了一下陈朗的额头：“刺激傻啦？你今年多大还记得吗？”

“等我年龄一到就结婚，你信不信我们能一直好下去？你也觉得我们不能长久吗？”他明明那么喜欢她，要是袁娴还怀疑的话，他可要伤心死了。

“信啊，我信我会一直喜欢你。”只要陈朗不辜负她，袁娴不是个朝三暮四的人。

这突如其来的告白让陈朗蒙了一下，随即心情就不受控制地飞扬起来：“我也会一直喜欢你。等我能过来了，就跟我姐说好不好？”

袁娴还有点纠结，可是看陈朗那么期待，并且也不可能一直瞒下去，她咬咬牙：“好吧，说就说，她应该可以理解的。”

虽然有点心虚，且难以启齿，但总要公开的。陈朗握着她的手，天不怕地不怕道：“我就说是我喜欢的你，非要缠着你，她又不能把我怎么样，怕什么？”

本来就是啊，喜欢一个人不受控制，而且他跟袁娴在一起又没有做什么伤天害理的事，谁也管不着。他把责任全揽过去，袁娴感觉心里暖暖的，捏捏他的脸：“你怎么这么好呀？”

“我这么好，是不是该有点奖励呢？”他一只手拉着她的手，另一只手圈着她的腰，是非常亲密的距离。

“什么奖励？”她笑着问。

“要亲亲。”他大声道。

袁娴双手搂着他的脖子，顺势压在他身上，陈朗抱着她倒在枕头上。两个人在床上拥吻，亲完一次就看着对方的眼睛，很快又亲上去。

屋里安静，空气中飘着甜腻的气味。陈朗深吸一口清甜的香气，小声道：“我好喜欢你。”

“我也喜欢你。”

“要一直在一起。”

“嗯。”

就算一天二十四个小时腻在一起，三天时间也很快就过去了。到了第三天，袁娴送陈朗去机场。坐在出租车上，他握着她的手，像一只考拉紧扒着不放，离机场越近就越沮丧。

“好烦，一点都不想走，想把你一起带回去。”

“那你把我变小，揣在上衣口袋里一起带回去。”她也舍不得，可是没有办法。

陈朗对她说：“你要早点过来啊。”

还没有等多久，广播便开始播报登机广告。陈朗提着行李，恋恋不舍地跟袁娴撒娇。

“知道了，快走吧，我也就还有十几天就回去了。”

A 市这边的大学陆续开学了，陈晓报完名又回了 C 市。袁娴现在主要把精力放在学业上，暂时没有写新书，参加了一个关于证书的考试。

她收拾了东西，该去公司报到了。本来想给陈朗打一个电话的，想了想，不如悄悄去给他一个惊喜。

袁娴直接提着行李去了出租房，打开房门，灯亮着，小十正窝在沙发上打盹儿。她把行李放回房间，扭头看见陈晓的房间门虚掩着。她本来打算直接推门而入的，想到什么又没有动："陈晓，你在吗？我回来了。"

"啊，等一下。"

听这一声略有些惊慌，袁娴走回客厅，倒了一杯水。

大概过了五分钟，陈晓才从房间出来，张迟跟在她身后。陈晓脸红红的，头发有点乱，不好意思地看着袁娴："你才回来吗？吃饭没有。"

"刚下飞机就过来了，还没吃，你们呢？"陈晓很不好意思，袁娴装成平常的样子，以免让她感到尴尬。

张迟像没事人一样坐在陈晓身边，要握她的手，被她悄悄地瞪了一眼，安静了半分钟，又去握她的手。两个人你追我赶，闹来闹去，袁娴放下小十，提议出去吃饭。

他们在附近吃完饭，陈晓要送张迟回去，袁娴便自己回了家。她刚走进客厅，就从走廊里冲出一个人，一把抱住她。

袁娴被吓了一跳，搂住陈朗的脖子，挨着他的脸蹭了蹭，特别依赖温存。

陈朗被她这副撒娇的样子闹得心都快融化了："想我了没？"

"想。"本来没觉得很想念，今天看到陈晓和张迟你侬我侬，思念就突然决堤了。

她不经常撒娇，说情话也没有陈朗顺溜，可现在陈朗能感觉到她的投入。

陈朗说："我也想你。今天过来怎么没跟我说呀？"

"想给你惊喜啊，有没有感觉到？"

"感觉到了。"他拉着她坐到沙发上去，把下巴搁在她肩上，内心安宁无比。

"吃饭没有？刚刚我跟陈晓他们出去吃了。"

"吃了。刚刚杨路他们喊我出去吃饭，我没去，还好没去。"去了今天就不能早早地看到她了。

袁娴心神荡漾，捧着他的脸在额头上亲了一下。

陈朗有些受宠若惊，被她一再的情感外露惊到了，心里甜甜的："你今天怎么这么好？"

"你喜欢我这样吗？"袁娴略有点羞涩，还不大适应。

"喜欢，以后要天天这样就更好了。"感觉像是在做梦一样，陈朗"嘿嘿"地傻笑。

"今天还要回去吗？"

家里没人，陈朗喜欢过来这边玩，陈晓只当弟弟是撵着她来的，也不管他。但是没有他住的地方，所以只能让他睡沙发。

袁娴把行李箱打开，将衣服和日用品拿出来整理。陈朗在她的书桌上填资料，像个大爷似的跷着二郎腿。袁娴路过时踢他的腿，他偏伸直长腿挡着不让她过。

袁娴懒得跟他计较，他现在就喜欢没事找她一点小麻烦，试探她的容忍度。袁娴一贯顺着他，他就得意地说道："你看你多喜欢我，怎么折腾都忍着，你这样下去不行的。"

袁娴被他气笑，走过去坐在他的腿上，轻轻掐他的脖子："为了我以后能过得好一点，还是把威胁扼杀在摇篮里，省得到时候受委屈。”

“你舍得吗？我这么可爱，这么爱你，我死了你不是要守寡？别对自己这么残忍。”

“不要脸。”

陈朗拉住要走开的袁娴，两条长腿随意敞着，双手扣在她的腰上，抬起头嘟嘴，大大方方地索吻。

袁娴捏捏他的耳垂，偏头亲上去，配合得很是默契。

两个人黏在椅子上，谁也舍不得离开，小声说着话。回来的路上吹了风，袁娴有点感冒，偏头打了个喷嚏，鼻尖红红的。

陈朗摸到她的手，感觉有点凉，抓着手塞进自己的衣服里。

袁娴不肯：“太冰了。”

“还隔着一层衣服呢，你看看，没有我你果然不行吧，就我的体温能暖到你。才一会儿没盯着，手就这么凉。”他总是把自己看得对她很重要，经常自己凑上去发光发热。

这里正在说话，外头似乎有响动，袁娴连忙从陈朗腿上起来。陈晓打开门探进来半个身子：“咦？你回来了，吃饭没有？”

“吃了，干吗去了，回来这么晚。”他质问得理直气壮。

“你管我干吗去了。”陈晓哼了一声，退出来。想了想，不对呀，她本来准备问陈朗怎么会在袁娴屋里，两个人还离得那么近，感觉怪怪的。

见不到的时候，陈朗天天打电话问袁娴什么时候过来。在一个城市之后，每天又想躲着陈晓去见她。

袁娴不得不硬起心肠警告他：“我现在在外面出差，你老是给我打电话，我有时会接不到。你不要老是想着打电话。”

陈朗也知道自己太缠着她了，怕被嫌弃，拒不承认："不要脸，谁天天想着你了。你等着，等我有出息之后，我就嫌弃你了。"

色厉内荏，他纸老虎的样子袁娴见多了，前一秒吵着再也不理她了要绝交，忍不了五分钟又来打探她的行踪。有两天她实在太忙了，正好是法定节假日，公司接了几个大单子，她天天在外面交接，忙到飞起。

他一天给她发好几条消息，却没有一条回复。等到袁娴终于有空给他回消息了，那边就委屈得不得了，抱怨她晾着他。

袁娴工作上的事情确实很烦琐，没有更多精力照顾到他。而且她的恋爱观主要是自在，可以黏糊，但有事情忙的时候，一定要给对方足够的空间。

陈朗却觉得，就算再忙，也该回一条消息，跟他说一声，他就会安安静静地等着。而不是这样没有原因，莫名其妙突然玩消失，多来几次真的受不了。

说到最后他难过得不行，语气哽咽："我没有小心眼，我也不要你二十四小时都把我放在心上。就是一句话，你回我一下，就说在忙，我就等。有那么难吗？"

他其实也挺敏感细腻的，面对她多少有点玻璃心。他本来就不自信，被她这样可有可无的态度一刺激，心里说不出的难受。袁娴默默地听他说完，意识到自己的错误："对不起嘛，我真的在忙。"

"第几次了，每次都这样，你都不改。"之前也是不回消息害他担心，明明保证过看见他的信息就会秒回，才过去多久又故态复萌。

有些话电话里说不清楚，袁娴问了陈朗的地址，打了车过去。

白天太阳像火炉一样烘烤着大地，空气中热浪翻滚。稍晚些的时候，地表的温度散发，依然闷热难当。

陈朗坐在她公司楼下不远的一个公交车站台，眼神迷茫地盯着虚空。

袁娴还穿着职业装，把刚刚买的冰水递到他手上，讨好似的：“不生气啦，回家吧，我真的知道错了。”

陈朗冷哼一声，扭头不看她。他额前的头发有几缕汗湿了，贴在脸上，鼻尖浮着几颗小汗珠。他的皮肤干净又白皙，浓黑的眉毛往中间拢着。

“等多久啦？谢谢你过来接我下班，你这么热我也会心疼的啊。”她拉着他的一只手晃呀晃。

本来还想生气的，可是她温言软语求了一会儿，陈朗心里的气不由自主就烟消云散了。可以说从看见她开始，他内心负面的情绪就积攒不住。

他也知道即使对她要求，她该忘的时候还是会忘。他在奢求什么呢？他们已经在一起了，只要她不喜欢上别人而放弃他，其他的都是小事。

面对她的时候，即使是很生气的事情，他也能把自己哄好，再不甘心又能怎么办？

不过即使两个人都很忙，好在周末的时候可以一起吃饭见面。两个人约定了这个周日一起去吃日料，陈朗从星期五就开始期待。杨路看他心情很好的样子，就要去招惹他，结果不小心折断了陈朗手机壳上的挂件。

陈朗气得想打死杨路，狠狠地瞪着他。杨路吓得瑟瑟发抖：“不是吧你，以前也不是没弄坏过你的东西，大不了赔你一个呗，生什么气呢？”

“绝交吧，这日子没法过了。”陈朗捧着断成两段的挂件，心疼得要命。

杨路看他一脸确实很舍不得的样子，挠挠头发讪讪地说道：“至于吗？”

“怎么不至于，女朋友送的，独一无二。”林俊钊给杨路解惑。

杨路咂舌：“难搞，那怎么办？要不我请你女朋友吃饭，让她再给你买一个？”

陈朗看他一眼，幽幽地说道：“你不配。”

这能忍？有异性没人性，杨路要找陈朗拼命，林俊钊抱着杨路，三个人滚成一团。闹够了，杨路爬起来：“我说真的，陈朗你厚道点啊，你女朋友我们不见见像话吗？”

他也想啊，问题是现在还不合适。除开袁娴的身份，陈朗交代了大致的情况。

杨路摸了摸下巴：“这样啊，看来挺不错，还在乎你的学习呢。”

“那当然了，她上的学校特别好，现在又能挣钱。”陈朗特别以袁娴为骄傲。袁娴是他喜欢的人，也是他的目标。

“所以你是因为她，刚进大学就开始拼命？”林俊钊比较在乎这个，“这样的话，你家里还反对个毛线啊？要是我的话，我爸妈绝对给人供起来。”

“就是啊，你学习都这么好了，家里肯定不会反对的，你们俩还怕什么呢？”杨路实在对陈朗的对象太好奇了，这简直有化腐朽为传奇的力量啊。

两个人一顿分析，把袁娴夸得天花乱坠。陈朗与有荣焉的同时，心里也有点飘飘然，心想确实没有什么好害怕的。袁娴现在的态度要是让陈晓知道了，也一定会顾及陈晓，不会轻易甩了他吧？

越想越觉得可行，陈朗蠢蠢欲动想跟袁娴商量一下，却又找不到合适的时机。说不定周末出行是个不错的机会，他就越发期待那一天的到来了。

到了周日，陈朗起了个大早，洗了澡，换上一身清爽休闲的衣服。

袁娴昨天本来休假的，被上司告知有一个项目对象着急要出差，让他们赶紧过去签合同。于是她跑回公司加班，虽然合同已经拟好，但是没有检查，本来时间还宽裕可以留到这周，可是等检查完没有纰漏，对方又参加了一个紧急会议，忙完就到晚上了。

对方觉得抱歉要请他们吃饭，上司婉拒了。对方本来行程就很赶，所以也没坚持，她才得以回家。还没有睡醒，陈朗又打电话过来让她开门。她眯着眼睛打开门又一头栽进被子里，抱着枕头要继续睡。

陈朗扑上来抱着她，捣乱不让她睡。她闻到他身上清爽的味道，睡意跑了一半。她捏他的耳朵：“想掐死你，又不让我睡觉。”

“一天天的就想掐死我，我也太可怜了。”他干号了两声，在她身上挠了挠，滚来滚去。

袁娴弓着背躲不开他的追逐，被挠得“嗞”了一声，听到他喃喃自语：“你怎么这么香啊？”不是人工香氛的味道，幽幽淡淡的，特别好闻。

他凑上去亲了袁娴一口，越看越觉得她好可爱，温馨的气氛弥漫着。他就猜到袁娴起不太早，所以七点就跑过来，就为了看她起床时跟他撒娇的样子。

袁娴彻底清醒了，推推搡搡之间，感觉陈朗的体温很高，她揉了揉他柔软的头发。陈朗越发热情，几乎整个人贴上来。

上周整个周末他都窝在她房里，亲亲抱抱不厌其烦，就算相对无言也觉得开心。她也喜欢跟他待在一起，陈朗长得好看，介于少年和青年之间，看着就赏心悦目。

他笑着把脸埋进她头发里。

他喜欢这样拥抱她。袁娴拗不过他，只好由着他。她分外乖巧地偎依在他怀里，陈朗恨不得就这样一瞬间天荒地老。

“起来了，出门晚了就没得玩了。”抱了一会儿，袁娴拍拍他的肩膀。每次过来都在房间里待一天有什么意思，而且被陈晓发现的概率也会增大。

“就这样玩，玩一辈子。”去外面哪有在家里好玩。

“你姐一会儿回来了怎么办？”

“她看到就看到了，我不怕。”

他耍赖不肯起来，也不肯放开她，袁娴只好哄着。结果他变得得寸进尺，她就在他腰上掐了一把，皱着眉头喊：“再不起来我抽你了。”

“果然，就不应该让你得到，得到就不会珍惜了。”他一脸惆怅，仿佛被始乱终弃的怨妇。

袁娴气笑：“我得到你什么了？”

“这叫什么？翻脸无情。”

袁娴一脚踹在陈朗屁股上，被他一把抓住了脚。

袁娴抓着他的手腕：“不要玩了。”

他不由分说地在她嘴上亲了一口：“不玩就不玩。”

袁娴带陈朗去的那家日料店，也是朋友带她去的，食材特别好，陈朗一个不喜欢日料的人都吃得心满意足。

两个人吃完饭出来，看到旁边一家金饰店在做活动。想到今年出的一款情侣纪念币，袁娴心血来潮想买。

店员笑容满面地将他们带到柜台前，袁娴又看中了一些银质手链。陈朗之前过生日，袁娴送了他一个机械键盘，后来他每次打游戏时都用那个键盘。

陈朗双手撑着脸："我给你买吧，我还没给你买过东西呢。"

"你不是经常给我买东西嘛，吃的用的。"

"那些都不算，没有什么意义。你看这条手链就挺好，你要天天戴着，天天想我。"正好他还有一笔奖学金没有用。

"可是我的生日还早啊。"

"你忘了，今天是我们相恋一百二十三天纪念日啊。哎，也很有纪念意义好不好？"

这也能纪念？袁娴无语地看向陈朗，正好店员介绍到一款情侣项链，设计很精巧。陈朗就更想买了，也不问袁娴，直接付了钱，要给她戴上。

这大庭广众的，袁娴躲开他的手："回去再戴，你先装起来。"

"试试效果，我觉得挺好看的。"他拿到手里就给自己戴上了，特别迫不及待。

转过一个弯就是电影院了，袁娴往取票机看了一眼，顿时愣在原地，饮料卡在嗓子眼咽也不是，不咽也不是。

陈晓跟张迟手拉手，捧着爆米花和饮料，一看就很亲密的姿势，这个时候也震惊地瞪着他们。

怎么就忘了，今天陈晓偶像的新电影首映，她是一定会来看的。

这是一家装潢很清新的咖啡馆，灯光明亮，大厅的色调设计是暖色系，非常舒服。今天周日，人挺多的，靠门的几处位置几乎都坐满了，所以他们四个人便在外面坐下。

刚一坐下，陈晓和陈朗互不相让，瞪着对方，陈晓是惊诧又有点“果然如此”的尘埃落定感。其实她早就怀疑弟弟跟袁娴之间有点什么了，陈朗之前也不是很爱去她租的房子那边，袁娴一来他就天天过来打卡。有时候一起吃饭，她都没反应过来袁娴不吃的东西，直接就被陈朗挑走。

上一次陈朗去 A 市，说是看学校，但是她有跟杨路和赵飞飞联系，他们都不清楚陈朗去那边的事情。平时这几个人玩得最好了，陈朗有事情一般不会瞒着他们。

而且袁娴这边也有不少破绽，她们都快毕业了，谁还管考试之类的事情，但是袁娴很积极。

袁娴在网上买了许多陈朗专业的书，她好奇问起来，几次都被敷衍过去。有一次她发现陈朗做题的书跟袁娴买的一样，当时还只以为是那套题比较火，用的人多，可现在看来，那书就是袁娴给陈朗买的。

陈晓有点生气，觉得被最好的朋友和弟弟一起骗了，他们在一起了居然还瞒着她：“你们俩怎么回事啊？在我眼皮子底下瞒得够严实啊。”

“什么怎么回事？我喜欢她，她喜欢我，交往难道不是天经地义的事情？要跟你交代什么。”听见陈晓略带不满的语气，陈朗挺身而出，一副理所当然的态度。

本来袁娴就害怕东窗事发陈晓会生气，他要是退缩了，她肯定会很难过。

“不是，我之前就问过你是不是谈恋爱了，有必要瞒着我吗？今天不是被我看见了，你们俩打算什么时候说啊？”

“那个时候我还在追求期，说什么？说了之后让你给我搅黄了？我看起来很傻吗？”陈朗吊儿郎当，完全不觉得有问题。

陈晓也问不出什么来，好像有很多问题想问，却又觉得没有意义：“你们在一起多久了？”

陈朗的态度不大好，袁娴不让他说话，自己老实交代：“也没有多久，就是这一次年后过来的事情。”想了想，她还是觉得不能把实话说得太明白。

她心里也挺忐忑的，两只手握在一起，盯着陈晓的脸色。

陈朗轻轻握住她的手，看向陈晓：“我以前的事情你都不管，这一次干吗这么计较？你放心好了，我们俩会长长久久的，不给你惹麻烦。”

就算陈晓反对他也不会放手，但他又不得不在乎袁娴的感受：“你别看她，是我主动纠缠她的，磨了好久她才答应。我从她过来实习就开始喜欢她，一直在追。上一次我去 A 市向她表白，然后她说考虑一下，只要家里不反对就正式在一起。事情就是这个样子，你还有什么要问的？”

事情到这差不多算是交代清楚了，细节也不是一时半会儿说得清的，陈晓摇摇头。她其实并不生气袁娴跟弟弟在一起，毕竟陈朗说了是他主动的，袁娴估计也是因为顾及她，才一直拖着。

她的处境和袁娴极为相似，明白喜欢一个人没有道理，不能因为她夹在中间，就硬要拆散有情人。她只是觉得有点别扭，弟弟和最好的朋友在一起了她都不知道。

陈朗一股脑交代完了，等陈晓消化完，就该他盘问了：“既然我们俩搞清楚了，你们俩又是怎么一回事？这人是谁啊？好像跟我差不多大吧。陈晓，你出息了啊。”

陈晓一窘，看看张迟，再看看陈朗。张迟把陈晓的水杯续上水，左手放在她的椅子后面，坐姿随意又舒服，单眼皮轻掀：“怎么，你有意见？”那漫不经心的语调，是没怎么把陈朗放在眼里。

“哈？”这嚣张的语气让陈朗以为自己听错了。

这俩人碰在一起很有可能吵起来，陈晓头都大了：“袁娴我们先回去了，等我晚上回去再说。”

陈晓拉着张迟先跑了，陈朗话还没说完，气成河豚：“太过分了，太嚣张了。陈晓找的是什么人嘛，我不同意他们俩在一起。”

第一次见面，张迟就把陈朗刺激大发了，回家的路上陈朗心情还不能平静。但是他一想到跟袁娴的关系在陈晓面前过了明路，以后再也不需要躲躲藏藏的，又觉得很开心。他抱起袁娴转了几个圈，袁娴头都转晕了，听到他开心的笑声，也不由得开心。

下午他们就在家里待着，电影没看成，袁娴找了一部老片子，投放在电视上。这部片子她已经看了好几遍，还是很喜欢。陈朗倒了两杯饮料，刚开始还规规矩矩地挨着袁娴坐，没过多久便躺下来，头枕着她的腿。

他不好好看电影，从下方盯着她的脸，看得津津有味。这个角度，即使再漂亮的人也是死亡角度。袁娴把他的脑袋扳正，对着电视。他哼了两声，又扭过来手圈着她的腰。

“追陈晓那个人，你认识吗？”

这个问题有点不好回答，袁娴不知该怎么解释：“算是认识吧。”

“多久了？”

“半年了……”

“他们什么时候在一起的？”

“年前没多久。”本来不想说的，还是陈晓自己跟他说比较好。但是陈朗问得不是很具体，她一不留神就说多了。

陈朗沉默了一会儿："你们俩就一起骗我。早知道她也偷偷谈恋爱，你还怕什么？结果偷偷摸摸这么久。你是不是故意的？就是不想公开我。"

这可就太冤枉了，袁娴立马说道："情况根本就不一样好不好？陈晓先前就说过不想我跟你在一起，大概觉得我们俩要是分开了，她会很难受。可是她跟张迟就没有这样的顾虑。"

"反正你们就是不相信我是真的喜欢你，不相信我们能长久呗，你就是不相信我。"他钻牛角尖似的指控。

"你别没事找事，还不是因为你没个定性。要是我们俩分开了，我还要在这儿住着，不尴尬吗？我虽然没有前任，但是我绝对不会留着前任的微信，跟你这么熟，留还是不留呢？"

陈朗之前的行为是很容易给人多情浪子的感觉，也不怪陈晓防着他了。

真是搬起石头砸自己的脚，说起往事陈朗多少有点心虚，小声说道："我这不是早就改邪归正，遇见你之后就没拈花惹草了。到现在为止，我没有主动加过女生微信，来问我要微信的我都拒绝了，拒绝不了的也跟你一样，过后就删了。你不准再揪着以前的事不放。"

袁娴的目的不是吓唬他："这不是在跟你解释嘛，你急什么。"

"反正这一次就算了，我们俩也公开了，以后不准故意把我藏着掖着了。"

"知道了。"

"有机会我想见见你家里人。"

"会介绍你们认识的。"

"这还差不多。"

他安静下来，拉住她的手放在自己脸上，捂着鼻子，把热气喷在她手心，跟玩似的。袁娴怕痒，想抽回手，陈朗就把她的手放在自己眼睛上，袁娴顺势挡住陈朗的视线。

“好了，我看不见了，以后你就是我的眼睛了，你可要好好照顾我啊。”

他经常说些怪话，袁娴没好气地说道：“照顾个鬼！前面有个坑，我就牵着你走过去。”

“那也好，我们一起掉坑里，谁喊也不出来。”就这样，二人世界一辈子。

今天陈晓回来得早一点，吃完饭，陈朗就听到开门的声音，拿了一把椅子坐在门后，双手抱在胸前，虎视眈眈地盯着。小十蹲在他脚边，眼睛也盯着门口。陈晓进门看着这俩，身子往后一仰：“干什么？”

“审问，坦白从宽，抗拒从严。”

陈晓把包放在沙发上后，进了卫生间。陈朗等在门口，寸步不离地跟着。见躲不过这一遭，又想到两个人半斤对八两，都有把柄在对方手里，她也不怕：“你要问什么？”

陈朗没怎么问，他主要就是对张迟的态度表示不满，陈晓仔仔细细全交代了。

陈晓指着他：“好了，我的事情就是这些，以后再说其他的，咱们俩都一样。你不准跟爸妈说，我也不说。”

“你不觉得你那个男朋友很嚣张吗？他是不是真喜欢你啊？当着你的面对你亲爱的弟弟一点都不客气，陈晓你可别被人骗了。”陈朗极力说张迟的坏话。

陈晓瞪了一眼胡说八道的弟弟：“他就是有点冷淡，有点霸道，平时人挺好的，你别瞎说。”

“这还没嫁出去呢，胳膊肘就往外拐了，几十年白养了。”陈朗阴阳怪气地嚷嚷，他就是故意想气陈晓。

陈晓坐到袁娴身边，恨铁不成钢道：“你说说，这么幼稚，你喜欢他什么啊？都是我的错，应该早点给你介绍对象的，也不至于栽在陈朗手里。”

陈朗顿时气炸，不高兴地说道：“陈晓你不是吧，挖我墙角？”

“到底谁挖谁墙脚啊？”她立马怼回去。

“不是我，你现在还不知道在哪里待着呢。上次问你，还装模作样地敷衍我。哼哼。”

“我什么时候敷衍了？倒是你那个谁，一点礼貌也没有，我还不同意你们俩在一起呢。”

他们这一争简直要吵起来，袁娴劝谁都不是。还是陈晓先冷静下来，觉得张迟确实太自我，对陈朗不大客气：“好了，我们各退一步，你不要干涉我，我也不管你。”

# 第 15 章

## 百年

虽然嘴上说着互不干涉，陈朗还是很关心陈晓，千方百计地打听她跟张迟的事情。放学后他也是第一个给陈晓打电话，说得理直气壮：“你在干吗？你下班了吧？过来接我。”

陈晓那边刚刚有人在说话，在陈朗竖起耳朵听的时候，她已经走到了一旁：“我在外面呢，你自己打车回去，车费我报销。”

“你跟谁在一起？别是在那个谁家里吧。”

“你管我呢。”陈晓略有些心虚，她知道陈朗跟张迟不对付，可是一个霸道、一个暴躁，压根儿没办法化解两方的矛盾。

陈朗最近天天过来出租房睡觉，每天晚上都打好几个电话喊陈晓回家。有时候周末在陈晓准备出门的时候他会拖着她不让她走，不然就自己也跟去。反正他是怎么能制造混乱就怎么来，无声地在跟张迟较量。

这小孩子一般幼稚的举动，袁娴看他玩得开心，也不管他，就是陈晓夹在中间很为难。

陈晓换好衣服，轻手轻脚地走到门边。陈朗靠着客厅拐角的墙守株待兔，突然出声：“干吗去？”

陈晓吓得一哆嗦，拍了拍胸口：“人吓人吓死人知不知道？你幽灵啊，走路一点声音都没有。”她明明听到他在厨房说话，才想悄悄走掉的。

“平生不做亏心事，夜半敲门心不惊。”他抬起手腕看了一眼，“都七点了，大半夜的上哪里去？”

“怎么就大半夜了？天都还没黑呢。”

管他三七二十一，猜都能猜到肯定跟张迟有关。陈朗笑眯眯地说道：“你出去的话我也去。”

陈晓默默地换鞋子，被陈朗一双清亮的眼睛盯着，压力还是挺大的：“你去干吗呀？有空不如找袁娴玩去，你不找她玩，没过多久她就把你给忘了。”

“我们的事情不用你操心，反正她也不爱联系我。”都这个点了还没回来，也不给他发个消息。陈晓谈恋爱，总是陈晓主动去找张迟，袁娴都不爱搭理他，陈朗越想越心酸，心里更不爽了。

“这你可就误会袁娴了，她只是不爱联系人，并没有把谁看得不重要。之前放暑假，回家两个月，她都可以不联系我，到学校又没有一点异常，照样跟我玩得好。只能说她就是那样的性子，你可别跟她闹。”

已经闹过了，还好几回，陈朗不过随口一说，并不是跟陈晓抱怨什么。听陈晓这样解释，他心里反倒觉得甜丝丝的，不过即使这样也丝毫不影响他搅和陈晓的约会。

姐弟俩在门口闹着，一个要去，一个不想带。

袁娴推开门看见他们俩，把钥匙放在鞋柜上：“干吗呢？怎么都在门口？”

“你回来啦？”陈朗眼睛一亮，就像一只小狗，只差摇尾巴了，他小跑着迎上去，自然地接过她的包，再看着她换好鞋。今天跑了好多地方，袁娴很累，手轻轻地捶着肩膀走向沙发。

“是不是累了？我给你揉一会儿。”

陈朗屁颠屁颠地倒了一杯温水递给袁娴，袁娴露出狐疑的神色：“你会吗？”

“小瞧我，以前打篮球跌打损伤多了去了，看多了就自然会。”

他轻轻揉着袁娴的小腿，力道还挺适中，本来僵硬的肌肉果然好多了。袁娴笑着抓了抓陈朗的头发：“你们俩都站在门口干什么？你又捣乱啦。”

陈朗想起什么，突然往后一扭头，门口哪里还有陈晓的影子，早溜之大吉了。

“啊，我都忘了。”他一看见袁娴，哪里还记得找陈晓的麻烦。

由于陈朗的捣乱，确实给张迟造成了一些影响，依他的性子多半会视而不见。但对方是陈晓的亲弟弟，以后就是他的小舅子，真把陈朗惹毛了，关系搞得僵硬了会不好收场，说不定还会给他使绊子。

所以，张迟决定请陈朗吃饭。

陈朗得意地说道：“现在知道讨好我，早干吗去了？我缺他一顿饭吗？想拐走陈晓，没门儿，我不去。”

陈晓无奈地向袁娴求救，袁娴表示自己想去，陈朗这才勉强答应赴这一场“鸿门宴”。

张迟早早定下一个小包间，是一家挺有名的餐厅，厨师直接在包间做菜。

陈朗一副庄严冷静的派头，尽职尽责地扮演一个不好惹的娘家人形象。张迟这一次终于有点自觉，对陈朗客客气气的，或许是提前被陈晓交代过了。

刚开始两个人还不说话，谁都不理谁。等菜做好了开始吃，酒也上来了以后，只有他们俩喝酒，气氛就缓和多了。陈朗喝了几罐酒，和张迟碰了一下："你喜欢陈晓什么啊？"

"很多，说不出来。"

"你们能在一起多久？你比她小那么多，脾气还臭，不会打人吧你？"

"……"

"她笨得很，你要是嫌弃了，趁早给我送回家，免得祸害你。"

"想多了。"

两个人你一言我一语，气氛不是很和谐，但是远不至于剑拔弩张。张迟对陈朗的废话很有耐心，句句都会回答，喝酒的节奏把握很得当。

陈晓也有些惊讶："有意思了，还没见过他这么有耐心的时候呢。陈朗简直一脸傻样。"

"还好吧，我觉得挺可爱的。"袁娴对于陈朗关心陈晓的举动很支持，看出他别别扭扭的矛盾也觉得好玩。这一顿饭吃完，陈朗的状态就正常多了，对待张弛就像对待杨路几个人一样，再不故意找碴儿了。

两个人喝得脸蛋发红，陈晓送张迟回家，袁娴和陈朗打车先走。

他闭着眼睛靠在袁娴肩上，依赖十足的姿势。袁娴扭头看他一眼："喝醉啦？"

“没有，就是头有点晕，脑子清醒着呢。我还记得你，记得你是我女朋友，会一直喜欢我的人。”

“我是你女朋友啊，我怎么不记得？”

“反正你就是，耍赖是我的特权，你不准。”他微微仰着头，盯着她的脸看得很认真，看久了自己又先害羞起来，“我喜欢你，你做我女朋友好吗？”

“好啊。”

“以后我每次这样问你，你都说‘好’行吗？”陈朗认真地问。

“为什么？”

“因为恋爱需要新鲜感啊，我每说一次，就是一场全新恋爱的开始，我们从头再来，重新认识。我要我心里‘袁娴’这个形象一点一点填满，往后某一天我就能拥有完整的你了。”

四月份的时候，袁娴实习期结束，回到 A 市为毕业做准备，同时找了新的工作。陈朗每天只能在视频上看看她。

天气一天热过一天。

袁娴实习结束后回了一趟家，主动交代找了男朋友的事。她没有说得很明白，算是打了预防针。袁妈虽然好奇，可袁娴不肯说她也没办法。

陈朗拿到了交换生名额，没过多久就是暑假，他跟杨路等几人到处玩，最后又觉得没意思，便给袁娴打电话说想见她。

袁娴沉默了一会儿：“跟你家里说一声，自己坐飞机过来。”

陈朗仿佛被放归山林的猴子，只跟陈晓简单地交代了几句，当天就飞去了 A 市。

袁娴上班比较忙，陈朗在机场等了两个小时，她才匆匆忙忙开车过来。

陈朗关掉游戏，收起手机，站起来，笑得特别开心："你怎么才来，我都等你好久了。"

"对不起，工作忙嘛，实在走不开。"

他上前两步，轻轻地将她拥进怀里："我好想你。"

"我也想你。"

袁娴租的房子地段位置都比较好，很简洁的一室一厅，一厨一卫。屋里四处都是她的东西，空间比较小，但是十分温馨。陈朗好奇地转了一圈，没发现其他人的痕迹。

袁娴将他的行李箱放进卧室，床上放着她的衣服，他心里立马荡漾了："你住这里多久了？"

扭头瞅见他红红的脸，像是立马猜到了陈朗在想什么，袁娴没有戳破："从C市回来就租好了，你先住着，等你去学校报到了再说。"

晚上他们就在出租屋里做了简单的晚餐，天气热，都没有出门玩的心思。

吃完饭天色已经很暗，从楼层高处看出去，天幕被高楼大厦切割开来，难得的橘色从地平线上晕染开来。汽笛声从楼下传来，有一种隔着时光的距离感。

陈朗清了清嗓子，颇为庄重地宣布了自己拿到交换生名额的好消息，语罢，还不忘提醒她二人的约定。

"我爸妈说我今年很有长进，要给我奖励。"

"嗯，知道了。"

"你也说过要给我奖励，不许耍赖。"他的眼睛异常明亮，全神贯注。

“你想要什么奖励？”

“从今天开始你就是我板上钉钉的女朋友了，不许再把我们的关系藏着掖着。”

交换过来的这所学校有个规定，头一年必须住校。陈朗得知这个规定后，整个人都不好了：“什么变态要求？为什么不能住外面，我不服。”

“是规定就好好遵守，不准耍赖。”

袁娴在整理他的衣服，还有被褥什么的，用行李箱装起来给他带去学校。陈朗往床上一滚：“丧尽天良啊，我还没走你就把我扫地出门，我太可怜了。”

被他压着的一件短袖扯不出来，袁娴用力拽着衣服：“再不起来我就走了，你自己收拾。”

威胁很有成效，陈朗慢吞吞地爬起来，看着袁娴忙进忙出还很欢快的样子，心情越发不好了。他抱着膝盖，跟小十蹲在窗边的榻榻米上：“小十啊，可怜的娃啊，爸爸对不起你，才把你接过来没几天，你妈就赶咱们出门啦。以后跟我去流浪，你可要听话呀，乖乖的，叔叔阿姨们才会给你好吃的。”

他演得开心，袁娴也不理他，起身打算出门丢垃圾去。陈朗一个箭步冲上来：“干什么去？”

她提着垃圾晃了晃，他凶巴巴地说道：“我去，你休想抢我饭碗，这是你该干的事吗？”

陈朗提着垃圾走在前面，垂头丧气。回过头看到路边有卖水果的，也很快移开了目光，袁娴小跑着跟上他：“有你喜欢吃的桃子，不买点吗？”

他摇头，一声不吭。袁娴站着不走了：“可是我想吃西瓜。”

他抬起头，幽怨地瞅她一眼，买了巴掌大的两个西瓜抱在怀里。

该不会真生气了吧，袁娴说：“还生气呢，住校就住校啊，每个周末都可以回来，我又不会走。”

他停下步子，漆黑的瞳孔里很平静，有点委屈地说道：“道理我都懂，可我就是舍不得你，就想天天看见你。住校一点都不好，跟异地恋一样。”

他怎么这么黏人啊？袁娴觉得受不了他，可是被他牵挂想念着，心里又很高兴。她主动牵起他的手：“未来几十年都要看到我呢，这点分别算什么，我一直都在。”

“那等我年纪到了咱们就结婚好不好？”只有她彻底属于自己了，他才能放心。

袁娴不是一个会被牵绊住的人，她的性格像风一样自由自在，从来没想过会被家庭绊住脚。可是听到陈朗的这句话，她居然心甘情愿地点点头：“好。”

袁娴不是个黏糊的人，就像陈朗说的那样，工作在她心里永远排第一位。即使他交换到A市，被迫住校，聚少离多，他也不得不习惯这样的生活。反正第二年他便可以长久地住在外面了。

他每天放学后会先去楼下的超市买菜，一个人提着东西慢悠悠地往回走，在公园石凳上坐一会儿。空地上有几个小孩在玩陀螺，他随手拍了一张发给袁娴：“小时候我也玩陀螺，还有玻璃球，上小学就跟他们一起踢毽子。我可厉害了，能踢一百多个不落地。”

他们那个时候特别流行自己制作毽子，把塑料袋剪成条状，用打火机一烧，捏得紧紧的。这样制作出来的毽子轻飘飘的，踢多久都不会落。每天一下课，全班同学都在楼道或者教学楼前的空地上玩毽子和沙包，上课铃响了还舍不得走。

“你这么厉害吗？”袁娴不爱运动，体育课只跟朋友逛操场或者在树下看书，虽然会打乒乓球、羽毛球，也还是小学时学的。

“现在还会踢吗？”

“不会了，好久没试过了。”

袁娴就知道他肯定好久没玩过了：“我记得我上中学的时候，有一段时间魔方特别火，同学们上课下课都在玩，我到现在还记得口诀呢。”

那个时候还有一部电视剧，讲溜溜球的，在学校也很风靡，人手一个。她也有，她特别爱惜东西，好多东西在她手里就算用完了，包装也还是崭新的模样，只是溜溜球被堂弟拿去祸害了。

几次搬家，她留下的东西不多，中学时的毕业照也不知弄丢到哪里去了，说起来还有点遗憾。

晚上回来，陈朗已经在家。吃完饭，两个人坐在沙发上。他在背后摸来摸去，摸出来一个魔方，袁娴就教他玩。具体的口诀她背不太出来，但是手有记忆，几下就将六面全转了回去。

陈朗瞪大眼睛，试了半天才终于能把第一面给拼回去，得意地在沙发上打滚。

袁娴捏着他的耳垂：“怎么想起来玩魔方？”

“因为想知道你在学生时代都玩些什么呀。虽然那个时候没有我，但是现在也不晚，等你下一次想起来，回忆里也就有我了。”

“虽然以前没有你，可是今后都会有你啊，这个也要计较？”

“不是计较，只是有点遗憾。你看，我先爱上你，以后我们两个人一起死，我爱的时间就比你长。”他说着，口吻有点失落，“所以，你以前的事情，我也想知道。”

“你怎么确定我们俩会一起死？”

“会不会的我也说不准。其实我想比你先死，这样我就不用独自承受失去你的痛苦，每天都在思念里度过了。”

“越说越来劲了。”袁娴不以为意。

“我要是活一百岁，你就活一百零四岁。我在黄泉路上等你，你不要让我等太久。”

对于袁娴一直没有把他介绍给家里人，陈朗经常犯嘀咕。每次她跟家里哪位亲人通完电话，他都要旁敲侧击地问东问西，打听人家的喜好、工作之类的。

他也想过主动跟她说，有没有机会见一见她家里人。但他暗示了几次，媚眼全抛给了瞎子，袁娴根本不接话茬儿。他惆怅地想，等他毕业到了结婚年纪，一定要跟她回家看看。

有时候，事情就是很奇妙，踏破铁鞋无觅处，得来全不费工夫的阴差阳错事件不计其数。盼了好久的事情忽然摆在眼前，竟然有种不真实感。

这天，袁娴突然对他说：“换件衣服，晚上我哥过来，咱们请他吃个饭。”

陈朗整个人都不好了，反应过来就去找衣服换，把衣柜翻了个底朝天。他嫌弃这件太幼稚，那套又不正经，袁娴笑眯眯地看着他折腾。

等他又换了一件短袖到她跟前征求意见：“这件怎么样，会不会太学生气，还是要端庄成熟一点？万一大舅子觉得我太小了，不能照顾你，那可怎么办？”

“你可以穿上一次买的那件白色衬衫啊，搭一条蓝色宽松牛仔裤就很好了，有什么好忙的。”她也见过他爸妈了，就没像他一样无头苍蝇似的乱撞。

换好了衣服，新的问题又来了——袁娴大哥在一个国际化公司上班，迎来送往见的都是商业精英。

他什么都没有，还是个没毕业的大学生。袁娴虽然不嫌弃，可是在她家人面前，他怕自己拿不出手。

陈朗有些害怕，一晚上忐忑不安，走在路上还想临阵脱逃。当他站在饭店门口，深呼吸好几口气才走进去。

袁娴大哥是个周到温柔的人，对待弟弟妹妹亲切得很。他是自在舒服的，可陈朗全程紧绷，不敢多说话。

大哥瞅着两个人，对陈朗不会过于亲近，却也不至于冷落他，一顿饭宾主尽欢。把大哥送去酒店后，两个人走回家。陈朗无精打采：“大哥是不是不喜欢我？”

客客气气，一看就是对待客人的样子。虽然也问了他的家庭和学业，但都是平平淡淡的口吻，没提任何要求。就好像对他没有期待，无所谓他是什么样子，这样绝对不会是对待妹婿的态度。

“没有啊，我大哥就是那个样子，等以后你们熟悉了就知道了。”

“你家里还有兄弟姐妹吗？”

“我妈就生了我跟我大哥，倒是堂表兄弟姐妹挺多的，以后你也会见到的。”

陈朗“哦”了一声，这一路他们都非常沉默。有时候晚上他们也会在楼下散步，看看公园里的热闹。今天他兴致缺缺，袁娴在手机上问大哥觉得陈朗怎么样。

然后她把手机拿给他看：“我大哥挺看好你的，说了你不少好话呢。他可没有这样夸过我。”

陈朗接过手机，看到聊天页面正是袁娴的大哥。虽然只有寥寥几句，却也是对他的认可。陈朗不受控制地开心起来，捧着手机，几句话看了老半天。

他喜欢她，怕的无非也是她家人的嫌弃。

冬天天冷，袁娴工作忙，一场小感冒引发了高烧，要在医院住几天。

陈朗中午放学后给她买了吃的，又陪了一下午，晚上护士便开始赶人。

他不情不愿地走了，等护士查完房又溜回来。病房里不止她一个人，他悄悄地摸进来，撩开帘子，快速蹿到床上。袁娴摸到他冰冷的手："你怎么回来了？"

"不想这么早回去，家里就我一个人。"

"不早了。"

他扭了扭身子，挨着她找了个舒服的位置，伸出手轻轻抱着她的腰，小小的单人床上挤着两个人。

被子上还有消毒水的味道，混着她身上令人心安的香气，陈朗从被子里伸出手，拿过桌上的东西："给你买的。"

几朵花开得正盛，还有露水滴在花上，清幽的香气冲淡了消毒水的味道。

袁娴接过去看了一会儿，放在另一边的床头柜上："晚上还有卖花的？"

"就在医院门口，我本来打算走了，刚好遇到了。"想到她一个人孤零零地在医院躺着，他就忍不住又回来了。

喉咙有点痒，她捂着嘴对他说："回去睡吧，我还有两天就能出院了，没事的。”

她就是太累了，小感冒没有及时治疗，导致扁桃体发炎有点严重。陈朗舍不得走，陪着袁娴，两个人躲在被窝里说话。马上就到夜间查房了，在袁娴的再三催促下，陈朗才恋恋不舍地走了。

天色很暗沉，肃冷的空气往人脖子里钻。陈朗一个人走在路上，从花坛里钻出来几只流浪猫，在冷风中冻成一团。其中一只只有巴掌大，似乎还是只小奶猫，孱弱的叫声可怜又可爱。

陈朗蹲下身，小猫的腿只有他的食指长，颤颤巍巍地一步一摇。他左右看了看，路上并没有行人。

他把小猫拎起来装在自己兜里，回家第一件事就是先给小猫洗澡，然后放在小十的窝里，把猫食挪到跟前。小奶猫嗅着地面挪过去，狼吞虎咽地吃着，小十歪着脖子蹲在陈朗脚边。

陈朗给小奶猫拍了几张照片，然后给袁娴发过去：“家里第四个成员，请叫它小小娴。”

“哪里来的？”

“上帝说，你不在家，我太可怜了，所以把小小娴送来陪我。”他觉得这只猫长得很像袁娴，大大的眼睛，小小的嘴巴，看人的眼神柔柔的。

得知这只猫是捡来的，袁娴出院之后就带它去打了疫苗。陈朗没有给它取名字，一直叫它小小娴。袁娴觉得怪怪的，却又拗不过他。

虽然有一个非常女性化的名字，但小小娴其实是一只公猫。两只小猫不是同一个品种，本来打算给他们各自去配种的，却意外发现年后小十一点动静也没有。

带它们去宠物医院一检查，小十果然怀上了。陈朗拎着小小娴的后脖颈，点它的鼻尖：“坏东西，姐姐也是你能碰的吗？现在怎么办？姐姐有宝宝啦，你要护着她知不知道？”

他一本正经地教训一只猫，袁娴收衣服正好路过：“知道这叫什么吗？上梁不正下梁歪。”

陈朗一听，不以为耻，笑眯眯地与有荣焉：“应该是说我们眼光都好吧，独具慧眼，就欣赏姐姐的好处。”

袁娴翻了个白眼。

小十怀孕之后，陈朗就小心翼翼地看着，每天放了学就看它最重要。几个月后，小十产下四只杂交小猫，喂了两个月后，全送了出去。

小小娴也长大了，长大之后就和袁娴长得不那么像，陈朗也就不喜欢这个名字了，于是给它改成了迪迦。

袁娴很无语，陈朗却十分得意：迪迦多好听啊，他不在的时候还可以保护家里的两个女孩子。

# 番外
## 永远

大四这一年陈朗就要回 C 市上学了。放假后他并不急着回去，袁娴对他说：“快开学了，你先回去准备报名吧。看看还有什么东西需要准备，免得到时候手忙脚乱的。”

陈朗往沙发上一滚，把小十和迪迦搂在怀里：“不想动。”

他仰躺在沙发上，脑袋垂在沙发边沿，跟两只猫亲昵。袁娴收好衣服，把陈朗的挑出来，放在客房里。

说起来，他们两个人的性格有很多相悖的地方。袁娴做事很有计划，比如去什么地方玩，会提前好几天拟订计划和收拾行李。

陈朗则比较随性，事情到眼前了才会动手，如果要去什么地方，总是说走就走。因此经常会有矛盾产生，但是两个人都在为对方做出改变。

陈朗虽然散漫，但遇到比较急的事情，不用袁娴开口，就会自觉行动。袁娴也有意识地改变自己太过焦躁的性格，如果只是一些小事，会很乐意听陈朗的。

她已经说了好几次让他收拾东西，却没有得到回应。她最害怕高估了自己在别人心里的地位，指手画脚之下惹人厌烦。所以她虽然有些失望陈朗的脾性，却也不愿意再开口。

晚上，朋友生日，喊她出去吃饭。先前她就挑好了一瓶名牌香水当生日礼物，忙起来的时候便嘱咐陈朗帮忙打包一下。待到要送出去的时候，她有些不放心，便拿出来看了一眼，发现是被打开了的那一瓶。虽然也没用过，可送出去终归不好。

袁娴迟疑地把礼盒塞到包包深处，朋友看见她的动作，很快岔开话题，跳过送礼物这个环节，后来唱完歌才回家。

一晚上袁娴都心不在焉的，回到家在梳妆柜上找到了没有拆封的香水。然后她给朋友发消息解释了一下，朋友哈哈笑了，表示没关系。

解决了这一桩事，她才放下手机。她洗完澡出来，陈朗还没回来，准备找他算账的心情转变成担心。她给他发消息，过了十几分钟他才回复，只冷淡地回复了一个“哦”字。

袁娴也想知道他在忙什么，但是想着每个人都有自己的隐私，便没有追问，只嘱咐他早点回来。等人的工夫，她挑了一本书看，在床边地毯上睡了浅浅的一觉，两只小猫窝在脚边。

凌晨两点，陈朗还没有回来。袁娴爬上床，挨着枕头睡了过去。

阳光透不过厚重的窗帘，只从缝隙里露出一丝光线。迪迦饿了，在袁娴头顶上转来转去，“喵喵”地叫唤。袁娴揉着眼睛坐起来，一看手机，都十点了，床上就她一个人躺着。

她舀了一勺猫粮放进盒子里，迪迦和小十便埋头苦吃。陈朗一晚上没回来，袁娴有点生气又有点无奈，打他的电话也没人接。

袁娴出门去见了朋友，回到家是中午十二点。陈朗不知什么时候回来了，胡乱地横在沙发上，睡得正香。袁娴蹲在地上，目光从他英挺的眉毛移到鼻梁，最后落在那张不薄不厚的嘴唇上。

她把手指按在他的脸上戳了戳，陈朗慢慢地睁开眼睛，笑得脸都圆了："你回来啦？"

袁娴板起脸："昨晚上哪里去了？夜不归宿，你出息了啊。"

陈朗抓着她的手扶住自己的脸："我好饿，想吃你煮的面。"

"我在问你话，不要转移话题。还有，之前让你帮我打包香水，结果你把我要用的装了起来，还好我发现及时，真送出去了不知道多尴尬。"

陈朗翻了个身，把脸藏在沙发里，一动不动，不知是睡着了还是不理她。见他一副拒绝交流的样子，跟闹脾气似的，袁娴也生气了，站起身走开。

袁娴约了下午两点钟送迪迦和小十去洗澡，一到时间，她径自带着两个小家伙出门。等洗完澡，剪了指甲，两只小猫焕然一新。

她回家还没打开门，就接到了陈晓的电话。

陈晓原本也想跟他们一起去旅游。因为她两年前下乡教书，今年才能调回C市，最后一段时间要给学生补课，走不开。

她很遗憾，交代袁娴下一次陪她去："陈朗没闹脾气吧，你这次又不带他？不过也没法带他去，大家室友约好了去玩，全是女孩子，带着他不方便。"

袁娴打开门，把猫笼提进屋，靠着鞋柜："他没跟我说要去旅游啊，什么叫又不带他？"

"你忘啦？他刚去A市那年冬天没回来过年，说想跟你去滑雪，他连票都买了，结果你最后回家了。"

袁娴记得那一次，他们两个人头一次都不准备回家，陈朗说过要给她一个惊喜。结果快过年的前两天，老妈因为腿疾住院，袁娴匆匆忙忙回了家。后来她有问过他是什么惊喜，陈朗只打个哈哈就过去了。

她把他一个人扔在A市，说二十九号赶回来，结果却被爸妈留住了。他还在视频里说过想她，一个人很无聊之类的话。想起这件事，袁娴只觉心里软了一处。

陈晓又道："上个月他好像跟我说，他想去S市看看，还给我看了出游计划，七天规划得满满的。感觉他是很想跟你出去玩，不过现在又泡汤了，哈哈哈。"

挂断电话以后，袁娴觉得心里酸酸的。陈朗是多次说过想一起出去旅游，可是一直没有机会陪他出远门。因为她工作忙，也没有把他的话真正放在心上过，不知道原来他是那么渴望。

这一次，袁娴跟几个朋友确定好了才通知他。难怪他这几天总是闷闷不乐，还是对他的关注太少了。

把两个小家伙安顿好，袁娴去了一趟超市，买了一只老鸭子和酸萝卜，陈朗很喜欢她做的老鸭汤。

天色已晚，夜幕爬上天空，清冷的月亮高悬。陈朗还没回来，袁娴想了想，打他的电话，却没有人接，还好知道他室友的电话。

"啊，姐姐，陈朗喝醉啦，摔了一跤。我们拿他没办法，你过来一下吧。"

袁娴开车赶到几个人喝酒的场所，接电话的室友正在门口等她，一脸无奈的表情："他好像有点不高兴，上个星期从网上买了一个手拼风铃，挺麻烦的。我说帮他吧，他又不肯，熬夜一个星期，今天才拼好。拼好了他又不满意，说拼得不好看，就拉着我们喝酒。"

袁娴走进包间，看见他抱着茶几腿正嘀嘀咕咕在说什么。其他几个人见她来了，忙退到一旁。

陈朗玩得比较好的室友推了推陈朗：“喂喂，醒醒，看看谁来啦？你不是一直在喊吗？睁开眼睛看看。”

“走开，别拉我，要吐了。”陈朗闭着眼睛，“我不走，我就坐在这里。我等我女朋友，你们走开。”

陈朗虽然一米八几的大高个儿，其实酒量并不好。以前喝酒点到为止，很少醉过，即使醉了也很乖。难得见他发酒疯，袁娴觉得挺新奇，看他蜷在地上，心里又不忍。

包间里有人在唱歌，音响将声音扩散，无处不在。

袁娴牵住陈朗的手，嘴唇贴着他的耳朵：“起来啦，我来接你了。”

陈朗抬头看她一眼，脑袋一歪，砸在袁娴的肩膀上：“你凶我，还不理我，我现在很生气，你别跟我说话。”

“我什么时候凶你了？本来就是你把香水搞错了啊。”

“可是两个瓶子一模一样，都没用过，我又不知道你拆开了一个。我帮你的忙，你还说我。”

袁娴道：“那是我错了，我不该说你，我不对。你喝醉了，咱们回家吧，回去你再骂我一顿。”

“我不想骂你，我骂了你，自己也难受。你以后不要说我了，你一说我我就难受，我怕你不高兴。我也好想跟你出去玩，可你从不带我。”

“下次行吗？下次我一定带你。”袁娴把陈朗拉起来，跟其他人道别，上了自己的车。

袁娴费了好大的劲儿，才磕磕绊绊地带着陈朗走进家门，陈朗仿佛没有骨头，整个人腻在她身上，手上提着的盒子怎么也不愿意放开。

袁娴掰不开他的手，拿了热毛巾给他擦脸，又给自己擦了一遍，再把手抚上陈朗滚烫的脸。

“拿的什么？给我看看。”

“不要，不给你看。秘密。”

“好，我不看，我给你放起来。”

陈朗呼气：“你不爱我了，给你做的生日礼物你都不要。”

袁娴轻声说道：“我没有不要啊，你不是不想给我看嘛。你送的礼物我怎么会不要，就算是一根草我也要。”

他经常送她东西，袁娴都会保存起来，偶尔也会觉得没用，但从来没有扔过。

陈朗宝贝似的把盒子从怀里拿出来，提出一串风铃，金灿灿的，重金属质感的鹤。做工精巧，像古代仕女头上戴的发簪，轻轻一拨，会发出叮叮咚咚的声音，清脆又好听。

袁娴一眼就喜欢上，所有漂亮精致的东西都可以吸引她的目光。她在陈朗嘴上亲了一下：“谢谢，我很喜欢。”

陈朗摸摸嘴巴：“不太好，所有的过程都要自己动手拼，下一次我会做得很好再给你。”

“怎么想起送我这件礼物？”

“听人家说，鹤代表健康长寿，我想你好好的，这样就能陪我很久很久。”他小声说道。

他以前还说过希望比她先死，这样就不用承受失去她的痛苦。其实很多时候他都很关心她的身体，有时她只是轻微不舒服，他也会着急。

袁娴突然很想哭，眼泪也确实瞬间就滑落了下来，她哽咽道："傻瓜。"

"你不要生气，我会乖乖等你回来。"

早上，闹铃一响，就立即被袁娴摁关。

陈朗还在睡觉，听到窸窸窣窣的声音，睁开眼睛。地上摆着两个打开的行李箱，她正在整理东西。

"做什么呢？"

"去玩。"

陈朗抱住枕头："什么时候走？我能送你去机场吗？"

"你直接送我去目的地吧。"她蹲在地上，笑着看他。

"嗯？"

"你和我，一起去。"

陈朗眨了眨眼睛，有些不敢相信："真的？"

"真的。"

他两步从床上飞奔到袁娴跟前，手捧着她的脸，不敢相信道："你没骗我吧？"

"骗你干什么，这一次是真的。"

她突然放了好几个人的鸽子，电话接二连三地轰炸，陈朗紧张地看她回消息。直到飞机快起飞了，他还不敢确认是真的。

袁娴挂断电话收起手机："都出来几个小时了，还没回神？"

"没有。"

"那开心吗？"

"开心。"

两个人不再说话，陈朗的座位靠窗边，朵朵白云仿佛棉花糖一般柔软，从身边飘过，视野所及，一望无际。

他突然转身：“以后每年都陪我出来一趟，好不好？”

“好。”

两只手悄悄地握在一起，久久没有放开。